U0125105

唐 诗 之 巅

读懂
诗仙李白

朱琦 著

北京联合出版公司
Beijing United Publishing Co.,Ltd.

图书在版编目（CIP）数据

读懂诗仙李白 / 朱琦著 . —北京 : 北京联合出版
公司，2023.5
（唐诗之巅）
ISBN 978-7-5596-6698-7

Ⅰ . ①读… Ⅱ . ①朱… Ⅲ . ①李白（701-762）– 唐
诗 – 诗歌研究 ②李白（701-762）– 人物研究 Ⅳ .
① I207.227.42 ② K825.6

中国国家版本馆 CIP 数据核字（2023）第 029077 号

读懂诗仙李白

作　　者 : 朱　琦
出 品 人 : 赵红仕
责任编辑 : 李　伟
封面设计 : 东合社 - 安宁
内文排版 : 九章文化

北京联合出版公司出版
（北京市西城区德外大街 83 号楼 9 层　100088）
固安兰星球彩色印刷有限公司印刷　新华书店经销
字数 179.4 千字　880 毫米 × 1230 毫米　1/32　9.75 印张
2023 年 5 月第 1 版　2023 年 5 月第 1 次印刷
ISBN 978-7-5596-6698-7
定价 : 128.00 元（全三册）

总序

　　只要回首而望，世界各大民族总能从自己的历史中找到一个引以为傲的时代。中国人尤为自豪，因为中国文明是世界上唯一的从未间断、延续最久的古老文明，在许多时代都居于世界前列。斯塔夫里阿诺斯在他畅销世界的《全球通史》中，一再谈到中国文明的延续性，他说：从 6 世纪到 16 世纪的整整一千年，中国文明以其顽强的生命力和对人类遗产的巨大贡献，始终居于世界领先地位。

　　而对许多中国人来说，如果要在历史上选择一个最喜欢的时代，那就是盛唐。

　　中国到了盛唐臻于极盛。汉朝也曾经很强大，却远没有唐朝富庶。宋朝也曾经很富庶，却远没有唐朝强大。要说文化的开放、思想的活跃，汉朝和宋朝更不能与盛唐相比了。

　　文化到了盛唐高度开放。如果说春秋战国和魏晋南北朝，是因为激烈的动荡和剧变才挣脱皇权的堡垒和传统的束缚，出现思想文化的活跃，那么盛唐的开放，就更多体现在泱泱大国的接纳和包容。汉之后，唐之前，虽然有过晋朝、隋朝的短暂统一，但大多时候南北分裂，战乱频繁。在长达四百多年的分分合合中，从民间百姓到皇室贵族，不同的族群杂居通婚，互相渗透，胡人在被同化的过程中也为华夏文化不断注入新鲜血液，在许多方面打破了早已僵化的陈俗旧规，为一个崭新王朝增加了活力。李唐皇室接连几代都有胡人血脉，先天带着几分开放性，到了盛唐更已拥有百年基业，国家越来越富有、强大、自信，文化也愈加开放。大运河贯穿中国南北数千里，沿岸已没有胡汉之分。丝绸之路连接东西方，各种物产、商品、宗教和文化仍然在不断输入。

这种民族融和与开放气象，有些像唐朝诗人们一再歌咏的洞庭湖：孟浩然说"气蒸云梦泽，波撼岳阳城"，李白说"南湖秋水夜无烟，耐可乘流直上天"，杜甫说"吴楚东南坼，乾坤日夜浮"。唐朝之前的洞庭湖曾经因为泥沙的淤塞变成支离破碎的湖群，又因为长江的决堤洪水滔天。到了唐代，百川归于长江，长江与洞庭湖融为一片，八百里烟波浩渺，活水源源不绝，波澜壮阔，气象万千。

中国人到了盛唐最是意气风发。生活在那个时代的人，不但赶上了国家的强大富庶与文化的高度开放，还千载难逢地赶上了蓬勃向上的时代。唐朝的科举制度逐渐取代了之前的门阀世袭制度，数百年以来把庶族士人一概排斥在外的仕途之门终于被打开了，建功立业的梦想诱惑着整整一代人。这不是某个时代三两个英雄所表现的豪迈和自信，也不是哪个王朝三两件事所展示的大气和雄浑，这是整个时代的社会氛围和精神特质。从马鞍到驴背，从长安城门到荒野渡口，到处都奔走着有激情有活力的读书人。

代表这种时代气息的是盛唐诗歌。盛唐诗歌是中国诗歌的高峰，李白、杜甫和王维是高峰之巅的三大诗人。他们的许多诗句是典型的盛唐之音。当我们情绪高昂的时候，就会很自然地联想起他们的诗句：遨游山水，会想起"明月出天山，苍茫云海间""荡胸生层云，决眦入归鸟""大漠孤烟直，长河落日圆"；离别送行，会想起"孤帆远影碧空尽，唯见长江天际流""渭北春天树，江东日暮云""劝君更尽一杯酒，西出阳关无故人"；慷慨激扬，会想起"天生我材必有用，千金散尽还复来""会当凌绝顶，一览众山小""相逢意气为君饮，系马高楼垂柳边"。如果把我们的生活比作默默流淌的溪流，那么，他们的诗句常能溅起激情的浪花。

中国诗歌从《诗经》一路走来，从四言、五言到七言，从古体、近体到歌行体，到了盛唐已经历了上千年的发展，恰恰也到了巅峰时期，与国力的鼎盛、文化的开放完美契合。正是到了盛唐诗人这里，特别是在李白、杜甫和王维的笔下，诗体大备，炉火纯青。李白自由奔放，擅长歌行，王维从容不迫，擅长五律，两人的五绝和七绝也是各臻极致。杜甫是集大成者，各种体裁和题材都得心应手，挥洒自如。至于文字、语言和风格，这三大诗人更是天纵奇才，匠心独运，各有千秋。

后人把李白、杜甫和王维分别称作诗仙、诗圣和诗佛。唐代道教大盛，儒学复兴，佛教繁荣，恰是这三大诗人性情各异，信仰又各自有别：李白崇道，杜甫尊儒，王维信佛，由此也影响了他们的人生态度、作品内容、审美趣味和艺术风格。

《唐诗之巅》丛书，以"读懂诗仙李白""读懂诗圣杜甫"和"读懂诗佛王维"分作三册，尽可能兼顾诗人的时代、生平、作品，也就是把时代的背景、生平的叙述和作品的欣赏结合起来。这是中国历史的黄金时代，也是中国诗歌的黄金时代，更是文化高度开放、国人意气风发的黄金时代。诗仙、诗圣和诗佛活跃于黄金时代，傲然于唐诗之巅。从他们的生平和作品，当可追寻伟大诗人的歌声和背影，领略鼎盛时期的中国人曾经达到的精神高度和审美高度。

　　李白与盛唐，是诗人与时代最美妙的遇合。因为他恰好遇到了最适合他的时代，而盛唐也恰好找到了最能体现这个时代的诗人。他天性狂放，无所羁勒，从生到死都充满了激情和活力；求仙访道，仗剑行侠，英雄气魄，名士风流，各种人生都在诱惑着他。他活着的时候放浪山水，游历四方。他死于疾病，后人却说他是酒后入水捉月而死，死也死得浪漫。在中国人心目中，他不仅仅是一个大诗人，而且是一个渗透着审美形象的理想人物。纵酒高歌，放浪形骸，从道德的角度来说未必完美，但相对于沉重压抑、等级森严、众生都唯唯诺诺的唐朝社会而言，却是难能可贵。

　　李白是最飘逸的，又是最真实的。失意时他说"大道如青天，我独不得出"；得意时他说"仰天大笑出门去，我辈岂是蓬蒿人"；想不开时他说"抽刀断水水更流，举杯消愁愁更愁"；想开时他说"人生得意须尽欢，莫使金樽空对月"……刚刚还在叹息着"行路难，行路难，多歧路，今安在"，马上又喊出了"长风破浪会有时，直挂云帆济沧海"；上一句是"花间一壶酒，独酌无相亲"，下一句竟是"举杯邀明月，对影成三人"。这就是李白，有话就说，纵酒高歌，拔剑起舞。常人不想说、不敢说或遮遮掩掩的话，在他那里总是快人快语，脱口而出。独在异乡的寂寞、求取功名的梦想、人生苦短的悲哀、官场挣扎的无奈、理想和现实的矛盾，这些我们并不陌生的种种人生遭遇和感受，他都曾经强烈体验过，并以奇妙的诗思诗语表达出来，让我们在惊叹他思落天外的同时又感同身受。

率性而为，浪漫飘逸，这是我们常说的李白，但很容易因此忽略了他在现实世界中也有很执着、很拼搏的一面。唐代以科举取士，通过科举考试踏入仕途是读书人的必由之路，但李白出生于被歧视的商人家庭，不能参加科举。一方面他始终都怀着建功立业的政治抱负，理想至为远大，另一方面却无法科举致仕，仕途尤其艰难。为实现政治抱负，他真是百折不挠。他奔走四方，寻找机会，或广为交游，或曳裾王门，或向地方官员自荐，或向天子献赋。由于不能走唐朝士人的科举之路，他总是对春秋战国的士人别有情愫，从那个时代的谋士、策士、学士、辩士乃至侠士那里汲取能量和智慧，相信自己凭借着文采、诗名、口才和谋略，总有一天能得到知音举荐，被天子征召，直上青云。四十二岁那年，一介布衣的李白，果真在天子征召下踏进翰林院。可惜，这时候的唐玄宗已经不是当年那个英明睿智的皇帝，李白在长安两年多就被赐金放还。其后二十年，直到生命最后，他仍是壮心不已。

李白的人生及写作常在旅途中。梳理其生平和作品，很自然地就跟他的旅途结合在一起了。他曾说："浮生若梦，为欢几何？古人秉烛夜游，良有以也。"如今，那位尽情享受人生、恨不能举着蜡烛游玩的李白也已经成了遥远的古人，只遗下不朽的诗篇。因为他的豪气、浪漫和激情，让我们觉得并不遥远。很难相信，大约一千三百年前的李白，仅靠骑马乘船，就跑遍了大江上下，黄河南北，西自巴蜀，东到齐鲁，北上燕赵，南下吴越，顺长江出入荆楚各地，沿黄河游走秦晋梁宋。而且，有许多地方他都是去过多次的。就说他登临过的山吧：无名的小山，如荆门山、天门山、敬亭山，经他一写就广为人知；有名的大山，如庐山、华山、峨眉山、天姥山，因为他的诗就越发有了魅力。

"读懂诗仙李白"部分以李白的生平经历为主要线索，以每个时期的代表性作品为主要篇目，分作五个部分，总共三十二篇。

第一部分"青春壮游"。二十四岁的李白离乡远行，沿万里长江顺流东下，由巴蜀到荆楚，自荆楚到吴越，直到海边，可以说这是跟长江一起奔向大海的"青春壮游"。他在从巴山到蜀水的路途上写下《峨眉山月歌》，在出蜀入楚之际写下《渡荆门送别》，在自楚入吴之时写下《望天门山》，在吴越一带抒发思古幽情，歌咏吴姬越女，又在越中天台山上登高望海。李白的"青春壮游"是邀游天下、指点江山的快意人生。

第二部分"弹剑作歌"。到了而立之年，李白初入长安，曳裾王门，求取功名无成。其后十余年，曾在洛阳向唐玄宗献赋，在襄阳向韩朝宗毛遂自荐，或为功名交游干谒，或为家人生存奔走，先后到过太原、陈州、淮阴、楚州，并重游扬州、苏州、杭州等地，四十岁时携带儿女，迁徙东鲁。虽然赶上了大唐盛世，但人生坎坷，李白弹剑作歌，诗名远扬，其长篇歌行如火山爆发，《行路难》《蜀道难》《襄阳歌》等名作便创作于这个时期。

第三部分"长安谪仙"。四十二岁时李白奉诏入京，玄宗召见于金銮殿，待诏翰林。青云直上，名动京华，从布衣到卿相的梦想似乎就要实现，但京城皇宫，波诡云谲，谗言来势汹汹。不到三年，唐玄宗就赐金放还，李白不得不离开长安。这一时期以《南陵别儿童入京》《清平调三首》《玉壶吟》和《月下独酌》为代表作。

第四部分"十年奔波"。李白离开长安后，到过梁宋、东鲁、越中、金陵、扬州等地，又北上邯郸、幽州，其后再次南下，游汾州、宋州，至宣城。当希望与失望、出仕与隐居等各种情绪在心中冲突激荡的时候，李白的长篇歌行就如江河奔腾，一泻千里，其中最著名的代表作有《将进酒》和《梦游天姥吟留别》。又因为他四处漫游，而年岁渐长，离别和相思也与日俱增，激情之外还有柔情似水，像五言诗《寄东鲁二稚子》《沙丘城下寄杜甫》，七言绝句《赠汪伦》《闻王昌龄左迁龙标遥有此寄》等，都是这样的名作。

第五部分"乱世漂泊"。天宝十五载（756 年）安史之乱爆发，李白南下避难，几经辗转后隐居在庐山。永王李璘三次派遣使者聘请，李白下山入幕。永王兵败被杀，李白流放夜郎，至白帝城遇赦。晚年漂泊在吴楚一带，虽然穷愁艰难，但壮心不已，临终前留下《临终歌》，依旧自比大鹏。这一时期的代表作有《早发白帝城》《庐山谣寄卢侍御虚舟》《宿五松山下荀媪家》。

目录

青春壮游

弹剑作歌

长安谪仙

十年奔波

乱世漂泊

青春壮游

出蜀入楚

○ 江入大荒流

中国人喜欢说这样一句话：好男儿志在四方。两千多年前的《礼记·内则》就说："射人以桑弧蓬矢六，射天地四方。"说的是男子出生时，礼官以桑木制弓，以六支蓬草做箭，射向天地四方，以示好男儿像箭一样展翅雄飞。李白三十多岁时，在《上安州裴长史书》一文中回顾当初离家远游，引用了这两句话，然后他说："故知大丈夫必有四方之志。乃仗剑去国，辞亲远游。"

李白离家远游，先去哪里？他说自己"十岁观百家"，诸子百家都是春秋战国时代的人物，在他们的文章中，随处都能找到巴、蜀、燕、赵、秦、晋、齐、鲁、吴、楚、越。十岁时候的少年李白，早已神游诸侯各国，到二十四岁这一年，他出蜀远行的梦想至少也有十年之久了。开元十二年（724年），李白决定闯荡天下，施展抱负。他告别了读书数载的匡山书院，豪迈地说"已将书剑许明时"，决心把文韬武略献给政治清明的时代！他要沿长江顺流而下，出蜀入楚，由楚入吴，自吴入越，直到沧海之滨。

从李白写于途中的诗文，不仅可以考证他的旅游路线，还可以看出他为这次壮游做了明确的计划，并以诗作展现行程。春秋战国时代，诸侯国之间有一定的分界分野，后人在地理概念上因此也有了与此相应的说法，譬如说楚蜀咽喉、吴头楚尾。李白沿长江一路往东，恰是在楚蜀交接的咽喉之地和吴楚交接的一头一尾之地，一再赋诗歌咏。

在一个月亮半圆的秋夜，李白从平羌江岸的驿站清溪出发，乘船进入岷江，沿岷江顺流而下，进入长江，然后再沿长江顺流而下，从蜀水到巴山，奔三峡，下渝州。这样一个山重重、水迢迢、路漫漫的行程，被他以二十八字的绝句就写出来了。这首绝句就是《峨眉山月歌》：

峨眉山月半轮秋，影入平羌江水流。
夜发清溪向三峡，思君不见下渝州。

四句之中，五个地名化作一片，节奏明快，如轻舟直下。

故乡明月相伴，前行水路不断，随着几个地名的迅速更换，离乡越来越远，离外边世界越来越近。这种眷恋故土的柔情，奔赴大世界的激情，就这样溢出文字了。

每个人都有自己的二十四岁，这个年龄，只要有点儿可能，都想到外边闯闯世界。李白是中国历史上少有的天才，他的浪漫、狂放和飘逸也是世所罕见的，但他离开家乡的时候，其复杂心情其实跟我们是一样的。

李白生于长安元年（701 年），那时候中国历史上唯一的女皇武则天还在皇位上，长安是她的年号。女人能做皇帝，并且是比较长寿的皇帝，这也是唐代开放的一个标志吧！

开元元年（713 年），唐王朝进入了全盛时期，李白进入了少年时期。开元三年他十五岁，好剑术，喜任侠，有了诗名，开始交游干谒。开元六年他十八岁，唐王朝立国整整百年。天性浪漫的李白，在年轻强壮、激情洋溢的年龄，碰上了唐王朝乃至中国古代历史上极盛的时代。这时的唐玄宗英明睿智，励精图治，前有贤相姚崇，后有贤相宋璟。贺知章和张九龄年过五十，身居高位，名满天下。王之涣和孟浩然三十多岁，王翰和王湾的年纪当比王之涣稍长，他们的诗句已经不乏盛唐气象。

"海上生明月，天涯共此时。"这是张九龄的诗句。他的一轮明月，好像能在同一时刻，把天下人都召唤而来，引颈而望。

"黄河远上白云间，一片孤城万仞山。"这是王之涣的诗句。即使是今天的摄影师在飞机上航拍，也远远跟不上他大气的镜头。

"醉卧沙场君莫笑，古来征战几人回。"这是王翰的诗句。谁能说出这两句诗里，夹杂了多少豪迈、慷慨、悲凉和幽愤？

看到这些诗句，总让我们想到豪迈、自信、大气。然而，以上所说的大诗人，尚未登上唐诗的巅峰。就在李白离开故乡的这一年，王维和他一样也是二十四岁，杜甫十三岁，诗仙、诗佛和诗圣的时代要来临了。

《峨眉山月歌》就作于李白二十四岁这一年。对李白来说，峨眉山月其实就是故乡的月亮。晚年的李白写过一首《峨眉山月歌送蜀僧晏入中京》，诗中说："我在巴东三峡时，西看明月忆峨眉。月出峨眉照沧海，与人万里长相随。"李白一生，放浪山水也好，遨游江湖也好，孤蓬万里也好，始终都有峨眉山月陪伴着他。

第一句"峨眉山月半轮秋"，像是推出一个特写镜头。山上半轮月的明亮，月下峨眉山的剪影，构成静美简洁的特写。把"秋"字放在最后，凸显月光的妩媚，月夜的清凉。

第二句"影入平羌江水流"，紧承第一句，镜头摇到平羌江上。平羌江是古称，其实是岷江上的一段江流，一段水路。诗人在平羌江上乘船远行，峨眉山月也把自己的影子投在江水之中，水在流动，月亮也在流动，难分难舍，不离不弃。

故乡的月亮是这样款款情深，默默相送，一路伴随着将要离乡的游子。

按常理说，第一句出现了"峨眉山"，第二句出现"平羌江"，地名已经够多了。但诗人接着又在后两句中点出三个地名："夜发清溪向三峡，思君不见下渝州。"一般认为，这里的"三峡"是指平羌江上的小三峡，我却觉得诗人所说的是大三峡，是那个人人都知道的长江三峡。"向三峡"就意味着要出三峡，出了三峡，就离开了群山包裹的巴蜀之地，进入江汉平原，跑到了广阔的世界。"渝州"是现在的重庆，"下渝州"就意味着过了巴蜀分野进入川东，从蜀水到了巴山。从蜀水，到巴山，下渝州，出三峡，诗人正在实现多年的梦想，洋溢着奔向大世界的激情。

"思君不见"的"君"是您的意思，指峨眉山月。诗人不说峨眉山月消失了，而是说"思君不见"，想念您，却看不见了。水路迢递，山遮云罩，一路陪伴他的峨眉山月看不见了。

人年轻的时候都想到外边世界去闯荡。一旦踏上漫漫路途，一边免不了望月怀乡，一边又向往着陌生新奇的世界。回想我在二十岁出头时，第一次开始长途旅行，先到山东半岛，又到江南一带。乘坐火车时，每当到站时刻，我都要兴奋地把头伸出窗口，看看站台上标出的地名。正是那次旅行，总让我想到李白的《峨眉山月歌》。

长江三峡西起重庆市奉节县的白帝城，东到湖北省宜昌市的南津关，李白在进入三峡之前写下《峨眉山月歌》，出了三峡之后，又写下另一首好诗《渡荆门送别》。"荆门"就是荆门山，在宜都市西北长江南岸，与北岸宜昌市的虎牙山两山对峙，龙盘虎踞，自古被视为楚蜀咽喉。开元十二年（724 年）秋，年轻的李白从两山对峙的长江水面上顺流而下，这意味着他离开故乡的巴山蜀水，进入荆楚大地，江汉平原。

终于到了梦想多年的荆楚，却不得不告别从小生长的巴蜀，李白此时的心情，就写在《渡荆门送别》这首诗里。

渡远荆门外，来从楚国游。

山随平野尽，江入大荒流。

月下飞天镜，云生结海楼。

仍怜故乡水，万里送行舟。

首联两句抒发的就是终于来到荆楚的喜悦，"渡远荆门外，来从楚国游"。乘船渡江来到遥远的荆门外，此地就是春秋战国时代的楚国啊！这是李白期待多年的时刻，他后来说过自己从小就对荆楚大地的向往。小时候，父亲让他背诵司马相如的《子虚赋》。赋中写到楚国的子虚先生出使齐国，齐王问他楚王游猎与我相比，谁更壮观，子虚借此机会，极力铺排楚国的辽阔与富饶。不只是《子虚赋》，如果从李白诗文中寻找楚地楚人，就会发现他对于《史记》描述的楚国历史，以及楚辞里的楚风俗楚文化，有多么熟悉了。

颔联两句"山随平野尽，江入大荒流"，连绵不断的群山随着原野的展开渐渐消失，浩荡的长江奔腾向前，流入广阔无边的莽原。诗人以雄放的笔力描述了大自然景象的壮丽，同时也概括了"荆门外"特有的山水形胜。荆门山以东，地势平缓，蜀中的山山岭岭至此结束。正因为地势突然平缓，浩荡的长江在这里全无拘束，尽情奔放，扑向无边莽原。这样的自然景象，与天性狂放又酷爱自由的李白，正有一种精神的感应和契合。

颈联两句"月下飞天镜，云生结海楼"，突出景观之奇。月亮已偏西向下，仍像一面天镜飞在夜空。云雾升腾变幻，结成海市蜃楼。颔联和颈联既是写景，也在烘托心情。诗人在不停地贪看风景，白天夜里，船首船尾，或纵目两岸，或远眺前方，或仰面看月。虽是如此兴奋，却还是故乡难忘。他不写自己多么想念故乡，而以这样两句结尾："仍怜故乡水，万里送行舟。"他是从蜀地一路乘船而来的，浩浩长江水也是从蜀地一路奔流而来。在他心里这就是故乡水，来自平羌江、来自岷江的故乡水，这些天一直陪伴着送他远行的故乡水。

对比前边欣赏的《峨眉山月歌》，不难发现这两首诗同样洋溢着闯荡世界的激情和眷恋故土的柔情。《峨眉山月歌》是故乡的月为他送行，《渡荆门送别》是故乡的水为他送行。故乡的月在进入三峡之前已经"思君不见"，故乡的水一直把他送出三峡，送到蜀楚咽喉之地。到了荆门山，不能不跟万里相送的故乡水分手告别了！

　　李白辞亲远游，从巴山到蜀水，他写下了《峨眉山月歌》。出蜀入楚之时，他又写下了《渡荆门送别》。随后我们还将看到，他的《秋下荆门》也写在出蜀入楚之时，《望天门山》恰好又写在由楚入吴之际。蜀、巴、楚、吴、越，对他来说不仅包含着丰富的历史人文，而且是带着鲜明色彩的地理概念。当他踌躇满志，雄心勃勃，沿着万里长江顺流而下的时候，大唐王朝的辽阔和兴盛，也以蜀、巴、楚、吴、越的地域风貌向他一个个展开。未来几十年人生，燕、赵、秦、晋、齐、鲁等地，他也全都走遍了。虽然没有他所期许的那样成就政治家的丰功伟业，但连他自己都不可能想到，他的声音会成为最典型的盛唐之音，大唐时代没有他就少了一道风景，中国历史没有他就多了一份寂寞。

<h1>由楚入吴</h1>

—
○ 孤帆一片日边来

　　上一篇说到李白"仗剑去国，辞亲远游"，欣赏了他在出蜀入楚途中所写的两首诗：第一首《峨眉山月歌》写在进入三峡之前，从蜀水到巴山；第二首《渡荆门送别》写在出蜀入楚之时，出三峡，进荆门。现在，我们跟着李白的青春壮游继续往东，接着欣赏他在途中写下的另外两首诗：一首是《秋下荆门》，写在下荆门之时；另一首是《望天门山》，写在出楚入吴之际。

　　荆门是蜀楚咽喉，天门山是吴头楚尾交接之地，每当经过这种富有历史人文意味的形胜之地，李白都要激扬文字，赋诗歌咏，这只是巧合吗？再来看《秋下荆门》：

> 霜落荆门江树空，布帆无恙挂秋风。
>
> 此行不为鲈鱼鲙，自爱名山入剡中。

这首诗与《渡荆门送别》大致是同时同地之作，都有一种来到荆楚大地的喜悦。但在喜悦的同时，《渡荆门送别》是进荆门，忍不住回首巴蜀，眷恋故土，"仍怜故乡水，万里送行舟"，《秋下荆门》却是出荆门，他的目光已从长江中游的荆楚投注到长江下游的吴越，"此行不为鲈鱼鲙，自爱名山入剡中"。这跟今天离乡远行的年轻人是一样的，一边回望家乡，一边向往前方。

《秋下荆门》总共四句，三句用典。用典容易掉书袋，但这首绝句丝毫没有让典故妨害文气，一气流走。全诗大意是说，霜落荆门，木叶尽脱，江岸树林寥落空阔。布帆悬挂在秋风之中，平安无恙。此行并不是为了那美味的鲈鱼鲙，我是因为喜爱名山才想着要去剡中。

想知道诗的深意，还得读懂其中典故。"布帆无恙"出自《晋书·顾恺之传》。相传顾恺之从荆州刺史殷仲堪那里借到布帆，沿长江乘船回家，途中遇到大风，但转危为安，他写信给殷仲堪说："行人安稳，布帆无恙。"李白此时也是长江上挂帆远行，也是在楚地，恰好用这个典故来表现平安顺利，快意舒畅的心情。"鲈鱼鲙"出自《晋书·张翰传》，说的是西晋时期在洛阳做官的吴人张翰，因见秋风起，就想念起故乡吴中的菰菜、莼羹、鲈鱼脍，干脆辞官回乡。第四句也可以看作并非用典，但李白写这句诗的时候，肯定是想到了他向来推崇的诗人谢灵运。谢灵运是东晋到南朝宋时期的贵族和大诗人，他在剡中留下不少行迹和诗句。

三个典故，三个名士。李白说自己"一生好入名山游"，他的人生也确实如此，但在那个时代，遨游名山和交游名士是分不开的。盛唐时代的文人，仍然延续着魏晋以来的名士之风，加上唐王朝盛行佛道两教，以尊崇隐士高人来标榜，因此不少名士隐居在名山中。由于山中名士往往与皇宫藕断丝连，深壑中吟出几句诗，可能就传到朝堂。写一封推荐信，或许就能送到皇帝的手上。李白是商人之子，不能参加科举考试，他又自视很高，不屑于像一般读书人那样靠科举走上仕途，他要遨游名山，结交名士，访道求仙，纵横任侠，直到名满天下，天子相招。

此外，三个典故的三个名士，都是吴越人。顾恺之是东晋大画家，晋陵无锡人。张翰虽在洛阳做官，秋风一起，就想回到他的吴中老家。谢灵运的祖籍在北方，但他出生时谢家已是世居会稽。三个典故的暗含之意，加上末一句"自爱名山入剡中"，李白对吴越的向往自不待言。可以说，李白在故乡时，从东晋名士的行迹里，从六朝文人的诗赋中，对吴越之地的历史掌故、山水美景和文采风流，早已不胜向往了。就说"剡中"这个地方吧，李白所喜爱的谢安、王羲之、谢灵运、王徽之等名士，都曾在那里游山玩水，吟诗作赋。

不过，李白的"自爱名山入剡中"，还有更直接的原因。李白出蜀入楚不久，在荆门一带，他拜见了道教中鼎鼎大名的人物司马承祯，得其赞美和赏识。司马承祯是道教上清派第十二代宗师，平素以天台山玉霄峰作为隐居修行之地，天台山就在剡中。

唐代的道教始终得到李唐王朝的奉崇，几乎位居国教之位，这个司马承祯也是皇帝的座上客。武则天曾召他入京，亲降手敕，礼遇有加。就在李白写这首诗的三年前，唐玄宗把他迎入宫内，呼为道兄。年轻的李白能得到他的赏识，在当时来说是天大的荣耀和激励了。李白后来回忆说，我当年在江陵拜会了天台山的司马承祯，他说我有仙风道骨，能够和我一起神游八方极远的地方，于是我就写下《大鹏遇希有鸟赋》以安慰自己。在这篇赋中，李白以翱翔在浩瀚天宇的大鹏自况，气势磅礴，志向高远，自由自在，无所羁勒，酣畅淋漓地抒发了自己的理想。

行文至此，我禁不住去想，在司马承祯眼里有"仙风道骨"的年轻李白，究竟是怎样的风采啊！将近二十年后，在朝廷掌管皇家经籍的贺知章，把李白称作"谪仙"。这两人都是名满天下，阅人无数，对李白的评价竟然都用到"仙"字。李白的

"仙"，一是因为惊人的才气，二是因为罕见的风采，此外也跟他学道修行有关。李唐王朝推崇道教，蜀地道教更是源远流长，李白在家乡时常出入的戴天山、大匡山、紫云山、峨眉山，都是神仙故事世代流传的道教之地。帅气、才气，再加上从小浸染的神仙气质——仙气，三者合而为一，潇洒脱俗，卓然不群，这大概才是李白特有的风采吧！

至于李白的相貌，我们仅能知道的，是他有一双闪闪发亮、炯炯有神的眼睛。李白的好友魏颢描述他"眸子炯然，哆如饿虎"，另一好友崔宗之说他"双眸光照人"。都说眼睛是心灵的窗口，从这样一双眼睛，让人想到的是生命的旺盛与热烈。

刚刚出蜀入楚，李白的心已奔向吴越。这不只是因为吴越山水的吸引，还因为建功立业的梦想在诱惑着他。自东晋、南朝以来，吴越就是众多名士云集之地。初出茅庐、天真自负的李白，相信凭借自己的文学天赋、道家修为和治国才略，很快就能得到名士的举荐，迎来天子的征召，直抵卿相，实现梦想。

秋风吹送，布帆高挂，李白又出发了。荆楚大地毕竟也是李白向往已久的，他沿长江顺流而东，有时舍舟登岸，一游多日。在湖南游洞庭湖，又沿着北流的湘江逆流南下，"南穷苍梧"。在江西登庐山，"西登香炉峰，南见瀑布水"。等到将要踏上吴越一带，大半年已经过去了。由蜀到巴，由巴到楚，李白都留下了经典之作，那么，当他从楚地进入吴地的时刻，是不是也赋诗一首？

李白的《望天门山》就写在由楚入吴的时刻。

天门中断楚江开，碧水东流至此回。

两岸青山相对出，孤帆一片日边来。

天门山由两座隔江的山峰组成，"横夹大江，对峙如门"，所以叫天门山。一山在长江东岸，叫博望山，在今安徽当涂县境内；一山在长江西岸，叫梁山，在今安徽和县境内。历史上把吴、楚两国交接的地方叫作吴头楚尾，一因其处于吴地长江的上游，楚地长江的下游，好像首尾衔接。天门山就位居吴头楚尾之地，由天门山往西约五十里处就是昭关，春秋时吴楚的分界处。李白知道天门山特殊的地理位置，他晚年所写的《天门山铭》，开首几句恰成天门山注解："梁山博望，关扃楚滨。夹据洪流，实为吴津。两坐错落，如鲸张鳞。"意思是说，梁山和博望山对峙，构成楚国边境的屏障。长江在两山夹持下汹涌奔流，又是通往吴国的要津。两山的山势错落相间，就好像巨大的鲸鱼展开双鳍。

那么，从蜀水到巴山，由巴蜀到荆楚，由楚入吴，为什么李白有这样强烈的地理形胜概念并特意写出来抒发情怀？我想至少有两个原因。

第一，春秋战国五百多年争战不休，各据一方的诸侯国在被秦国统一后，逐渐变成鲜明的地理概念。李白说自己"十岁观百家"，在先秦诸子百家的文章中，随处都能找到巴、蜀、燕、赵、秦、晋、齐、鲁、吴、楚、越。这些春秋战国时代的诸侯国，对从小迷恋诸子百家的李白来说，是与谋略家、纵横家、名将、谋士、刺客等各种英雄豪杰连在一起的，由此也强化了李白心目中与诸侯国相应的地理概念。

第二，李白的诗常会写及地理形胜，这与他酷爱山水有关，也与他梦想着"申管晏之谈，谋帝王之术"的雄心抱负颇有关系。出现在他笔端的形胜之地，不仅是壮观景色，而且是他在《蜀道难》所说的"一夫当关，万夫莫开"的险要之地。因为对自己有政治家、军事家、天子师的期许，有"寰区大定，海县清一"的宏愿，使他对山川形胜有更强烈的感觉。当他沿着长江顺流而下，从蜀地接连进入巴、楚、吴的时候，满带着青春的自信和闯荡天下的豪气，这种感觉就更加强烈了。

好，回头再看《望天门山》这首诗。头一句是"天门中断楚江开"，山水景观，地理形胜，诗人豪气，俱在其中。这里的"楚江"是指楚地的长江，诗人出三峡后，从荆门山到天门山，许多个日夜，正是沿楚江乘船而下。舟行至此，但见巨流汹涌，势不可阻，天门山从中断开，楚江破门而出！把动词"开"字放在句尾，越发凸显了气势。

头一句先声夺人，第二句怎么接？诗人抓住此地另一形胜特点，紧接着推出下句："碧水东流至此回。"长江水自西往东，但从九江往南京的一段长江是从西南流向东北，所以唐朝以前把这一段大江以东的地区叫作江东。"碧水东流",大江东去,到了江东一带掉头往北,因此"碧水东流至此回"的另外一个版本是"碧水东流直北回"。虽说两者皆可,但"至此回"更像李白口吻。他的"碧水东流"是立足于长江万里之势的"碧水东流",他的"至此回"强调的正是长江水自西往东,到了这里却掉转流向,好像要回头一样。"至此"强调的就是这里,突出此地形胜。像上句一样,同样把动词放在句尾,平添气势。

一句"天门中断楚江开",一句"碧水东流至此回",前两句好像把可写的形胜、景观和气势都写尽了,但李白仍能写出雄奇的景象,下两句是"两岸青山相对出,孤帆一片日边来"。"两岸青山""孤帆一片",是常人都看得见的,"相对出"和"日边来"却是出神入化之笔。不只是画面感很强,而且镜头在大幅度移动,其中还浸透了诗人的喜不自禁。他乘船顺流而下,在这吴头楚尾之地由楚入吴,从船上望去,两岸相对的青山扑面而来,似乎在迎接他。然后,镜头又从两岸青山一下子拉到他和他乘坐的帆船。正因为是从远处望来,这天水相接处的一叶孤舟,就好像从太阳的旁边擦身而来。如果说,有位诗人乘船顺流而下,望着两岸山峦,写出了"两岸青山相对出",已是神奇之笔;另外还有一位诗人,站在青山下,看着孤帆远来,写出了"孤帆一片日边来",也是神奇之笔;那么,李白一人能把镜头大幅度转换,左右互搏,前后工对,这又是何等神奇!

不仅如此,最后一句还表达了诗人的勃勃雄心。"日边"

暗含了一个典故。传说辅佐商汤建立商朝的伊尹，在受商汤聘请的前夕，梦见自己从日边乘船而过。李白用这个典故，抒发他辅佐君王、建功立业的政治理想。伊尹的"日边来"预示着他不久就得到商汤的聘请，而踌躇满志的李白，也相信自己进京入朝的日子不会太久！

李白后来一再用到这个典故。三十多岁时他在《行路难》一诗里说"闲来垂钓碧溪上，忽复乘舟梦日边"，年近六十时他又在《永王东巡歌》一诗里说"南风一扫胡尘静，西入长安到日边"。你看，无论经历多少挫折，他的"日边"之梦始终都不曾放弃。

全诗四句，每一句都是动词结尾，"开""回""出""来"，论气势，论自信，真是喝令三山五岳开道。如果说刚刚由蜀入楚的李白，在其《秋下荆门》诗中含蓄地发出了名士贴，那么，此时由楚入吴的李白，简直就是英雄横空出世的气派！

《峨眉山月歌》《渡荆门送别》《望天门山》，都是李白在二十四五岁时写的。篇幅虽小，却是大气象，大格局，大手笔！才气给了他自信，自信使他的才气更加挥洒自如。

过了天门山，金陵很快就要到了。在这六朝古都，李白会有什么样的遭遇，什么样的故事呢？

金陵柔情

○ 楚歌吴语娇不成

　　唐玄宗开元十三年（725年），大约是在暮秋时节，李白在长江边弃舟登岸，走进金陵。金陵是今日南京的古称，南京在历史上有过许多名字，李白去的时候，金陵是江宁郡首府。尽管当时的金陵在被隋朝毁弃之后，还没有完全恢复兴盛，但对李白来说无疑是很有吸引力的。

　　对江南的向往，对金陵的憧憬，几乎是那个时代所有士人共有的。国家强大富庶，安定太平，又盛行交游干谒之风，崇尚漫游山水之乐。以长安、洛阳为主的中原地区是政治中心，士人们自是趋之若鹜。除此之外，他们最喜欢游历的地方就是江南，也就是吴越一带。江南是六朝故地，金陵是六朝古都。所谓六朝，就是三国时东吴、东晋王朝以及南朝的宋、齐、梁、陈四朝。东吴的兴盛让江南得到开发，为东晋的经济发展奠定了基础。东晋是汉人衣冠南渡后建立的，北方五胡乱华，文采风流大都集中到吴越一带。南朝宋、齐、梁、陈，崇尚诗歌和骈文，也是文风颇盛。《隋书·经籍志》记载的南北朝文学家，北朝只有十六位，南朝多达三百零六位。隋朝定都长安，却开通了大运河，交通大动脉直到杭州。唐代大统一，南方大开发，大运河扮演了更重要的角色，江南一带愈加繁荣。

开元盛世，六朝古都，青春时光，唐代的社会风气又很开放，李白那时的钱囊也很充足。他骑着骏马，有一个叫丹砂的家童跟随在后，时常出入歌楼伎馆，纵酒狂欢，有时携伎出游。他是性情中人，日久容易生情，不久，他在金陵遇到了为之倾心的女子。有首诗是写给这个女子的，叫作《示金陵子》：

> 金陵城东谁家子，窃听琴声碧窗里。
>
> 落花一片天上来，随人直渡西江水。
>
> 楚歌吴语娇不成，似能未能最有情。
>
> 谢公正要东山妓，携手林泉处处行。

"金陵子"就是金陵伎。"妓"的写法原是人字旁的"伎"，以演唱为业。歌伎在今天叫女歌手，从古到今，如果要说哪种职业的社会地位变化最大，女性演唱者肯定是其中之一。这种变化既与人们的观念有关，也与社会的开放程度有关。唐代歌伎虽不能与今天的女歌手相比，但相对其他朝代而言，却是地位比较高的。唐代盛行蓄歌伎的风气，不少文人与歌伎交往，吟诗唱酬，携伎出游，甚至把歌伎当作红颜知己。李白诗文中，写携伎出游的诗句很多，但要说到为之倾倒倾心，就是这位金陵子了。

诗的前六句都在写金陵子，在故事性的叙述中表现她出众的才艺、美貌和风韵。故事有些像今天的"星探"在无意中发现了有潜力的"明星"。大意是说，金陵城东谁家的女儿呀，让路人忍不住停下脚步，偷偷倾听她在碧纱帐里演奏的琴声。就像一片落花从天上飘然而来，金陵子随他一起渡过长江水，来到金陵。她以吴语演唱楚歌，娇羞不胜，似能非能，最是有情。

谁是那个像"星探"的人呢？他就是"窃听"金陵子优美琴声的人，也就是第四句所说的那个"人"，金陵子随他渡江来到金陵城。

诗人没有说金陵子的琴艺如何之高，"窃听琴声碧窗里"就足矣；没有直接描摹金陵子的相貌身材，"落花一片天上来"就写出了金陵子的美丽和轻盈；没有明说金陵子歌声如何，风姿如何，"楚歌吴语娇不成，似能未能最有情"，就把她很生动地活现出来了。

"楚歌吴语娇不成"，还透露出李白倾心的这个女子有个明显特征。她用吴侬软语唱楚歌，娇羞不胜，吐字却不准。在另外一首诗中，李白也写到金陵子的这一特点，"小妓金陵歌楚声"。

这首诗是组诗中的一首。有位姓卢的朋友碰上了愁苦之事，李白与他把酒同聚，特意叫来金陵子唱歌，写下《出妓金陵子呈卢六》。总共四首，其中三首写到金陵子的美丽和才艺，颇有向朋友炫耀的嫌疑。尤其是第一首中的两句："楼中见我金陵子，何似阳台云雨人？"你今天在楼里看到我的金陵子，她像不像楚王游阳台梦中遇到的巫山神女？在"金陵子"前边加"我"，我的金陵子，这不是一般的亲昵，其中有对朋友的炫耀，也有对金陵子的倾心。

回头再看《示金陵子》的最后两句"谢公正要东山妓，携手林泉处处行"。"要"同"邀"，诗人自比东晋的谢安，正邀金陵子出游，牵着她的手在林泉间尽兴畅游。全诗从"金陵城东谁家子"开始，写了金陵子的琴声如何引人驻足，如何美而轻盈地出现了，如何渡江跑到金陵，如何在金陵展现出独有的风韵，最后才得意地说，我正约她携手同游。这种得意和炫耀，也把他对金陵子的倾倒之情溢出诗外。

这就是李白，各种人生都在诱惑着他，而他也毫不掩饰。自比谢安，有盖世英雄之梦，漫步林泉，有高士出尘之想，这两样内涵却与携手美人的骄傲和满足放在了一起。

　　二十多年后，李白的大粉丝魏颢，经过两千里奔波，在扬州找到李白，其后两人又同游金陵。分手之际，李白把平生所写诗文托付给魏颢。魏颢不负所托，最终编定《李翰林集》并作序，序文中特别提及"金陵之妓"。这"金陵之妓"，应该就是李白诗中的金陵子。魏颢为李白编订文集，自然会注意李白诗中一再出现的金陵子，当年他和李白同游金陵时，李白也可能忆及与金陵子的缠绵旧事。很可惜魏颢编订的《李翰林集》早已佚失，只剩下序文。

　　李白诗中写得最火辣的情歌叫作《杨叛儿》，其写作时间和《示金陵子》是同一时期，都作于李白第一次在金陵的时候。如果说李白和金陵子的故事是一场热恋，那么，《杨叛儿》中的男女即使与他们无关，那也很可能因为诗人自己的热恋，给《杨叛儿》添加了灵感与火辣。

　　《杨叛儿》本是六朝乐府《西曲歌》曲调名，其中一首诗是这样写的："暂出白门前，杨柳可藏乌。君作沉水香，侬作博山炉。"李白借乐府诗题和此诗原意，同样写男欢女爱。

> 君歌杨叛儿，妾劝新丰酒。
>
> 何许最关人？乌啼白门柳。
>
> 乌啼隐杨花，君醉留妾家。
>
> 博山炉中沉香火，双烟一气凌紫霞。

一开头就很热烈。"君歌杨叛儿，妾劝新丰酒"，你为我唱一曲情歌《杨叛儿》，妾为你奉上一杯新丰美酒。两情相笃，甜蜜非常。

三、四两句借诗中女子的口气自问自答："何许最关人？乌啼白门柳。"女子深情地说，金陵这么大，哪里才是最牵人情思的地方？这地方就是金陵城西门的大柳树下，乌鸦总在那里啼鸣。"白门"是六朝都城建康的正南门，其正式名称是宣阳门，俗称白门。因为白门常常出现在南朝民间情歌中，后人就以白门来代指男女欢会之地。这就是为什么这热恋中的女子，把"乌啼白门柳"看作是最牵人情思的地方。

五、六两句，越发热烈地说："乌啼隐杨花，君醉留妾家。"女子很直白地告诉她的情郎，乌鸦藏在杨柳深处啼鸣欢爱，我们也一样啊，你今天尽管痛饮，喝醉了就留在我家！

最后两句，更是热烈至极，"博山炉中沉香火，双烟一气凌紫霞"。博山炉中的沉香香料在燃烧，两股烟融为一体，直冲云霄。诗人借女子口吻，取眼前景，隐喻他们的热恋欢爱。男子醉留在女子家中，爱欲之火熊熊燃烧。

这首诗不仅借乐府诗《杨叛儿》的诗题，而且借其原意，甚至连诗中所咏之物，诸如杨柳、乌、沉水香和博山炉，也都大致一样，但明显多了三样东西——"歌""酒""火"，情歌迷人，美酒醉人，两情似火。如果说文人表现爱情，通常要比乐府民歌含蓄得多，那么这首诗就很不一样了，比民歌更欢快、热烈、浪漫，把爱情的柔情似水变成了酣畅如醉，炽热如火。由此，或可窥见李白式的爱情表达。我们不能把这首诗里的男子与李白简单等同，却可以说，李白年轻时的恋情想必是很火辣的吧！

开元十四年（726 年），李白将要离开金陵，前往扬州。他在这里生活了大半年，结交了不少朋友，他们来向他送行。很多人都有过这样的经验，当你在某地生活了几个月之后，这个不久前还很陌生的地方，相比于即将前往的陌生之地竟像是半个故乡，而不久前才熟悉的新朋友，也好像变成了多年故旧。李白依依不舍，写下《金陵酒肆留别》：

> 风吹柳花满店香，吴姬压酒唤客尝。
> 金陵子弟来相送，欲行不行各尽觞。
> 请君试问东流水，别意与之谁短长。

送别与被送别的都是年轻人，青春时代的告别并不愁惨，诗一开始就是快乐的节奏。春风吹送，柳絮飞舞，酒店飘香。"香"不只是与柳絮同来的春天花香，"香"还引出下句来——"吴姬压酒唤客尝"。吴姬捧出新酿的美酒，唤客品尝。这是诗人刚刚踏入酒店的气氛，视觉、嗅觉、听觉，各种感觉都在里边。

三、四两句说，金陵的朋友们来为我送行，到了该分手的时刻，我们还是频频举杯，一次次一饮而尽。"欲行不行"是该出发的我却不出发，该回家的金陵子弟也不回家，送别和被送别的都不忍分手。"各尽觞"不是一饮而尽，就此作别，而是喝完一杯，再喝完一杯，是酒酣耳热中说不完的话。

既然离别时有说不完的话，那就放在诗里接着说吧。这首诗是歌行体，可以挥洒笔墨，放开铺排。但诗人仅写了两句，就已神完气足，悠悠不尽，"请君试问东流水，别意与之谁短长"。

长江就在金陵之旁。长江浩浩荡荡，无穷无尽，李白随口就把它拿来与离别之情相比，比较谁短谁长。别人想不出，说不出，经他一说，却是自然天成。两百多年后，以金陵为都的南唐国主李煜，也就是我们大家都熟知的李后主，就从这两句诗里得到启发，写出石破天惊的词句："问君能有几多愁，恰似一江春水向东流。"

江南怀古

○ 姑苏台上乌栖时

开元十四年（726 年）暮春，李白告别金陵，前往广陵。正像金陵是南京的古称，广陵是扬州的古称。大家都知道"烟花三月下扬州"出自李白的《黄鹤楼送孟浩然之广陵》，"下扬州"的是孟浩然，李白只是送行者，他的"孤帆远影碧空尽，唯见长江天际流"，既有和孟浩然分手的依依不舍，又有恨不能随同老朋友再去扬州的惆怅失落。他自己"烟花三月下扬州"，比孟浩然早两年，就是开元十四年的烟花三月。

金陵和广陵，因为短暂的隋朝，一衰一兴。金陵最繁华的时代是作为六朝都城的时代，兴盛三百余年，但在 589 年隋朝军队消灭了南朝陈，摧毁了金陵。其后经历一两百年的发展才重现繁华，李白所游历的金陵当时叫作江宁郡。扬州比金陵还要古老，早在春秋末年，吴国夫差开凿了连接长江和淮河的邗沟，修筑了邗城。汉朝初年，吴王刘濞在他的封地广陵国"即山铸钱、煮海为盐"，也曾盛极一时。六朝时期，扬州是州府所在地，远不能跟金陵相比。隋朝建立后开通大运河，隋炀帝三下扬州，扬州迅速崛起。唐代大统一，南方大开发，占据大运河和长江交汇处的扬州就越发繁荣了。

顺便说一下，李白游历的江南历史名城跟我们所知道的差不多，但当时的行政区划跟今天有很大不同。唐朝采用"道州县"三级制，大致等于今天的省地县，但所辖范围要大许多。扬州和苏州分别属于淮南道和江南道的治所，相当于今天的省府。江宁郡、苏州、杭州、越州，都属于江南道下边的州府，相当于今天的地区级。

李白告别金陵，从征虏亭附近乘船出发，所以他写了一首《夜下征虏亭》的小诗。征虏亭是东晋时征虏将军谢石所建，位居石头城临江的山上，其标志性有些像黄鹤楼之于武昌。不过，这首诗与《黄鹤楼送孟浩然之广陵》相比，不是送别朋友，而是自己将告别离开，诗人虽向往着广陵，但正在告别的金陵才是用情之所在。

船下广陵去，月明征虏亭。

山花如绣颊，江火似流萤。

起句"船下广陵去"，然后把目光久久投注到月色溶溶下的征虏亭，"月明征虏亭"。为什么在告别金陵的时刻，诗人深情地注视着征虏亭？因为它是金陵城的名胜和标志，是诗人早已融入情感的景观。

第三句"山花如绣颊"，带着唐人特有的美感。"绣颊"在唐代也叫绣面或花面。唐代女子化妆，先敷铅粉，把面部涂得白白嫩嫩的，然后抹上胭脂。月光下的山花，好像女子白白嫩嫩透着红晕的肤色。在这上船离别之际，这些美如绣颊、楚楚动人的山花，简直就是向他惜别的一群金陵美女啊。

第四句"江火似流萤"，寓情于景。那江上的渔火，江岸的灯火，星星点点，忽明忽暗，像无数闪烁不定的萤火虫。这样的景象夜夜都如此，已是诗人熟悉的景象，在这上船离别之际，平添了难分难舍。想想看，当你向一片熟悉的灯火告别之时，那灯火里有千家万户，有重重叠叠温暖的记忆，你会是什么感觉？

李白到了繁华大都会扬州，却没有久留，因为他还要回来。他从扬州乘船出发，沿大运河南下，途经苏州、杭州时也没有久留，因为他回来时还将经过。到了杭州，再沿着浙东运河，就可以抵达越州了。在《别储邕之剡中》一诗中，李白大致说出了他去越州的路线和季节："借问剡中道，东南指越乡。舟从广陵去，水入会稽长。竹色溪下绿，荷花镜里香。"正逢荷花盛开，应该是在六月，距离他离开金陵的时间只有三个月。

李白为什么要先去越州？还记得《秋下荆门》那首诗吧，最后一句是"自爱名山入剡中"。李白出蜀入楚不久，就在荆门一带见到司马承祯并得到夸赞。这位道教宗师是天子的座上客，几度受诏入京，又四处传道，但他的隐居修行之所在天台山，天台山在越州剡中一带。

李白终于来到剡中，沿剡溪而行，上了天姥山，又登天台山。有一天早晨，他站在天台山峰顶，"凭高远登览，直下见溟渤。云垂大鹏翻，波动巨鳌没"。李白后来说自己"仗剑去国，辞亲远游，南穷苍梧，东涉溟海"。"南穷苍梧"是指他沿着湘江南下，直到湖南南部。"东涉溟海"就是指这一次了，站在天台山峰顶，远眺沧海。不过，李白在天台山并未见到司马承祯，因为司马承祯已被唐玄宗召到东都洛阳，命他在王屋山创建道观。

李白在天台山修行了一些日子，然后下了山，沿来时水路，经越州、杭州、苏州，去往扬州。越州就是现在的绍兴，春秋末年叫会稽。苏州就是现在的苏州，春秋末年叫吴。会稽和吴，分别是吴越两国的国都。距离春秋末年，我们有2500多年的漫长时间。唐代的李白呢，上距春秋末年1200多年，下距我们这个时代也是1200多年，正好处在中间。尽管如此，李白的越州、苏州之旅，萦绕在他心头的吴越争霸故事，跟我们所知的其实差不多。因为有西汉司马迁的《史记》，有东汉赵晔的《吴越春秋》，我们对吴王阖闾和夫差、越王勾践以及他们周围的伍子胥、孙子、范蠡、西施等许多人物，大都耳熟能详。

由于下边要说的三首怀古诗都是以吴越争霸的故事为背景，我们不妨简单重温一下这段历史。春秋末年，吴国在东南一带开始崛起。吴王阖闾重用伍子胥，伍子胥推荐了孙武，孙武就是众所周知的孙子。公元前510年吴国击败越国，四年后又命伍子胥和孙子率兵伐楚，攻破楚国首都郢，控制了整个长江中下游地区。接连败越破楚，使得阖闾骄傲起来，他不惜财力人力，在姑苏台扩建宫殿。前496年勾践继越王位，兴兵伐吴，吴王阖闾伤重不治，死前嘱咐夫差勿忘杀父之仇。夫差一心要报仇雪耻，两年后就打败了勾践。但他既继承了父亲的治国魄力和用兵才能，又沿袭了父亲的骄横奢侈和好大喜功。他也在姑苏山上大兴土木，纵欲享乐，又为了争夺霸主，开凿邗沟，兴兵伐齐。趁着夫差北上争霸，勾践卧薪尝胆，壮大越国，经过二十多年的苦心经营，终于击败吴国，夫差被围困在姑苏山上，兵败自杀。

李白的《越中览古》总共四句，有三句都在写越王勾践的胜利。

> 越王勾践破吴归，义士还家尽锦衣。
> 宫女如花满春殿，只今惟有鹧鸪飞。

绝句很短小，写起来要惜墨如金，李白却好像不惜笔墨，一口气把前三句都用来描述勾践凯旋的狂欢和炫耀。义士全都衣锦还乡了，何况勾践乎，勾践是"宫女如花满春殿"，偌大的宫殿，挤满了如花的宫女。直到最后一句，才冷冷杀出一笔："只今惟有鹧鸪飞。"班师回国的越王，衣锦还乡的义士，满春殿的宫女，连同他们的胜利狂欢，如今都到哪里去了，只有鹧鸪鸟在荒野乱草里飞来飞去。立意构思之妙，让人印象深刻。

经过杭州时，李白却没有留下什么好诗。虽然隋朝就有大运河直通，但杭州的繁华和西湖的美丽，要到中唐以后才显现出来，李白去得早了些。

开元十五年（727 年）的春天，李白在重返扬州的路途中再次经过江南道首府苏州。吴王阖闾的吴都原在姑苏台，但他命伍子胥营建了新都阖闾城，一般认为这个阖闾城就是最早的苏州城，其所在位置始终未变。李白在越州写了《越中览古》，在苏州又写下《苏台览古》。都是七言绝句，题目也相似，但写法不同。

> 旧苑荒台杨柳新，菱歌清唱不胜春。
> 只今惟有西江月，曾照吴王宫里人。

首句以"杨柳新"对比"旧苑荒台"，吴王的园林和台榭已经荒凉不堪，春天却照旧来临，杨柳青青，生机勃勃。"旧苑荒台"躺在那里已逾千年，"杨柳新"年年如此，诗人把两者放在一句之中，构成鲜明对比。

第二句紧承上句。就在这"旧苑荒台"的附近，采菱女子清亮的歌声传来了，春光无限，春意不尽。有此一句，也为后两句做好了铺垫。

后两句大意是说，月照长江，亘古不变，一度也曾照在吴王宫殿的上空，照在那些如花美人的头顶。"西江月"是唐教坊曲名，我们知道它多是因为宋词的词牌，很可能这个曲牌，就取自李白的这句诗。李白所说的"西江月"是指西边江上的月亮，长江就在苏州以西。

四句之中明显有两组对比，"杨柳新"对比"旧苑荒台"，"菱歌清唱不胜春"对比"曾照吴王宫里人"。当年吴王的园林台榭再盛大辉煌，也抵不过年年常新的杨柳，吴王宫里的美女再美丽娇娆，远不如此时正在无边春色中放歌的采菱女子。不过，这还不是诗人最想表达的。如果你回头再看全诗，就会发现还有一个更强烈的对比，"西江月"和"吴王宫里人"的对比。诗人以"曾照"两字，就很巧妙地把两者连接起来了，并且把眼前风景与历史画面融为一片。可以说，他最想表达的是一种生命意识——再美丽再繁华的人生，终究不过是天地之一瞬。

李白在苏州咏史怀古，抚今追昔，除了这首《苏台览古》，还以吴王夫差为主角，写了一首《乌栖曲》：

姑苏台上乌栖时，吴王宫里醉西施。

吴歌楚舞欢未毕，青山欲衔半边日。

银箭金壶漏水多，起看秋月坠江波。

东方渐高奈乐何！

诗题取自乐府《清商曲辞》西曲歌调名。但六朝的"乌栖曲"多是歌咏艳情，最有名的作者是南朝陈的末代皇帝陈叔宝，也就是那位以荒淫著称的陈后主。李白这首诗虽用"乌栖曲"歌调名，却是反其意而为之，讽刺吴王夫差的荒淫。

起首两句"姑苏台上乌栖时，吴王宫里醉西施"，点出了地点、时间、人物，也点出了吴王"醉西施"的故事内容。相传吴王夫差花了三年时间，在姑苏山上建姑苏台，其后又筑春宵宫，为长夜之饮，修大池，造龙舟，与西施水中戏乐。

中间四句，像是蒙太奇的电影剪辑，先来一个"吴歌楚舞"的特写，然后把三个视点不同的镜头组合起来。这三个镜头上承第一句"乌栖时"，下接末一句"东方渐高"，使得全诗几乎每一句都在表现时间飞逝之快，凸显吴王歌舞狂欢、沉醉酒色、通宵达旦的荒淫。山衔落日，秋月坠江的画面，与"乌栖时"的日暮乱鸦，在表现时间飞逝流走的同时，也烘托出凄清悲凉的气氛，预示着乐极生悲的结局。

最后一句，既是前几句的自然衔接，又像是诗人自己再也看不下去，突然一声棒喝："东方渐高奈乐何！"东方渐白，天要亮了，还要怎么寻欢作乐啊！高同"皜"，白的意思。

《乌栖曲》讽刺的是吴王夫差，却又何止是夫差，历史上像夫差这样的国君大有人在。李白在写《乌栖曲》这首诗的时候，肯定会想到也写过《乌栖曲》的陈后主。这个亡国之君，竟能在隋军大举围攻的危急情况下，自恃长江天险，照旧彻夜享乐，沉迷酒色。有人说这首诗暗讽唐玄宗，其实这时候的唐玄宗还是位励精图治的英明君主，这时候的李白只怕也未必想到当朝天子日后也会重蹈夫差的覆辙。比起陈后主，唐玄宗更像夫差，因为他们两人曾经都很有雄才大略，后来却昏聩起来，从明君到昏君。

中国有四大美人之说，其中最有名的是西施和杨贵妃。李白比杨贵妃年长近二十岁，当他年轻时一再写到西施的时候，怎么也不会想到后来奉玄宗御命，为杨贵妃赋诗。此是后话，留待以后再说。

吴姬越女

—○

笑入荷花去

也是在江南旅途中，李白从民歌中汲取养分，以当地民歌写当地女子，写下了《越女词五首》和《长干行》，给我们留下了唐代的江南女子群像。《越女词五首》是一组诗，其实不只是写越女，前两首写吴地女子。按唐人习惯，把吴地女子简称"吴姬"，把越地女子简称"越女"。《长干行》写的是独守空房的少妇，她其实也是一个很年轻的吴地女子，只是嫁给了久出不归的商人。从李白无所拘泥的笔下，我们先看看吴越女子有多么美丽、活泼、大胆、多情，由此也更可以感受到这个少妇的孤独、郁闷和哀伤。

《越女词五首》都是五言四句，却并非文人的绝句，从题材、形式到风格都明显在学习借鉴《子夜歌》。《子夜歌》是乐府曲名，属于南朝民歌中的吴歌，因产生于六朝都城金陵及周围地区，也就是传统称呼上的吴地，所以把这些民间歌谣称为"吴歌"。又因为吴越两地的文化向来是难解难分，民间歌谣也很相像，所以有"吴歌越吟"之说。李白本来就喜欢乐府诗，在过去两年里，又曾在金陵、扬州、越州、杭州、苏州等地游历，这些地方正是"吴歌越吟"的发源地。游走在吴越水乡，来自蜀地的李白忍不住以当地民歌来吟咏，诗中透出一个异乡人初到吴越的新奇之感。

《越女词五首》第一首写的是"长干吴儿女"。"长干"指金陵长干里，《长干行》的"长干"也指这里，位置在今南京市中华门外秦淮河的南边。从秦汉到六朝，长干里都是商业区和货物集散地。李白去的时候，繁华不如六朝，却仍然是热闹地段，船民集居，商人纷杂。"儿女"指女儿，"吴儿女"就是吴地女子。李白眼里的"吴儿女"相貌妩媚，穿着也很是特别。诗人这样写道：

> 长干吴儿女，眉目艳新月。
>
> 屐上足如霜，不著鸦头袜。

诗的大意是，长干里吴地的姑娘，眉目秀艳好比新月初出。木屐上不见鸦头袜，又细又白足如霜。即使是今天，我们可能还会忍不住轻呼一声，哎呀，李白写得够大胆啊！长干里的姑娘穿得也够大胆啊！要是放在女人裹小脚的明清时代，那就是犯了天条。从这里可以看到唐代社会的开放，不过，并非金陵的姑娘都光着脚丫穿木屐。长干里是船民集居之地，姑娘们水里来水里去，穿着鸦头袜不方便。李白是异乡游子，见到光脚丫的女子觉得新奇，又满心欣赏她们的美丽大方。

第二首写的也是吴地女子，笔墨更大胆。

> 吴儿多白皙，好为荡舟剧。
>
> 卖眼掷春心，折花调行客。

"剧"是游戏，"荡舟剧"是划船的游戏。"卖眼"是俗语所说的飞眼，挑眉眨眼，以此传情。"折花"也是一种游戏，《长干行》中有"折花门前剧"的诗句，可惜年代久远，我们已经不知道这究竟是什么样的游戏了。诗的大意是说，吴地的姑娘肤色白嫩，好做划船的游戏。送来秋波，投来春心，跟行路客折花嬉戏。你看，为了吸引她喜欢的男人，她很火辣地施展妩媚和性感。放在保守的时代，她不就是狐狸精吗？由此你也可以再次感受到唐代社会的开放和李白的无所羁勒，他连这样又美又媚的女孩子也写在笔下了。

第三首和第五首写的是耶溪越女。耶溪即若耶溪，在越州会稽之南，溪流清澈，下游两岸到处是茂林修竹，不少唐代诗人为此流连忘返。李白到达越州时，正是荷花盛开的季节，"竹色溪下绿，荷花镜里香"。"耶溪采莲"的越女就生活在这样美丽的地方。先看第三首：

> 耶溪采莲女，见客棹歌回。
>
> 笑入荷花去，佯羞不出来。

这位乡下越女跟上首诗里又媚又野的金陵吴姬完全不一样了，她一看见牵动芳心的男子就唱着歌掉转船头。她笑着躲入荷花深处，佯装怕羞，不敢出来。她越是躲，越是羞，越是半遮半掩，就越说明她喜欢这男子。诗人把采莲越女微妙的一刹那捕捉入诗，又把她放在耶溪、歌声和荷花丛中，让人觉得美好可爱至极。

第五首的耶溪越女是个很爱美的俏女子。

> 镜湖水如月，耶溪女似雪。
>
> 新妆荡新波，光景两奇绝。

镜湖原在会稽、山阴两地交界的地方，李白去的时候还是个大湖，可惜后来消失不见了。诗的大意是，镜湖的水清亮如月，若耶溪的少女洁白如雪。少女又换上了美丽的新妆，镜湖又添加了清冽的流水，新妆荡漾在湖水之上，波光和倒影两相奇绝。第一句写镜湖之美，第二句写越女之美，三、四两句是镜湖和越女竞美争胜，各有奇绝。

第四首写的是越地青年男女的幽会。女子是东阳人，东阳是婺州治所，男子是会稽人，会稽是越州治所。两个地名并非实写，强调的是相爱男女生活的地方相距较远。放在今天，女子在金华市，男子在绍兴市，相距不到两百公里，开车说到就到，但那时候就相见不易了。

> 东阳素足女，会稽素舸郎。
> 相看月未堕，白地断肝肠。

前两句说，东阳有个白足少女，会稽有个划船情郎。"素足"的意思是雪白的脚丫子，"素舸"的意思是未装饰的木船。暗示那女子就靠一双素足，那男子就凭着他的船，两人打老远的地方跑来幽会。后两句说，月犹未落，天快亮了，他们执手相看，平白无故地愁断肝肠。"白地"是平白、无缘无故的意思，诗人故意使用了当时民间的俚语。全诗只有二十字，却是有人物，有故事，有细节，而且巧妙地抓住这对青年男女幽会未已、分手在即的断肠时刻。

《越女词五首》写的都是吴越女子，但角度和手法，乃至人物的个性各有其妙。同样是描写吴越女子的穿着，第一首突出的是吴姬"屐上足如霜，不著鸦头袜"的新奇，第五首突出的是越女"新妆荡新波，光景两奇绝"的美丽。同样是表现吴越女子对男子的爱慕，第二首的吴姬又媚又野，第三首的越女不胜娇羞，第四首把故事放在远道赶来幽会却不得不在黎明之际分手的时刻，凸显越女与情郎的痴心眷恋。五首小诗，并非一时一地所写，相距时间却不会很远。诗人初到吴越，在新奇和喜悦中以民歌情调写诗，有意识地把吴越女子的不同风采展现出来，留下一组活泼泼的群像。

《越女词五首》俏皮可爱，清新自然，很像南朝民歌中的子夜歌。北宋郭茂倩收集的《乐府诗集》中有两首《大子夜歌》，内容是对子夜歌的赞美，其中一首说："歌谣数百种，《子夜》最可怜。慷慨吐清音，明转出天然。"李白向民歌学习，深得民歌"天然"之妙。"清水出芙蓉，天然去雕饰"，这本来是李白对他人文章的赞美，后来却成了人们评价李白诗歌最常用的话。

如果说《越女词五首》是模仿民歌的手法写民歌，那么，同时期所写的《长干行二首》却是从民歌中汲取养分，把民歌的"天然"融化到诗歌创作中。"长干"就是《越女词五首》第一首开头所说的长干里，"屐上足如霜，不著鸦头袜"的"长干吴儿女"，当是船家女子，《长干行二首》里的主人公却是商人之妇。

乐府中有《长干曲》，原为金陵一带的民歌，表现的多是金陵男女青年的生活。到了唐代，诗人也写《长干曲》，大都是五言四句的小乐府体，其中最有名的是崔颢的《长干曲四首》。到了李白笔下，却铺排笔墨写了两首长诗。他以长干里商人之妇的口气，自述了爱情和婚姻，相思和痛苦。请看他的《长干行二首》的第一首：

妾发初覆额，折花门前剧。

郎骑竹马来，绕床弄青梅。

同居长干里，两小无嫌猜。

十四为君妇，羞颜未尝开。

低头向暗壁，千唤不一回。

十五始展眉，愿同尘与灰。

常存抱柱信，岂上望夫台。

十六君远行，瞿塘滟滪堆。

五月不可触，猿声天上哀。

门前旧行迹，一一生绿苔。

苔深不能扫，落叶秋风早。

八月胡蝶来，双飞西园草。

感此伤妾心，坐愁红颜老。

早晚下三巴，预将书报家。

相迎不道远，直至长风沙。

一看开头就觉得似曾相识，这不就是青梅竹马，两小无猜嘛！是的，这两个成语正是从这里来的。前六句说，我的头发刚刚盖过额头，就跟你在家门口玩折花的游戏。你骑着竹马跑来了，我们绕着水井围栏，互掷青梅，你朝我扔，我朝你扔。我们同在长干里居住，两颗童心，从无猜忌。你看，多生动的孩童游戏风情画面！额前覆盖刘海的小女孩，骑着竹马的小男孩，女孩男孩绕着水井围栏玩耍，这些镜头一下子就能唤起我们对自己童年的回忆，于是也很自然地贴近了诗里的男女主角。

其后八句，从"十四为君妇"到"岂上望夫台"，以女子口吻自述新婚的羞涩和恩爱。新婚伊始，幼时玩伴突然变成了丈夫，年仅十四岁的少妇不胜羞涩。这不只是一低头的羞答答，那是站在暗处，面向墙壁，一个劲儿地低着头，任凭夫君千呼万唤，也还是羞于回头，羞赧里满带着甜蜜的撒娇。到了十五岁时，终于放开了，眉开眼笑，与丈夫海誓山盟，发愿永永远远在一起。她相信丈夫就像那个守信的尾生一样宁死不肯离去，哪里想到他一去不归，盼啊等啊就像上了望夫台。"常存抱柱信"一句，紧承前边青梅竹马的美好和新婚夫妻的恩爱，"岂上望夫台"一句巧妙一转，转为离别后的担忧惧怕和寂寞相思。

"十六君远行，瞿塘滟滪堆。五月不可触，猿声天上哀。"这四句突起波澜，惊涛骇浪，猿声哀鸣，与前边的温柔画面判若两个世界。滟滪堆是瞿塘峡峡口一块巨大的怪石，五月水涨，一江的洪水直冲滟滪堆，稍有不慎，船翻人亡。诗人以少妇口吻讲述这样的画面，好像她的丈夫随时都会遭遇翻船之危。

"门前旧行迹"以下十二句，大意是说，大门口你离家时留下的足迹，渐渐地全都长满了绿苔。绿苔深到不能打扫，秋风又早早吹来满地黄叶。八月里蝴蝶翩跹起舞，双双飞落到西园草地上。看到蝴蝶成双我倍感哀伤，愁苦让我更容易衰老。什么时候你想下三巴回家，别忘了把家书快些捎给我。不管路有多远，我可以一直走到长风沙迎接你。诗人以少妇自己的口吻，反复渲染独守空闺之苦、思念丈夫之哀和期盼相聚之切，其中最重要的一句是"坐愁红颜老"。如果想一想李白在金陵同时期所写的火辣情歌《杨叛儿》，比较一下《越女词五首》所表现的那些活泼大胆的吴越女子，就不难想象，对于这个还不到二十岁就年复一年在孤苦煎熬中度日的少妇，李白该有多么同情悲悯！

这首诗的语言像民歌浅显自然，感情的表达却很细腻，缠绵悱恻，愁肠百转。李白年轻时很少写长诗，但这首写商妇的诗不但很长，投入了很深的感情，而且欲罢不能，接连写下第二首。究竟是什么样的创作冲动，促使他把独守空房的商妇一写再写？关于这一点，后边在谈到李白家人的时候，我再详细道来。

扬州明月

一〇

低头思故乡

　　就像许多年轻人一样，在离开家乡闯天下的那一刻起，离别之情就伴随着李白。在从蜀水到巴山的途中，他写下了《峨眉山月歌》，故乡的月亮伴随着他。出了三峡，由蜀入楚，在荆门山一带写下《渡荆门送别》，"仍怜故乡水，万里送行舟"，故乡的水一直把他送到荆门。另一方面，也像许多年轻人一样，李白在离乡后的起初一两年，雄心万丈，踌躇满志，纵有乡愁袭来也无忧无惧。可是有一天，或许是生病了没有亲人照顾，或许是生活陷入了困顿，或许是终于发现外边的世界远没有那样简单，于是，乡愁就挟裹着难以忍耐的孤独和寂寞侵袭而来。

　　开元十四年（726 年）秋，以上所说的种种"或许"，都在李白生活中真实发生了。他在东南游后又回到扬州，应该不只是因为扬州乃东南地区最繁华的都会，还因为扬州位于大运河和长江交汇处，四通八达。他的人生理想是辅佐天子，建功立业，从扬州就可以乘船北上，奔往京城长安。可就在这个时候，接连遭遇两大不幸，一是大病一场，二是钱财一空。他后来回忆说："曩昔东游维扬，不逾一年，散金三十余万，有落魄公子，悉皆济之，此则是白之轻财好施也。"因为是在上书自荐，说得很豪迈，但这些话的背后肯定藏着很残酷的一面。譬如，他没说自己卧病扬州之事。"散金三十余万"不可能都是因为他的"轻财好施"，扬州大病一场，应该也是他陷入困境的主要原因之一。

在扬州，李白写了一首《淮南卧病书怀寄蜀中赵征君蕤》。"淮南"是指淮南道首府扬州，"征君"是指朝廷征召不赴之人，赵蕤隐居在蜀中故土，不应朝廷征召。约在十七八岁时，李白曾跟着他学了一年多纵横术。此时的李白客居扬州，病卧异乡，倍觉举目无亲，想念亲友。他向昔日的老师提笔写诗，情难自已，把自己的苦况窘况以及独在异乡的孤独寂寞，毫不掩饰地倾吐出来了。诗中说，我是吴会之地的一片浮云，就像飘无定所的远行客。建功立业的事无从说起，眼看着岁月时光匆匆流去。远大的抱负说不定即刻就得放弃，本已衰弱的身体还在病情加剧。恨无知音，古琴只能藏在匣子里，无所施展，长剑徒然挂在空荡荡的墙壁。诗中还说，故土远在天外，还乡之路隔着高山重重……凉风吹来松林清冷彻骨，露水降临荒草白茫茫一片。想念故人如今却难相见，在隐约迷离的梦境中只剩我子然一人。

李白又有《秋夕旅怀》诗，一般认为这首诗的创作时间与上首诗属于同一个秋天。全诗从头至尾，都在写思乡之情。最后两句是说，含着悲伤思念故乡，涕泣涟涟谁能排解？思乡情切，以至于斯！

不过，更能触动我们思乡之情的却不是以上所说的两首诗，而是那首大家都熟知的五言绝句《静夜思》。很难确定《静夜思》的写作时间和地点，但李白研究专家安旗把它放在了开元十四年的扬州。这大概是因为，《静夜思》所传达的那种强烈的思乡之情，跟李白这一年的处境、心境以及其他诗作最为吻合。

床前明月光，疑是地上霜。

举头望明月，低头思故乡。

没有典故，没有警句，没有华丽的辞藻，也没有发挥诗人最擅长的夸张手法和想象力，甚至没有一个难写难认的字，好像是不假思索，脱口而出，然而，让上千年的中国人心有戚戚，家喻户晓。明代的胡应麟对这首小诗推崇备至，他说这是"妙绝古今"的好诗。

古往今来，无论是四处漂泊的游子、奔波在外的幕僚，还是久出不归的商人，只要是独在异乡，都会有同样一种"静夜思"的温柔时刻——这就是月明星稀、夜深人静之时，想念家乡，牵挂亲人。李白的《静夜思》抓住了这一时刻，而且，连同这一时刻人人都可能经历过的细节，也让他很微妙地表现了出来。他写的既是他自己的这个月夜，也是人人都经历过的月夜。夜深了，他躺在床上睡意蒙眬，蓦然却见床前白皑皑的月光。他以为地上铺满白霜，被这一地的雪亮凛然一惊。定神再看，原来是月色，今夜的月色竟是这样皎洁。一瞬间，孤独袭来，睡意全无。他不由得抬起头来仰望一轮皓月，渐渐地又在不觉间低下头来，整个人沉浸在对故乡的思念里。

这个月夜的乡愁无疑是很浓很浓的，但喜欢腾在空中呼喊的李白，偏偏在这里把浓到化解不开的思乡之情，以很淡很淡的笔墨传达出来。乡愁是人人都有的，为此涕泣落泪也是寻常之事，以浓情写浓情，把什么都说尽了，反而少了品味的余地。《静夜思》笔墨极淡，全无雕饰，信口说出一般，却能在一瞬间唤起读者共有的记忆、情感和想象，在不知不觉中融入月夜思乡的情境里去。

上一篇我们欣赏了李白的《越女词五首》，并由此说到南朝乐府《子夜歌》对李白的影响。清代李重华说"五言绝发源于《子夜歌》，别无妙巧，取其天然，二十字如弹丸脱手为妙。"现代古典文学专家刘永济引用了这段话，以此评价《静夜思》。他又说："李白此诗绝去雕采，纯出天真，犹是《子夜》民歌本色。"《静夜思》虽然不像《越女词五首》那样明显模仿民歌手法，但深得《子夜歌》"天然"之妙。

李白一生中写过许多怀乡诗，但他的籍贯究竟在哪里？以前说法很多，诚如刘大杰先生所说："中国诗人的籍贯，未有如李白之紊乱者。"1935年陈寅恪先生发表了《李太白氏族之疑问》，论证说李白是西域胡人，五岁来到四川江油。他的论证激起众多争论，到了二十世纪七十年代，郭沫若推翻了"胡人说"，但认为李白生于中亚的碎叶城。此城也叫素叶，唐玄奘去印度取经时曾经路过，现在属于吉尔吉斯斯坦共和国，位于托克马克市西南。

近几十年来，经过许多学者的研究，大致有了共识。概括来说，李白的祖先在隋末大乱时迁徙到突厥人控制下的碎叶一带。到了唐朝强盛时期，碎叶成为西域都护府的四大重镇之一。碎叶距离唐都长安有上万里之遥，王维说"西出阳关无故人"，阳关在敦煌，敦煌东距长安已有七千余里，西距碎叶还要更为遥远，而且要翻越天山。李家有好几代人，居住在唐王朝安西都护府管辖的碎叶，但那里的居民主要是突厥人。直到李白五岁那年，其父携家来到绵州昌隆县居住，昌隆县是今天的四川省江油市。五岁以后的事情，在李白自己的诗文中就有了回忆和记载，很显然，李白把蜀中看作是家乡故土。他的《静夜思》，思念的正是绵州昌隆县。

按理说古人很重视出生地、家世和身世，李白又是出了名的率直，但事实上他极少提及，偶有提及也是闪烁其词。李阳冰是受李白临终委托并为李白文集作序的人，他在序文中说，李家从西域"逃归于蜀"。范传正与李白有通家之好，他把李白迁葬到当涂并作墓志铭，铭文中透露出李白的父亲叫李客，"潜还广汉"。"潜还"和"逃归"是一样的意思，很可能正因为是"逃归"，要避人耳目，李客没有把家安在名都大邑，而是躲藏在偏僻的昌隆县。他甚至要隐姓埋名，以外来客的"客"字作为名字。

除此之外，范传正还在碑文中说李客"高卧云林，不求禄仕"。"高卧云林"，并不等于做隐士；"不求禄仕"，只是说不为俸禄而做官。那么，李客生前究竟做什么？不少学者认为李客是一位富商，以现存零星史料和李白诗文来看，也只有这个结论可以接受。且不说李白诗文中有不少类似"千金散尽还复来"的诗句，只说他的挥霍习惯从何养成，就让人自然想到他是富家子弟。他说自己"曩昔东游维扬，不逾一年，散金三十余万"，当时他离开家乡不过四年时光，如此巨款从哪里来？

既然是生于富商之家，为什么喜欢豪奢的李白却要刻意隐瞒？这一点倒是不难解释。唐代社会风气虽然开放，但唐初立国，仍然承继了由来已久的抑商政策，商人照旧被歧视，甚至被视为"贱类"，非但不能做官，也不能参加科举考试。直到中唐时期，伴随商业发展，商人的地位才提高了许多，终于出现考中进士的商人子弟。了解了这一点，也就知道李白不参加科举考试的根本原因。

可以肯定地说，李白的家庭和家乡对他的影响都很大。大家想想看我们对于李白的印象：除了他是"诗仙""酒仙"之外，还会觉得他的品格、风格实在是太独特了！虽然说这与盛唐时代的开放有很大关系，但把李白与同时代的人相比，他仍然有许多地方是迥然不同的。盛唐时代，像他那样渴望着建功立业的读书人并不少见，但很少有人全然不受儒学的束缚，从未想过参加科举考试。隐居田园的也有，求仙访道也有，仗剑行侠的也有，却没有人像他那样集于一身，而且几者之间好像全无矛盾。他对游侠的推崇和效仿更是独特，甚至在中年以后，他的朋友崔宗之还说他"袖有匕首剑"。

那么，李白的独特缘何而来？虽然找不到足够的史料，但可以根据已有的零星史料这样推论：其一，曾经好几代人居住在西域碎叶的李家，尤其是曾经在碎叶生活多年的李白父亲李客，不可能不受游牧民族突厥人的影响，并或多或少地影响到李白。其二，李白在绵州昌隆县长大，不可能不受当地文化的影响。蜀中道教文化发达，东汉时张道陵就是在"古蜀仙道"创立了道教，李白在家乡时常登的几座山多是道教圣地。而且，绵州昌隆县是少数民族群居的地方，历史上所说的西南夷、南蛮与汉人杂处，民风强悍，尚武好侠。唐代另一位大诗人陈子昂与李白是同乡，少年时代也是仗剑任侠。其三，李白父亲李客很可能就是个奇士。李白说他小时候，父亲让他背诵司马相如的《子虚赋》，又说自己"五岁诵六甲，十岁观百家"，十五岁观奇书，习剑术，好神仙，由此可见这个从西域迁徙而来的父亲对汉文化相当熟悉，而且很重视儿子读书。正因为李客自己读书很杂，再加上商人的儿子没有科举机会，李客让儿子所读之书，与儒学和科举都没有多大关系。

李白从未提及自己的母亲。他父亲是商人，商人的一大特征是长年在外。他母亲是商人妇，独守空房的日子只怕也是常有的。上一篇我们欣赏了李白以商妇自述口吻写成的长诗《长干行》。后来，他又写下另一首长诗《江夏行》，也是以商妇自述口吻写成的。我想，不能排除这种可能，那就是正因为李白对母亲商妇生活的熟悉、怜惜和悲悯，再加上对母亲的怀念，促使他一再表现商妇的孤独和哀伤。

李白一生，奔波不定，始终都在怀念他的故乡。故乡是因为文化、风俗和亲情才具体起来的，李白的那轮明月，因为这种具体才寄托了深深的感情。

孤帆远影

○ 故人西辞黄鹤楼

年少时送别亲友，每当火车消失在远方的地平线上，常会油然想起李白的《黄鹤楼送孟浩然之广陵》。

故人西辞黄鹤楼，烟花三月下扬州。
孤帆远影碧空尽，唯见长江天际流。

我想很多人在年少时跟我是一样的。可是，随着年岁渐长，有一天忽然忙得顾不上"目送"亲友远去了。再后来进入高科技时代，瞬息千变，忙碌不堪。有时开车送朋友去机场，他说把我放在路边就行了，我也就恭敬从命。这时候想起李白送孟浩然，又是怅然，又是惭愧。

李白和孟浩然交游的时候，孟浩然已名满天下，李白还是个年轻新秀。此前一段日子，李白正处于很落魄也很寂寞的困境，卧病扬州，钱囊羞涩。作为富商子弟，本来就是有钱却没有地位，如今钱花光了，豪奢的生活结束了，一些酒酣耳热的朋友也就蒸发不见了。扬州是繁华大城，居大不易，等到身体有所康复，李白就只有离开了。他来到安州安陆郡，向安州长史李京之献诗干谒，上书自荐。信中把自己走投无路的艰难全说出来了："白孤剑谁托，悲歌自怜，迫于凄惶，席不暇暖。寄绝国而何仰？若浮云而无依，南徙莫从，北游失路。"大概是这位长史略有表示地帮了小忙，李白把他的脚步暂且停留在安陆郡，隐居在寿山上。

朋友问他为何隐居在这样一个籍籍无名的小山。李白写了《代寿山答孟少府移文书》调侃作答，最后一段，他表示说：把丹书秘籍卷起来，把瑶瑟装在匣子里，申张管仲、晏婴的王霸学说，谋划帝王的统治之术，竭尽智能，愿为天子辅助，使天下安定，神州统一。等到为君王谋成大业，光宗耀祖的事也做完了，然后与范蠡、张良一样，泛舟于五湖，隐居在沧洲。你看李白有多浪漫，在他那里，隐居高卧与修道成仙，修道成仙与建功立业，建功立业与归隐五湖，全都没什么矛盾，只是在修道成仙与建功立业之间要做选择，他还是选择了建功立业。

隐居再高雅，成仙再美妙，终究还是"独善一人"，只有辅佐君王，成就大业，才能"兼济天下"。这就是李白，各种人生都在诱惑着他，最终却选择了积极用世。即使很倒霉，很落魄，也不丧失自信和勇气。

这一年李白二十七岁，辅佐君王的梦想可以放到以后去实现，娶妻成家却已是迫在眉睫了。在寿山隐居一段日子后，李白就到当地许府做女婿了。许府乃宰相之家，李白的许氏夫人是谯国公许绍的曾孙女，是已故宰相许圉师的孙女。许绍是唐高祖少时的同学和好友，又是为唐高祖打天下的功臣。许圉师在唐高宗时官至左丞相，死后陪葬乾陵。站在今天来想象，李白和许氏夫人，一个是中国历史上的大天才，一个是世代荣华的相门女，他们俩的结合怎么想都是富有传奇色彩的。但是，站在当时世俗的角度来看，许氏夫人是相门女，李白却是商人子、外来客、落魄书生。古人讲门当户对，唐朝人尤其重视名门高门，作为商人之子的李白与相门女结婚，这在当时是不可想象的。他能走进许府做女婿，应该跟他出众的外表、才气和诗名很有关系，但还有一个因素也许更重要——他是入赘到许家的。唐代社会虽然相对开放，但赘婿仍然被轻视。

显然，李白希望借助与相门之女的婚姻改变自己的社会地位，寻找从政的机会。但是从他婚后的经历来看，人生并未因此就顺利起来。至于李白和许氏夫人的婚姻生活究竟如何，我们所能了解的很有限，除了有一儿一女，李白还有一首写给妻子的诗《赠内》："三百六十日，日日醉如泥。虽为李白妇，何异太常妻。"太常是掌管天子礼乐祭祀等事务的官员。东汉有个太常叫周泽，为官清廉却嗜酒如命。有一次他卧病斋宫不归，其妻念他老病，前去探望，周泽大怒，认为她触犯斋禁，送她入狱。时人笑话说："命运不好，才做太常妻。一年三百六十日，三百五十九日都在斋宫里。"李白以周太常自比，自嘲说，一年三百六十天，我天天都喝得烂醉如泥。你虽然是我李白的夫人，但和那个周太常的妻子有什么区别呢？看似调侃妻子，更是在嘲笑自己，自嘲中有自惭自愧。在我们的眼中李白是酒仙，但在太太眼中，这种可能性是不会有的。虽然如此，还是可以从这首诗中看到他们的夫妻感情。

与孟浩然开始交往，恰是在李白结婚的前后。这时的李白，或因生活困顿，或因新婚不久，外出远游的时候少了。孟浩然隐居在家乡襄阳，距离安陆两百公里，对李白来说属于近距离。他们相识时，孟浩然快四十岁了，虽然年龄相差比较大，但两人颇有相似之处——都是诗歌天才，都嗜好饮酒，都酷爱山水，都是气质不凡。同时代的王士源说孟浩然"骨貌淑清，风神散朗"，骨骼相貌美好纯净，风神气度潇洒俊朗。从性格性情来说，孟浩然虽然不像李白那样热烈狂放，但他的不虚伪，不做作，率性而为，无拘无束，由着性情交朋友，都和李白很相像。孟浩然名扬四海，张九龄、王昌龄、王维等都与他交好，但写孟浩然写得最好的还是李白的《赠孟浩然》：

> 吾爱孟夫子，风流天下闻。
>
> 红颜弃轩冕，白首卧松云。
>
> 醉月频中圣，迷花不事君。
>
> 高山安可仰，徒此揖清芬。

李白喜欢写乐府歌行或古体，其次是绝句，但孟浩然的诗作绝大部分是五言律诗。或许正因为是赠给孟浩然，李白就以五律写这首诗。不过，李白的五律仍然带着乐府歌行一气流走的自然，以及李白特有的飘逸之气。李、孟都是飘逸之人，可以说，这首诗是飘逸之人写飘逸之人。

开首就是一句"吾爱孟夫子"，紧接第二句"风流天下闻"，不只是我，天下人也都知道你的名士风流啊！三、四两句，以"红颜"对"白首"，点出年少到年老，以"弃"对"卧"，点出人生选择，以"轩冕"对"松云"，把喧闹官场的车马冠服与高雅隐居的青松白云作鲜明对比。轻松两笔，赞美了高洁的人品，也勾勒出飘逸的形象。五、六两句突出孟浩然超然于红尘之外，他在明月下酣饮清醇美酒，频频入醉，他迷恋幽谷花草，不去侍奉君王。最后两句直言表达敬仰，他的品格如山之高，怎么能够仰望，我只能对他的高洁芬芳表达敬意。整首诗，从"吾爱孟夫子"开头，到"徒此揖清芬"结束，从喜爱写到敬仰。

无论是生前还是身后，孟浩然都是著名的隐逸诗人。直到今天，我们仍然把他和王维视为唐代山水田园诗派的代表。不过，孟浩然并不是从未动过出仕的念头。家里有年老多病的母亲需要赡养，况且他也有些济世的热望。就在与李白相识的那年冬天，孟浩然终于下山，跑到长安寻找入仕的机会。名满天下又风度不凡，让京城文坛轰动一时，但第二年应考进士竟落榜了，孟浩然只好在大雪纷飞的日子回到襄阳。春天的时候，他来到长江岸边的江夏，李白和他再次相遇。

江夏是鄂州治所，在今天的武汉市。李白从安陆到这里，也就一百多公里。但他又沿长江逆流而上，先去洞庭湖，路程就远多了。三年前，他和同乡好友吴指南结伴同游，吴指南猝然病故于洞庭湖上。李白伏尸大哭一场，把好友埋葬在野外，然后乘船前往金陵。一晃三年过去了，李白念其"故乡路遥，魂魄无主"，特意远道赶来，要把好友迁葬到像样的地方。他在洞庭湖畔找到吴指南的荒野孤坟，把他的尸骨带回江夏，又举贷筹钱，葬于城东。李白这样做，固然是故人难忘，又满带义气侠气，但也与他当时的孤单寂寞、思念故乡不无关系。

早春的时候，李白在江夏还遇到一位姓蔡的朋友。因他在家族同辈中排行第十，所以李白在《早春于江夏送蔡十还家云梦序》一文中称呼他蔡十。蔡十是安州云梦县人，李白既然已在安陆安家，跟蔡十也算是同乡。但文中又说到对蜀中老家的思念。他说离乡三年未归，恰逢春天草绿，又起乡思，这时候见到蔡十，心里宽慰许多。他们每天在一起相聚宴饮，吟赏烟霞，"朗笑明月，时眠落花"。但蔡十马上又要还乡，李白顿生别离之愁。

迁葬了蜀中老家的同乡好友吴指南，又不得不跟安州来的蔡十分手告别了，恰在李白倍感失落的时候，孟浩然来到江夏。开元十六年（728 年）的这个春天，对于年近三十岁的李白和已进入四十岁的孟浩然来说，都很不平静。李白正处于孤独中，落第不久的孟浩然亦是如此。相信他们不是匆匆见面又匆匆分手，至少相聚了几日。离别之时，这两个嗜好饮酒的大诗人，一定会多喝几杯，酒酣耳热让他们越发无拘无束，一任性情。直到孟浩然上船远去，李白又登楼目送，一首伟大的诗作诞生了。我们再来看《黄鹤楼送孟浩然之广陵》这首诗：

故人西辞黄鹤楼，烟花三月下扬州。

孤帆远影碧空尽，唯见长江天际流。

一读这首诗，马上就会感觉到很美，很诗意，很大气！这种美、诗意和大气，几乎让我们忘记这也是很深情、很缠绵、很惆怅的送别。

前两句，十四字，大半是名词，却已经诗情荡漾了。"故人"是"风流天下闻"的孟浩然，离别之地是名闻天下的"黄鹤楼"，孟浩然将去的地方是大唐王朝最繁华的都会之一"扬州"。又因为黄鹤楼的神仙故事，"西辞"有了飘然洒然之美，扬州是人们向往之地，孟浩然此行是顺流而东，"下"字也来得飘然洒然。剩下只有四字，李白再来一个生"花"妙笔——"烟花三月"！

正逢阳春三月，一年之中最美之时，尤其是江南。两年前这个时候，李白离开金陵到广陵，也是三月下扬州。曾经有过的模糊记忆，还想再去的朦胧想象，让江南的繁花不是一朵一丛，一树一片，而是大片大片如烟如雾的繁花。

后两句更是神来之笔："孤帆远影碧空尽，唯见长江天际流。""孤帆""碧空""长江"，都是长江两岸最常见的景象，但"孤帆"加上"远影"诗意顿出，再加上"碧空尽"，就勾勒出了空阔辽远的万里长江水墨图。"长江"加上"天际流"，宏大磅礴的无边景象渲染出来了，而这"长江天际流"是在送别之人的"唯见"之下，就变成了借景传情，借的是江水无穷，传的是离情无尽。再把"孤帆远影碧空尽"和"唯见长江天际流"放在一起来品味，意思虽显豁，却放射出永不消逝的美与情，把我们也带到了诗人当时目送孤船远去的情境中，久久伫立，目断云帆，怅然若失。

诗人写出了深深的惜别之情，也写出了对扬州的无限向往。他恨不能飞到那个消失于天际的孤船上，在这"烟花三月"，与孟浩然同下扬州。

这时候的李白结婚不久，在原本陌生的异乡有了自己的家。岁月流去，逝者如斯，他向故土、向青春告别的失落和惆怅，想必也跟"孤帆远影碧空尽，唯见长江天际流"的怅然之情两相类似吧？

弹剑作歌

初
到
长
安

—
〇
拔
剑
四
顾
心
茫
然

开元十八年（730 年）李白三十岁，到了孔子所说的"而立之年"。建功立业的梦想更加迫切了，他离开安陆，走进京城长安。

李白二十四岁出蜀远行，雄心勃勃，为什么没有早点儿来长安？比李白早四十多年出生的同乡陈子昂，当年一出三峡就直奔长安。李白很敬仰陈子昂，他们少年时都是慷慨任侠，离开蜀地的时候也都是心怀大志，但李白出三峡后并未直奔长安，而是一路往东，从长江中游到长江下游，从荆楚到吴越，到处游历。

　　李白和陈子昂都有远大的政治抱负，走的却是完全不同的从政之路。唐朝以科举考试选拔人才，陈子昂选择的正是这条读书人从政入仕最现实的途径。科举考试分作好几科，其中进士科是最热门也最有前途的，但每年录取的人数很少，唐朝有"五十少进士"的谚语，意思是五十岁能考上进士就算是少年得志了。陈子昂要考的是进士科，目标很明确，他一出三峡就北上长安，进入当时的最高学府国子监学习，第二年参加科举考试。落第后他回乡苦读，三年后再次应试，再次落第。又过了两三年，终于榜上有名，进士及第。李白呢，却似乎从未想过走科举之路，一方面因为他是商人之子，没有参加科举的机会，另一方面也因为他狂放不羁，自视甚高，不屑于把人生的大好时光都消耗在循规蹈矩的科举考试上。他选择的其实是一条更艰难的从政之路，那就是我们在前面已经说过的：他要邀游名山，结交名士，访道求仙，纵横任侠，直到名满天下，天子相招。在他的青春壮游中，放情山水的快意，学仙访道的梦幻，行侠仗义的豪迈，隐士风流的潇洒，不但兼而有之，而且都被他的生命力、激情和自信所点燃，比常人加倍的强烈。尽管如此，还有一种始终不变的更强烈的热望，那就是李白在《代寿山答孟少府移文书》中说的"奋其智能，愿为辅弼"，建功立业。

　　扬州落魄之后，李白在安陆结婚安家，曾经向前后两位安州长史——李长史和裴长史，写了求荐信。求荐信在过去叫作干谒文，古代读书人为仕途顺畅，往往少不了要写干谒诗、干谒文，唐代尤其盛行干谒之风。安州的级别相当于现在的地市级，长史只是幕僚性质的官员，相当于今天的秘书长。两位安州长史的官衔并不高，但对于当时的安州布衣李白来说，已是高高在上了。李白的干谒文写得剖肝沥胆，谦卑之辞中，夹杂着按捺不住的傲岸之气。《上安州裴长史书》写到最后，干脆说，如果裴长史不能谅解他，接纳他，他将西入长安，一览大唐国风，鸿鹄高飞。

看来裴长史并没有厚遇李白，写下这篇干谒文不久，李白就北上长安了。心雄万夫却是一介布衣，天才过人却无人赏识，本来期待着在天子相招下走进九重城阙，现在却找不到任何施展抱负的机会，第一次入长安的李白，心境百般复杂，少不了亢奋和自负，也少不了茫然和感伤。

当时的长安城人口逾百万，不但是世界上规模最大的国际大都会，而且是最开放的城市之一。初唐诗人卢照邻，以《长安古意》长篇描述了长安的繁华、富庶与美好，但也暴露了高门权贵的骄奢淫逸和相互倾轧。开首四句是："长安大道连狭斜，青牛白马七香车。玉辇纵横过主第，金鞭络绎向侯家。"长安城大道连着小巷，四通八达的路上到处是香车宝马。玉辇奔驰，出入于公主府第，金鞭络绎不绝，往来于王侯之家。比起卢照邻，李白晚来长安半个世纪，这时候唐王朝已经立国百余年，表面上看正处于极盛之时，长安城愈显荣光。

　　李白到长安不久，就跑到城南终南山，寓居在玉真公主的终南山别馆中。想必是因为他已经诗名在外，再加上有力人士牵线，李白很快就进入与玉真公主有些关系的人际圈子。玉真公主雅好诗文，当时还有王维、高适和储光羲等，也曾经在玉真公主宅或山庄别馆饮宴游乐，赋诗歌咏。

　　玉真公主与唐玄宗李隆基、金仙公主是同父同母的兄妹，由于一同经历过祖母武则天带来的血雨腥风，感情非同寻常。他们的父母是唐睿宗李旦和窦德妃，祖父母是唐高宗和武则天。武则天之所以能成为中国历史上唯一的女皇，不只因为她富有谋略，意志坚强，有治国才能，还因为她随时可以翻脸无情，出手狠辣，她利用酷吏集团以杀立威，被她处死的家人及皇亲宗室足以列出长长的名单。690 年，唐睿宗被废去帝位。693 年，遵守礼法、温和顺从的窦德妃也被诬陷致死，罪名是使用巫蛊之术诅咒武则天。这时李隆基年仅八岁，金仙公主四岁，玉真公主最多只有两三岁。经此惨变，李隆基的至亲之人除了父亲，就只有两个幼小的妹妹。

　　李白与玉真公主能有联系，应该也与他们都笃信道教有关。710 年，唐睿宗复辟，李隆基被立为皇太子。就在唐睿宗复辟在位的两年间，金仙公主和玉真公主相继皈依道教，并一起在京城建筑道观。724 年，唐玄宗把司马承祯召到东都洛阳，命他在王屋山创建阳台宫道院，其后不久，玉真公主到阳台宫修道。司马承祯与玉真公主很熟，又曾经对李白大表叹赏，说他有"仙风道骨"，以此来看，有可能是他为李白牵线搭桥。

李白居住在玉真公主的终南山别馆，并不意味着就有了天子召见的希望。虽说他在十多年后果真被天子征召，供奉翰林，而且此事很可能与玉真公主颇有关系，但这时的李白只有三十出头，还没到诗名满天下的时候，他甚至尚未见过玉真公主。玉真公主的别馆有好几处，终南山那处只是其中之一，她本人很少去。从李白的诗《玉真公主别馆苦雨赠卫尉张卿二首》来看，这个别馆有些荒凉，有时候只可下榻，没有饮食。

这年秋季阴雨连绵，山洪不断，李白被困居在终南山别馆里。"厨灶无青烟，刀机生绿藓"，厨房里连做饭的青烟都没有了，案板上长满了绿藓。无奈之下，李白写了两首五言古诗给张卫尉，希望得到帮助。

此诗大意为：在玉真公主的别馆秋日独坐，大白天却是阴云密布。空中烟雨迷茫，一眼望去全是萧索衰飒。暗弱的光线令人迷惘，阴沉沉的天气使人忧恨相催。在这寂寥的深秋，唯一安慰我的就是眼前满满一杯浊酒。我吟诗咏怀，想念着管仲和乐毅，但他们都早已白骨成灰。饮酒独酌，聊以古人自勉，有谁还会重视治理国家的经纶之才？我只能学冯谖弹剑而歌："长铗归来乎，食无鱼！"心里充满哀伤。

一首犹恐不够，李白又写下更长的第二首，诗中把自己想得到张卫尉援引的愿望说得热切直白："丹徒布衣者，慷慨未可量。何时黄金盘，一斛荐槟榔。"意思是说，东晋末年的丹徒布衣刘穆之，虽然也曾经穷困潦倒，但志气昂扬，前途远大。总有一天我也能像他一样，用黄金盘子盛满槟榔报答你。显然，李白把张卫尉当作可以信赖的人。

张卫尉是谁，为什么李白对他抱那么大期望？卫尉是从三品的朝臣，相当于今天的副部级，掌管宫中仪仗、帐幕及兵器管理之事，官位并不很高。但这个张卫尉非同寻常，是当朝红人。他叫张垍，是前宰相张说的儿子，宁亲公主的丈夫。唐玄宗很宠爱女儿女婿，就在李白写诗赠给张垍的几个月前，唐玄宗曾经跑到宁亲公主府第看望女儿女婿。后来又打破常规，让他们夫妻二人把家安在皇宫里。张垍既受皇上宠信，又相貌堂堂，才华出众，而且很有爱才的姿态，因此让当时不少有才有志之士对他抱有厚望。730 年的李白，750 年的杜甫，都曾经向张垍干谒请托，希求援引。但这张垍不是什么厚道之人，李白和杜甫都是在很潦倒的困境下向他求助，他却并未真诚相助。李白后来供奉翰林，身为翰林学士的张垍还要说坏话，谗毁排斥李白。安史之乱爆发后，乱军杀到长安城，张垍竟做了安禄山的宰相。

来长安前，李白很自信，在写给安州裴长史的自荐信中说："何王公大人之门，不可以弹长剑乎？"战国时代，冯谖在齐国孟尝君家做门客，生活不如意就弹剑作歌，孟尝君厚待他，重用他。李白自比冯谖，他相信偌大一个长安城，王公大人之门多的是，总能找到一个孟尝君吧？但在接连碰壁之后，浪漫的他终于意识到路有多难！《行路难三首》当是作于这种情形之下，请看第一首：

> 金樽清酒斗十千，玉盘珍羞直万钱。
>
> 停杯投箸不能食，拔剑四顾心茫然。
>
> 欲渡黄河冰塞川，将登太行雪满山。
>
> 闲来垂钓碧溪上，忽复乘舟梦日边。
>
> 行路难！行路难！多歧路，今安在？
>
> 长风破浪会有时，直挂云帆济沧海。

一开始是丰盛的宴席，"金樽清酒斗十千，玉盘珍羞直万钱"。盛在金樽的美酒佳酿，装在玉盘的珍贵菜馐，昂贵奢华，盛情难却。嗜酒的李白，该是开怀畅饮了吧？下两句却陡然一转，"停杯投箸不能食，拔剑四顾心茫然"。举起杯子停而未饮，拿起筷子又放下了，美酒美食却吃不下去啊！那么就拔剑起舞吧！拔出剑来，举目四顾，却是无路可走，心中茫然。虽然对于心情的描述只用了"心茫然"三字，但这举杯又停杯，举箸又投箸，拔剑又四顾，已经把诗人自己的形象写活了。

"欲渡黄河冰塞川，将登太行雪满山。闲来垂钓碧溪上，忽复乘舟梦日边。"本来在写宴席，忽然跳到了渡黄河、登太行、垂钓碧溪、乘舟日边，诗人凭借着无所不至的想象力，驱遣着随手拈来的历史典故，一切都可以拉到眼前来。欲渡黄河，黄河冰封，将登太行，太行雪拥，要走的路，好像全被封死。这时候能安慰诗人的，似乎只有古代圣贤机遇天降的故事了。姜太公曾在流入渭水的磻溪上钓鱼，得遇周文王；伊尹梦见自己乘船从日月旁边经过，不久就被商汤聘请。人生的际遇说不来就是不来，说来也就来了啊！

"金樽"以下四句，从美酒佳肴的宴饮之欢，写到茫然四顾之哀，"欲渡"四句又从无路可走的绝望写到机遇忽来的希望。但这希望好像只能从历史中去寻找，遥远渺茫，诗人忍不住呐喊了起来："行路难！行路难！多歧路，今安在？"三字一句，接连爆出四句，激越高亢。行路难啊，行路难！那么多岔道口，通向目标的路究竟在哪里？

眼看要陷入绝望，诗人的情绪又一飞冲起，"长风破浪会有时，直挂云帆济沧海"。长风破浪的那一天会到来的，我将高挂云帆，横渡沧海！这就是李白。黄河冰封，太行雪拥，歧路纷出，他自己心绪不宁，起落跌宕，高喊着"行路难，行路难"，但最终还是不乏激情的驱动，永不放弃。印度诗人泰戈尔说："激情，这是鼓满船帆的风。风有时会把船帆吹断；但没有风，帆船就不能航行。"好像说的就是此时的李白。

读这首诗，很容易感受到诗人心情的起落变化。宴席上的"停杯投箸""拔剑四顾"，想象中的"渡黄河""登太行"，从历史画面上拈来的"垂钓碧溪""乘舟梦日边"，看似毫不相干的意象和画面，都随着诗人心情的起落变化手到擒来，兔起鹘落。很少有人像李白这样郁闷了就痛痛快快地吐露出来，也很少有人像李白这样把心情的起落变化和盘托出，不掩饰，不拘泥，不矜持，不做作。李白的歌行体诗，表现了非常真实的情感和心灵，因此也塑造了一个生动鲜活、极有个性特征的人，这个人就是他自己。

曳裾王门

○ 弹剑作歌奏苦声

李白是一个很浪漫很自信的人。这与他的个性、才情以及家庭背景、成长环境有关系，也与开元年间唐王朝的强大、繁荣和开放分不开。有别于中国历史上许多时代，盛唐时代的士人们或多或少都带着浪漫、自信的气息，只是在李白身上表现得最为典型。他在而立之年踏入长安，志在必得，成功之路在他的蓝图中过于简单了——他相信长安城总有哪个王公大人会赏识他，把他举荐到天子那里，而英明的天子也一定会求贤若渴。结果呢，不只是王公大人把他拒之门外，就连当初那个慧眼识才的唐玄宗，也变成了宠爱宦官和斗鸡徒的唐玄宗。

　　为什么要特别提到宦官和斗鸡徒呢？因为初到长安的李白，对这两种人深恶痛绝，对宠爱他们的唐玄宗失望之极。如果说开元前期的唐玄宗，以他的选贤任能给青年李白平添了许多憧憬和梦想，那么，这时候让李白痛感梦碎的主要原因，就是唐玄宗的贤愚不辨，黑白不分。前边说过，这时候的唐王朝已经立国百余年，表面上看正处于极盛之时，长安城愈显荣光。可实际上呢，内囊已开始腐烂了。唐玄宗本来是一个虚心纳谏、很有治国才能的君主，他先后重用的姚崇和宋璟都是千古贤相，朝政清明，乾坤朗朗。李白进入长安的这一年，宋璟虽然还在相位，但此前曾经因为严禁黑钱的流通得罪了权贵，而被罢相数年。唐玄宗看似还在敬重他，但真正重用的多是阿谀奉承的亲信，最明显不过的事实就是宦官的权力日渐膨胀，恃宠骄横。京城中豪华的府第，连同京城周围地区的宅院、名园和肥沃的土地，多被宦官占有。李白写下这样一首诗：

> 大车扬飞尘，亭午暗阡陌。
>
> 中贵多黄金，连云开甲宅。
>
> 路逢斗鸡者，冠盖何辉赫。
>
> 鼻息干虹蜺，行人皆怵惕。
>
> 世无洗耳翁，谁知尧与跖！

　　这是《古风五十九首》中的第二十四首。"古风"指古体诗，《古风五十九首》就是五十九首古体诗，并非一时一地之作。第二十四首明显是在长安所写，从诗中所针对的社会现实以及诗人的震惊和愤怒来看，更像是初到长安之作。

前四句写宦官："大车扬飞尘，亭午暗阡陌。中贵多黄金，连云开甲宅。""中贵"是中贵人的简称，专指地位显贵的侍从宦官。诗人把锋芒直指天子宠爱的权阉，但一开头先造成悬念：大车奔驰而过，扬起漫天尘土，正中午都看不见太阳，明媚的田野也暗淡下来。令人不禁惊疑，所写何事？然后，诗人才说，这些得宠的宦官家中有的是黄金，他们大兴土木，府第高耸入云。原来并没有什么大事发生，不过是宦官的马车经过，他们有钱有权，气焰熏天。让人忍不住要问，是谁给了他们这么大的财势权势？

随后四句写斗鸡徒："路逢斗鸡者，冠盖何辉赫。鼻息干虹蜺，行人皆怵惕。"路上又遇到斗鸡徒，帽子和车盖多么光彩照人。他们的鼻息直冲天上的彩虹云霞，路人都为之惊惧害怕。诗人写宦官，宦官并未露面，突出的是马车疾驰，一闪而过，留下尘土飞扬，然后把镜头推向"连云开甲宅"。写斗鸡徒，突出的是"冠盖""鼻息"，斗鸡徒不但露面了，而且是马儿慢慢走，帽子和车盖慢慢显摆，鼻孔朝天，不可一世，然后把叙述角度换到"行人皆怵惕"，以路人的恐惧衬托斗鸡者的胡作非为。宦官和斗鸡徒，同样的恃宠骄横，气焰熏天，表现出来却是一虚一实，一远一近。

看到这里，已经能够感受到诗人出离的愤怒了。最后两句，就是诗人的怒声一呼："世无洗耳翁，谁知尧与跖！"如今这世上，已经没有许由这样不慕名利的人，谁又能够分辨圣贤与盗贼！"洗耳翁"说的是上古时的许由，只因为听说帝尧要让他做九州长官，他就跑到颍水边洗耳朵，以示不想听到世俗浊言。"尧"与"跖"对举，一个是无人不知的圣贤，一个是无人不晓的大盗。这个世界，连圣贤与大盗都分辨不出了，还能说什么！

李白把当朝天子所宠爱的两种人拿来讽刺，实际上就是对唐玄宗腐败政治的强烈谴责。当年姚崇提出"十事要说"，其中之一是"宦官不得干政"，唐玄宗全盘采纳，姚崇才出任宰相。十多年后，正是从玄宗开始，唐代开始了宦官政治，其后祸及十四朝，长达近两百年，直到唐朝灭亡。至于斗鸡这种娱乐游戏，虽说春秋战国时代已经盛行，唐太宗也曾经有此爱好，但像唐玄宗这样着魔的皇帝却也少见。因为他痴迷斗鸡，从王侯之门到市井街坊，天下从风。李白在另一首《古风》里所说的"斗鸡金宫里"，嘲讽的也是斗鸡，王公贵族在洛阳城金光闪烁的宫殿里斗鸡。中唐传奇作家陈鸿以《长恨歌传》广为人知，其实他还写了《东城老父传》。前者写唐玄宗和他所宠的美人杨贵妃，后者写唐玄宗和他所宠的斗鸡小儿贾昌，都是在总结唐代由盛转衰的历史教训。贾昌七岁时就因为善于驯养斗鸡，被玄宗升任五百小儿长，人称"神鸡童"，以至于当时流传这样的民谣："生儿不用识文字，斗鸡走马胜读书。"

陈鸿写《长恨歌传》和《东城老父传》是在安史之乱以后，李白讽刺唐玄宗宠爱宦官和斗鸡徒却早在开元年间，这时候的唐玄宗正在发生可怕的变化。当初那个很能自省自律的皇帝，已经沉迷在阿谀奉承和寻欢作乐之中，他对宦官、斗鸡徒之类的宠爱到了不可思议的荒唐地步，实际上就意味着真正的贤能人才得不到重用。唐代由盛转衰的原因虽然不能全都怪罪到唐玄宗身上，但鼎盛时期一个拥有绝对权力的英明君主，突然变得昏愦而腐败，无疑就把一个本来还可以强盛多年的帝国迅速推到了危险的边缘。

在《行路难三首》的第二首中，愤怒的李白把锋芒直接指向轻视贤才的唐玄宗和王公贵族。

大道如青天，我独不得出。

羞逐长安社中儿，赤鸡白狗赌梨栗。

弹剑作歌奏苦声，曳裾王门不称情。

淮阴市井笑韩信，汉朝公卿忌贾生。

君不见昔时燕家重郭隗，拥篲折节无嫌猜。

剧辛乐毅感恩分，输肝剖胆效英才。

昭王白骨萦蔓草，谁人更扫黄金台？

行路难，归去来！

一开头就是李白式的火山爆发。"大道如青天，我独不得出"，大道像青天一样广阔，唯独我无路可走！愤懑郁积在心头，干脆就喊出来了。

诗人无路可走，但长安城的市井小儿却好像都在康庄大道上朝着荣华富贵狂奔呢。"羞逐长安社中儿，赤鸡白狗赌梨栗。""羞逐"是羞于追逐，那些市井小儿一窝蜂地去玩斗鸡走狗的游戏，说不定就能跨进王侯之门，甚而得到天子的宠爱。这或许就是一条捷径，但诗人又怎能混迹于市井无赖的行列呢？

对诗人来说，路在哪里？来长安前，他自信有冯谖的才具，相信在大唐京城总会找到赏识他的王公大人，"何王公大人之门，不可以弹长剑乎？"结果呢？现在他只能发出长叹："弹剑作歌奏苦声，曳裾王门不称情。""曳裾"的意思是拖着衣襟，"不称情"就是不称心。他弹剑作歌——如冯谖，可是哪里有孟尝君啊？在王公大人的门下拖着衣襟做食客，实在是不自在啊！可以想见，高傲的他为实现政治抱负，不得不"曳裾王门"，心里有多苦闷！

"淮阴市井笑韩信，汉朝公卿忌贾生。"诗人借韩信、贾生的典故，写自己的困境。韩信年轻时很潦倒，市井无赖取笑他。贾谊年轻有才，汉武帝很欣赏他，却因此被公卿大臣妒忌排挤。这其实也是历史上许多才智之士共有的悲剧，才智出众，反遭打压，一旦穷困潦倒，泼皮无赖也来嘲弄。但凡是在茶楼酒肆，往往少不了泼皮无赖起哄闹事的场面，他们的乐趣之一就是讥笑那些胸有大志却落难街头的读书人。李白在长安，只怕也会遇到这类人物。

"君不见"以下六句，一连提到郭隗、邹衍、剧辛、乐毅和燕昭王五个人的典故，但围绕的是以燕昭王爱才为中心的同一段历史故事，读起来当一气呵成。"君不见昔时燕家重郭隗，拥篲折节无嫌猜。剧辛乐毅感恩分，输肝剖胆效英才。"战国时代，燕昭王为富国强兵，尊郭隗为师，在易水边筑台招贤，置黄金于其上，邹衍、乐毅、剧辛等从各国纷纷前来。邹衍的名字没出现在诗中，"拥篲折节"的故事却与他有关。"篲"是扫帚，燕昭王折节下士，为迎接邹衍亲自扫路，又恐尘土飞扬，用衣袖挡住扫帚。燕昭王是如此礼遇人才，没有猜疑嫌忌之心，所以才会有人才纷至的局面，燕国才强大起来。诗人极力赞美爱才若渴的燕昭王，不用说，也在表达对当朝天子的不满和失望。唐玄宗曾经有过十多年礼遇人才的贤明政治，李白对他原本也有很高的期待，但现在的玄宗，已经不是开元初年的玄宗了。"昭王白骨萦蔓草，谁人更扫黄金台？"燕昭王的白骨已经被野草萦绕，还有谁能像他那样洒扫黄金台，折节下士？

诗的最后，以两个三字短句，在愤极而呼中结束全诗："行路难，归去来！"世路艰难，我还是回去吧！当然，他的"归去来"只是愤激之语，并非真的要归隐。

看了这首诗，也许有人要问，人生那么多路，为什么要"曳裾王门"？像李白这样高傲的人，为什么要委屈自己，跑到王侯大人那里"弹剑作歌"？

李白是商人之子，这在当时意味着他无法通过科举考试进入仕途，可他怀抱着远大的政治理想。三十岁以前，他遨游山水，求仙访道，有时还隐居高卧，在快意壮游、神仙世界、隐士风流的背后，始终不能放弃的就是强烈的建立功业的愿望。青年李白最想走的从政途径是通过名士的推荐信上达圣听，而名士多在名山之中。唐朝虽然与魏晋南北朝大为不同，但文化上依然在很多方面承接了三百余年延续下来的遗习。魏晋南北朝还没有科举考试，由于政局动荡，官场险恶，老庄玄学大盛，名士隐居成风，所以，朝廷常从隐逸之士中征召贤能。唐朝以科举考试选拔人才，偶尔也会把在野名士请到朝中来。尽管真正以名士声望而被征召的十分有限，不过是凤毛麟角而已，可我们的李白，自信和浪漫都是世间少有的。况且他本来就喜欢遨游名山，热衷求仙访道，又何况他离开故乡闯天下的时候只有二十四岁，他需要时间四处交游，建立名声。

除了名士的举荐，还有地方官员的举荐，这是李白可以选择的另一条路。远从汉武帝开始，中国古代选拔官员的制度就打破了世袭制，开始了察举制，隋唐科举制就是从察举制演变而来的。所谓察举，顾名思义就是考察、举荐，由地方官员在其辖区内考察并选取人才，举荐到上级或朝廷，经过试用及考核，再任命为官。李白在扬州落魄之后跑到安州，先后向当地的李长史和裴长史毛遂自荐，抱的就是这种希望。然而，这条路同样很窄，如果不是名望很高的地方大员，一般官员的推荐很难起到作用。像李长史和裴长史这样的官员，即使想推荐李白，推荐信只怕也要经过三级跳远，才有可能到达皇帝那里。如果他们有心直接任用，李白也只能从小吏做起。古代社会官是官，吏是吏，由小吏熬到大臣的希望很渺茫。李白是恨不得"直抵卿相"的高傲才子，不屑于如履薄冰地从小吏做起，在唯唯诺诺若干年之后从小吏变成官员，然后再去做宰辅之梦。

不管是在野名士的举荐，还是地方官员的举荐，这两条路都很窄，李白也都尝试过了。现在他来到长安，想走的是第三条路，这就是投奔那些跟皇帝关系密切且有爱才之心的王公贵族，期盼着在他们的举荐下得到皇帝的征召。这条路同样艰难，大唐京城果然就有赏识他的孟尝君吗？已经发生蜕变的唐玄宗，还会不会注意到李白的存在呢？

长安秋夜

○ 万户捣衣声

唐代的长安之夜，跟今天的西安之夜很不一样，最大的区别是有夜禁。除了正月初一和正月十五元宵节灯会，以及元宵节之前的两天，其余日子都实行严格的夜禁。每当夜幕降临之时，伴随着咚咚鼓声，城门、坊门就关闭起来了，直到次日黎明时分才重新打开。夜禁给堂堂大国之都增加了安全和威严，却也让长安之夜显得过于寂静了。王侯贵族尚可在自己的府第歌舞声声，"清风刻漏传三殿，甲第歌钟乐五侯"，外来的游子却因此倍感孤独，"楚客病来乡思苦，寂寥灯下不胜愁。"晚唐诗人章孝标站在皇宫的房檐下，发出了"长安夜夜家家月，几处笙歌几处愁"的叹息，其实他想说的是，长安城的夜晚，忧愁的人家太多了，欢喜的才有几家呀！李白那时是盛唐，长安市民的日子和心情应该好很多吧，但外来游子的孤独是差不多的。

一个秋天的夜晚，客居长安的李白听到家家户户传来的捣衣声，写下《子夜四时歌·秋歌》：

> 长安一片月，万户捣衣声。
> 秋风吹不尽，总是玉关情。
> 何日平胡虏，良人罢远征？

捣衣在我们小时候还可以看到，就是把织好的布帛铺在平滑的砧板上，用木棒不断敲击，使之柔软熨帖，然后用来裁制衣服。因为要在冬天到来之前赶制衣服，女人常在秋夜捣衣。又因为边塞战事频繁，尤其是唐王朝与吐蕃之间连年发生战争，关中青壮男儿纷纷奔赴边塞，李白从"捣衣声"写到"玉关情"，写到"何日平胡虏，良人罢远征"。盛唐时期，旧有的临时组建的野战军团无法适应战事需求，常备化的驻军成为唐军的主流。募兵制也是从开元年间开始盛行，募兵的对象多是战斗力强的关内、陇右男儿，以及突厥、回纥等少数民族。关内就是关中地区，包括人口上百万的长安。

"长安一片月，万户捣衣声。"长安城到处是融融的月光，无数的闺妇不免要望月怀远了，但在这个秋天的夜晚，她们都忙着为丈夫赶制冬衣，把相思之情寄托在捣衣中。里坊街巷，千家万户，此起彼落的捣衣声打破了长安城夜禁后的寂静，一声声，一阵阵。月色无处不在，捣衣声也是无所不在。

"秋风吹不尽，总是玉关情。"秋风也叫作西风，西风从遥远的玉门关那边吹来，丈夫就在玉门关外守卫边塞。于是在思妇的感觉中，把"秋风"和"玉关情"连在了一起。秋风拂面，秋风入怀，缠绵不尽，相思之情也是无穷无尽。都说秋风萧瑟，西风无情，今夜这西来的秋风，却蕴含着思妇与征人深深的相思。

以上四句，分别写"月"、写"声"、写"风"、写"情"，"月"是"长安一片"，"声"是"万户捣衣"，"风"是"吹不尽"，"情"是"玉关情"，都是无所不在。"月"是视觉，"声"是听觉，"风"是触觉，"情"是感觉，全都融为一片。

《子夜四时歌》是南朝乐府民歌，形式上是四句二十字。李白这首诗学民歌写法，写到第四句已经是一首完美的小诗，但他又添加了两句："何日平胡虏，良人罢远征？"今天看起来，这两句可有可无，但在当时，表达了征人思妇强烈的愿望。

这是一首思妇诗。前边说过李白的《长干行》二首和《江夏行》，三首诗都写在长江流域，诗里的思妇都是商人的妻子。在北方，尤其是在长安城及关中一带，李白诗中的思妇却多是征人妻。这与南北之别不无关系，南方经商者多，北方从军者众，但边塞战事明显增多也是一大原因。727 年接连发生唐蕃青海之战和瓜州之战，728 年唐军进攻吐蕃，729 年唐军进攻契丹，每一次战争都意味着成千上万的征人离家赴边，出生入死。李白在这首诗里想表现的不只是一个女子对丈夫的思念，而是无数思妇的苦苦思念和殷殷期盼。

李白的《子夜四时歌》分春夏秋冬四时，以上说的是"秋歌"，现在再看"冬歌"。两者是姊妹篇，前者写"捣衣"，后者写"絮征袍"。

> 明朝驿使发，一夜絮征袍。
>
> 素手抽针冷，那堪把剪刀。
>
> 裁缝寄远道，几日到临洮？

"明朝驿使发，一夜絮征袍。"明天一早驿使就要出发，思妇连夜为戍边的丈夫赶制棉衣。"絮征袍"是往战袍里铺上棉花，布帛捣了又捣，战袍缝了又缝，现在听说驿使明晨就要出发，连忙整夜赶制。边地寒冷，心里只想着让丈夫穿暖和一点儿，好像要把所有的呵护和温暖都装进战袍里。

"素手抽针冷，那堪把剪刀。"纤纤素手连抽针都冷得不行，又怎能承受拿着剪刀的冰冷。正是冬天，又是深夜，寒意刺骨，但为了让丈夫少受些边塞苦寒，自己的一切就顾不上了。

"裁缝寄远道，几日到临洮？"把裁制好的战袍寄向远方，多少天才能到达边关临洮？经过彻夜的赶制，战袍终于做好，可是思妇的心里还是惴惴不安。已经是冬天了，边地一定是很冷很冷，这战袍什么时候才能穿到丈夫的身上？

这首诗把故事放在驿使即将出发的前夕。诗中既没有任何心理描写，也没有任何情感抒发，但我们能够感受到她复杂的心理活动，特别是她对丈夫的一往情深。

还有一首诗，叫作《乌夜啼》。也是学乐府民歌，也是写思妇，故事的背景也在关中一带。《子夜四时歌》"秋歌"写"捣衣"，"冬歌"写"絮征袍"，这首诗是写"织锦"：

> 黄云城边乌欲栖，归飞哑哑枝上啼。
>
> 机中织锦秦川女，碧纱如烟隔窗语。
>
> 停梭怅然忆远人，独宿孤房泪如雨。

头两句写黄昏景象，同时也渲染了气氛，做好了铺垫。"黄云城边乌欲栖，归飞哑哑枝上啼。"落日西下，晚霞金黄，乌鸦到了归巢的时候，从天际飞回到城头树枝上，哑哑地啼叫着。倦鸟知归，暮鸦返巢，原本就该这样啊！可是，远在边塞的丈夫，什么时候才能回家啊！

"机中织锦秦川女，碧纱如烟隔窗语。"坐在织机前织布的秦川女子，隔着碧绿如烟的纱窗，好像是在说着什么。镜头由远及近，从天边落日晚霞到城头老树归鸦，再到闺房里织布的秦川女子。写这女子，先闻其声，碧纱如烟，隔窗低语。

最后，近镜头对准了她。"停梭怅然忆远人，欲说辽西泪如雨。"她停下织布的梭子，回忆着与丈夫在一起时的美好温馨，怅然不胜，正想说一下如今戍守辽西的丈夫，话未开口，泪如雨下。"辽西"指辽河以西地区，在今辽宁省的西部及河北省山海关以北。开元天宝年间，唐与契丹的战争时有发生，很多唐军将士守卫在辽西。

三首思妇诗，角度不同，表现手法也不同，但都不失乐府民歌本色，一派天然。以民歌手法，写民间之人、民间之事，表达他们的喜怒哀乐，而且在语言上很浅白，这应该不只是李白在创作手法上汲取民间营养的自觉追求，他实际上也是有意识地把他的诗通俗化，让老百姓也都读得懂，听得明白。我相信李白在当时的民间也拥有相当众多的读者，要不然，民间不会产生那么多有关李白的传说。只是就整体而言，在盛唐时代，诗歌的通俗化还没在更多的文人中形成共识，因此也就没有人在这方面留意记载。到了中唐白居易和元稹等人的时代，通俗化成为时代风尚，贩夫走卒能读、老妪能解之类的故事也就引人注意，传为美谈了。

唐代诗歌中，思妇诗是一大类，边塞诗也是一大类，但许多想念戍边丈夫的思妇诗通常也被视为边塞诗。现存唐诗接近五万首，边塞诗几乎就占去两千首。特别是盛唐时代，伴随着国家的兴盛和强大，也伴随着读书人自信进取的人生精神和建功立业的勃勃雄心，边塞诗尤为盛行。岑参、高适、李颀、王昌龄、王之涣等，都是边塞诗的代表人物，李白和杜甫也写了不少边塞诗。慷慨从军的豪迈，为国捐躯的激情，是盛唐边塞诗共有的特点，但往往也夹杂着征人有家难归的哀伤，思妇独守空房的悲凉。与同时代其他著名诗人相比，李白在这方面尤其明显，他写思妇时常提到远在边塞的丈夫，写征人时又把独守空闺的妻子放入诗中，以跳跃的想象展开广阔的时空。请看《关山月》这首诗：

> 明月出天山，苍茫云海间。
>
> 长风几万里，吹度玉门关。
>
> 汉下白登道，胡窥青海湾。
>
> 由来征战地，不见有人还。
>
> 戍客望边邑，思归多苦颜。
>
> 高楼当此夜，叹息未应闲。

《关山月》是乐府旧题，但如果没有这首诗，这个乐府旧题恐怕就不会广为人知了。诗一开头就是典型的李白手笔："明月出天山，苍茫云海间。长风几万里，吹度玉门关。"一轮明月从天山升起，高悬在苍茫的云海之间。浩浩长风吹越几万里，吹过通往内地的玉门关。不只是意象宏大，气势磅礴，其中还透出征人久戍不归的无奈。浩荡长风可以吹过玉门关，征人却只能戍守在玉门关外。

前四句从空间上展开，千里万里。中间四句从时间上展开，百年千年。"汉下白登道，胡窥青海湾。由来征战地，不见有人还。""下"是出兵，汉高祖刘邦出兵进击匈奴，在白登山道上被围困七天。"窥"是窥伺，吐蕃不断窥伺侵扰，唐军与吐蕃在青海湖一带连年征战。自汉至唐，从古到今，在这些边塞征战之地，看不到有人生还。

后四句写征人思妇的悲哀，征人因自己的思念之苦推想到妻子的思念之苦。"戍客望边邑，思归多苦颜。高楼当此夜，叹息未应闲。"戍守的征人置身在边城四望荒凉，渴望着回乡面带愁苦。让他们更难过的是，家乡的妻子遭受着分离的痛苦，在这个月色皎洁的夜晚，她们该是站在家乡的高楼上叹息连连吧。

虽然说，李白写征人思妇不乏细腻与缠绵，但真正与众不同的，还是他那种特有的豪迈大气。"长安一片月，万户捣衣声。秋风吹不尽，总是玉关情。""明月出天山，苍茫云海间。长风几万里，吹度玉门关。"同样是写"月"和"风"，经他借景抒情，大笔挥洒，让人想到的就不只是一个思妇，一个征人，而是千千万万的思妇和征人。

秦王之悲
—
○ 金棺葬寒灰

　　很多朋友都去看过兵马俑，但不一定游览过秦始皇陵。兵马俑戍卫的是秦始皇陵，两者很近，但往往是看了前者就顾不上后者了。兵马俑是二十世纪七十年代才发现的，唐朝人不可能有这个眼福。秦始皇陵呢，就在长安附近，而且临近从长安到洛阳的要道，唐人顺道就可以登临吊古。譬如，盛唐王维的诗是《过秦始皇墓》，中唐鲍溶的诗是《经秦皇墓》，晚唐许浑的诗是《途经秦始皇墓》，"过""经""途经"，都是顺道看看。从唐朝诗人的描述来看，那时的秦始皇陵早已是林木苍苍，荒草萋萋了。

　　1980 年暑假，我和三个大学同学骑自行车远游，曾经游览秦始皇陵。那时的秦始皇陵和唐人的描述是差不多的荒凉，不过是沿着登临陵墓的小道，多了些防止游人入内的栏杆。时当二十世纪八十年代初，正是要把栏杆拍遍的十八岁年龄，我们说到李白的《古风》"秦王扫六合"一诗慷慨激昂，但能够记起来的好像只有开头几句。在满山蝉噪声中，我们一边追想秦始皇的雄才大略，一边赞叹李白的雄奇笔力。

这些年，我见过古埃及法老拉美西斯二世的木乃伊，参观过曾经被认为是给亚历山大大帝准备的石棺，游览过古罗马广场恺撒火葬的地点。在这样的游览之地，总是想到李白笔下的秦始皇。后来发现，莎士比亚在《哈姆雷特》剧作中所说的亚历山大和恺撒，雪莱诗中的拉美西斯二世，跟李白所写的秦始皇竟是惊人的相似。先看李白的这首诗：

秦王扫六合，虎视何雄哉！挥剑决浮云，诸侯尽西来。
明断自天启，大略驾群才。收兵铸金人，函谷正东开。
铭功会稽岭，骋望琅琊台。刑徒七十万，起土骊山隈。
尚采不死药，茫然使心哀。连弩射海鱼，长鲸正崔嵬。
额鼻象五岳，扬波喷云雷。鬐鬣蔽青天，何由睹蓬莱？
徐氏载秦女，楼船几时回？但见三泉下，金棺葬寒灰。

开头六句，大概就是我们几个大学生游秦始皇陵时，仅能想起的几句吧！大意是说，秦王横扫六合，俯瞰天下，是何等的英雄！他挥舞长剑，斩断浮云，六国诸侯全都西入咸阳，俯首称臣。他的英明决断来自上天的启示，他的雄才大略可以驾驭各路英雄。你看，在这里，秦始皇的霸气和李白的气势，好像也有些天作之合呢！"挥剑决浮云，诸侯尽西来"两句来自《庄子·说剑》的"天子之剑"，这种剑，向上可以割开浮云，向下可以斩断地纪。这种剑一旦使用，就可以匡正诸侯，叫天下人归服。庄子说剑，极尽想象，李白用在这里，恰到好处。李白"十岁观百家"，从小就在诸子百家的描述中神游春秋战国，后来又跟着蜀中名士赵蕤学纵横术。他熟知春秋战国五百多年争战争霸的历史，因此也深知秦始皇最终结束这一历史的雄才大略和丰功伟业。

前六句写秦始皇统一天下，随后四句进而去写秦始皇掌控天下的铁腕手段和巡游天下的志得意满，"收兵铸金人，函谷正东开。铭功会稽岭，骋望琅琊台"。据《史记》记载，秦始皇在消灭六国后把天下兵器收缴到咸阳，熔铸了十二个巨大的金人置放在宫中，以此消除民间反抗力量。于是，通向六国故地的函谷关放心敞开，秦始皇的御驾马车也可以沿着只有他才能奔驰的御道巡游天下了。会稽山和琅琊台，一在齐国故地，一在越国故地，相距几千里，也只有秦始皇才能到处刻石记功，登高远眺，放眼他所征服的天下。

没人能够知道秦始皇巡游天下时究竟立了多少碑刻，至今保留的只有泰山刻石和琅琊台刻石。琅琊刻石中，有几句歌颂秦始皇的碑文，文字并不艰深，大家一听就懂，"六合之内，皇帝之土……人迹所至，无不臣者。功盖五帝，泽及牛马"。现在这个刻石，藏于中国国家博物馆。

秦始皇统一了天下，掌控了天下，又巡游天下。正因为拥有了天下的一切，以为自己无所不能，人总有一死的问题就变得越发难以承受了。秦始皇一边为死后做准备，准备着在地底下享受生前的帝王荣华，"刑徒七十万，起土骊山隈"，一边梦想着服食仙丹，长生不老，"尚采不死药"。关于《史记》说秦始皇以七十万刑徒兴建阿房宫和骊山陵墓的事，学者说法不一，但毫无疑问，骊山陵墓的修建，仅堆土为山已是工程浩大。至于今天能看到的兵马俑工程，以及仍在人们猜测之中的地宫，又不知耗去多少人力了。

秦始皇以惊人的军事规模征服六国，又以惊人的工程规模为自己造墓，甚至连求仙寻药，也是惊天动地，轰轰烈烈。只因有个叫徐福的方士上书说海中有蓬莱、方丈、瀛洲三座仙山，秦始皇就派他带童男童女数千人入海求仙。徐福出海数年，毫无所获，推托说出海后碰到了一条巨大的鱼，无法远航，请求派射手射杀。秦始皇照旧相信他，又派人射杀了一条大鱼。按《史记》的记载，这是一条"巨鱼"，李白因此想到了鲸鱼。这样一想，再凭借他的想象力和夸张的手法，让我们好像进入神话世界。"连弩"以下六句大意是说，秦王派大船入海，用连发的弓弩射杀崔嵬如山的大鲸鱼。那鲸鱼的额头鼻子就像五岳，扬波喷浪。脊鳍高耸，青天都被遮蔽了，又怎么能看到蓬莱？说得真是热烈酣畅，好像真有了希望一样，突然又冷冷一句："徐氏载秦女，楼船几时回？"徐福带着几千童男童女寻仙采药，楼船出海，到底什么时候回来呀！

紧承"楼船几时回"，最后两句笔带凛冽之气，"但见三泉下，金棺葬寒灰"。徐福的楼船是回不来了，梦想成仙的一切努力纯属虚妄，秦始皇死后的归宿只能是在地下深处，纵然是躺在黄金打就的棺材，里边留下的也只有冰冷的骨灰。原来诗人一路写来，竟以这两句结尾！秦始皇统一天下，掌控天下，巡游天下，又不惜民力为自己死后在地下的墓葬做准备，与此同时还要派人出海求取仙药，梦想长生不老，但最后也只是"金棺葬寒灰"！诗的前半部分，秦始皇横扫六合，诗人也笔力千钧，诗的后半部分，秦始皇异想天开，诗人也想象翻飞，最后两句却是凛然收场。这正是诗人的匠心所在。

1817 年，古埃及法老拉美西斯二世重达七吨的半身石像，被运到大英帝国博物馆，在伦敦轰动一时。英国诗人雪莱看了新闻报道后，触发灵感，写了首叫作《奥西曼迭斯》的抒情诗。"奥西曼迭斯"是古希腊人对拉美西斯二世的称呼。可以这样说，古埃及的拉美西斯二世跟中国的秦始皇颇有相似之处，雪莱的这首诗与李白的"秦王扫六合"也是异曲同工。雪莱的诗这样写道：

我遇见一位来自古国的旅人

他说有两条没有躯干的巨大石腿

半掩于沙漠之间

近旁荒沙中，有一张破碎的石脸

嘴抿着，眉蹙着，面孔冰冷威严

想那雕刻者，必定深知他的内心

神态存留在石头上

而斯人已逝，化作尘烟

只见那石座上刻着字句：

"我乃奥西曼迭斯，万王之王，

看我丰功伟业，纵然你自视强大，亦当丧胆！"

除此之外，荡然无物

废墟四周，唯余黄沙莽莽

无边荒凉，伸向四方

　　这首诗中拉美西斯二世石座上刻着的字句，与李白写秦始皇的"铭功会稽岭，骋望琅琊台"，与琅琊刻石中"六合之内，皇帝之土……人迹所至，无不臣者"，何其相似乃尔！这首诗所说的"斯人已逝，化作尘烟"，"废墟四周，唯余黄沙莽莽"，与李白写秦始皇的"但见三泉下，金棺葬寒灰"，也是同样的感喟。

　　我在埃及沿着尼罗河旅行时，会一再想起雪莱的这首诗，因为从北到南，到处都可以看到拉美西斯二世的神像。这位三千多年前的古埃及法老，生逢新王国极盛时代，又做了六十七年法老。法老原本就有神权护佑，拉美西斯二世又有文韬武略，再加上他的长寿，世界历史上几乎没有哪个帝王，能把自己神化得比他更成功。从神殿、葬祭殿到博物馆，从石像、浮雕到壁画，拉美西斯二世简直是无所不在。他的木乃伊至今躺在埃及国家博物馆，为完好保存，1974年埃及政府曾给"他"颁发护照，送上飞机，前往法国修复。但当我站在他面前的时候，还是觉得与其留下这样一具干巴巴的木乃伊，倒不如三千多年前就随风而去。当然，他本人的初衷是要等待灵魂回到肉体，正式加入神的行列。

说到这里，或许你会想到，胡夫金字塔的胡夫呢？他有没有留下木乃伊？

第四王朝的胡夫法老比十九王朝的拉美西斯二世还要早近两千年。拉美西斯二世与中国商朝的武丁是同时代，胡夫却有可能与黄帝、炎帝同时代。早在四千多年前，胡夫金字塔已被盗窃一空，即使在拉美西斯二世的时代，也无法知道胡夫的木乃伊去了哪里。雪莱的朋友，另一位英国大诗人拜伦，在他的名作《唐璜》中，提到了胡夫的金字塔和木乃伊。

> 基奥普斯造了第一座金字塔，
> 为了他的威名和他的木乃伊

永垂不朽，这塔造得至为高大，

但他没有料到，他的墓被盗，

棺材里连一点灰都没有留下。

基奥普斯是古希腊人对胡夫的称呼。最后一句，也让人不禁想到李白写秦始皇的最后一句"金棺葬寒灰"。

李白的《古风》有五十九首，是一组诗，"秦王扫六合"只是其中的第三首。同是在《古风》五十九首中，第四十八首"秦皇按宝剑"也是讽刺秦始皇的。此外他还有一首歌行体诗作，把秦皇汉武贪图长生不老的荒唐行径放在一起来嘲讽。其中几句是："银台金阙如梦中，秦皇汉武空相待。""君不见骊山茂陵尽灰灭，牧羊之子来攀登。盗贼劫宝玉，精灵竟何能？"前边两句说，神话中仙人的银台啊，黄金宫阙啊，都只有梦中才会出现，秦皇汉武想要成仙，只能是徒劳的等待。后边四句是说，君不见骊山陵中的秦始皇和茂陵中的汉武帝，全都已经化灰成土，他们的陵墓任凭牧羊的孩子攀来登去。眼睁睁地看着墓穴中的宝石美玉被盗贼席卷而去，吃过许多灵丹妙药的秦皇汉武却束手无策，他们的魂魄并未显灵啊！

秦始皇和汉武帝是中国历史上赫赫有名的两位帝王，就像古代埃及的胡夫和拉美西斯二世。至于西方历史上的帝王，如果也推出有名的两位，那应该就是亚历山大大帝和恺撒大帝了。李白把秦皇汉武放在一起嘲讽，莎士比亚在他的经典戏剧

《哈姆雷特》中，也把亚历山大和恺撒放在了一起嘲讽了一下。丹麦王子哈姆雷特有这样一段台词：

> 亚历山大死了；亚历山大埋葬了；亚历山大化为尘土；人们把尘土做成烂泥；那么为什么亚历山大所变成的烂泥，不会被人家拿来塞在啤酒桶的口上呢？恺撒死了，你尊严的尸体
>
> 也许变了泥，把破墙填砌；
>
> 啊！他从前是何等的英雄，
>
> 现在只好替人挡雨遮风！

在莎士比亚的笔下，亚历山大和恺撒都变成了烂泥，一个"被人家拿来塞在啤酒桶的口上"，一个"把破墙填砌"。

无论是李白写秦皇汉武，还是雪莱写拉美西斯二世，拜伦写胡夫，抑或是莎士比亚戏剧里说亚历山大和恺撒，都是以死后的荒凉对比生前的辉煌，让人凛然想到岁月的无情和生命的虚无。不过，几个大诗人的笔墨之所以这样犀冷，是因为这些赫赫有名的帝王，在雄才大略、英雄盖世的另外一面，都免不了被胜利和荣耀冲昏头脑，妄自尊大，不可一世，要么梦想成仙，要么自奉为神，结果做出种种愚蠢之事，其结果是越有权力越荒唐，给天下人带来巨大灾难。

李白碰上的当朝天子是唐玄宗，他前期的贤明有为跟后期

的头脑膨胀，尤其是一心想做神仙，都可以说是秦皇汉武的再次重演。李白一再嘲讽秦皇汉武求仙的虚妄，显然也是对当朝天子的讽刺和规劝。大家知道，玄宗后来自酿苦果，直接导致大唐王朝由盛转衰。

蜀道之难

〇 侧身西望常咨嗟

　　李白第一次来长安，前后大约两三年。其间他曾出游邠州，第二年又出游坊州。邠州和坊州都在今天的陕西省，当时属于关内道管辖，距离长安都不算远。这两次出游，可以说是走出困守的长安透透气，但主要还是为仕途寻求机会，为生存奔波。在《赠新平少年》一诗中，诗人悲伤呼号，他说，我到底是为了什么啊，至今没能改变自己的寒微清苦。大风带着寒气吹入短袖，袖手取暖却冰冷依旧。故友不相体恤照顾，新交不予怜悯同情。我就像囚在笼子里的虎，拴在皮套袖上的鹰。但诗的结尾仍然不失郁勃之气，慨然道："何时腾风云，搏击申所能？"

　　李白是商人之子，生活在科举入仕的时代却不能参加科举考试，他雄心勃勃来到长安，凭什么实现从布衣到卿相的梦想？他曳裾王门，弹剑作歌，这个"歌"在很大程度上就是他的诗文。向王公大人投递干谒文、干谒诗不用说，向皇帝上书献赋也不用说，生活在唐王朝重视诗人诗歌的时代，任何一首能引起轰动的好诗，对李白来说都不只是赢得才名诗名的需要。很可能就是在这种背景下，李白精心创作了歌行体长诗《蜀道难》。

　　据唐人孟棨《本事诗》的记载，李白初到长安，以《蜀道难》轰动一时。原文大意如下：李白刚从蜀地至京师长安的时候，住在旅店里。秘书监贺知章听说他的名声，第一个来探访。一见到李白，贺知章就觉得他风姿非凡，请他拿出所写诗文。李白拿出《蜀道难》给他看，贺知章还没读完，就赞叹不已，把李白称作"谪仙人"。贺知章解下腰间佩戴的金龟换酒喝，两人都尽兴大醉，时常见面。李白因此声名显赫。

　　孟棨的这个记载大致是符合事实的。李白在贺知章去世后写诗怀念，诗前小序中也说到贺知章把他称作"谪仙人"以及金龟换酒之事，但地点不在旅店，而是在长安城紫极宫道观。至于贺知章是不是因为读了《蜀道难》才说他是"谪仙人"，李白并未提及。不过，《本事诗》的这个说法即使不确切，至少也说明在唐人心目中，《蜀道难》是轰动一时的作品。与李白同时代的殷璠，从开元、天宝年间的盛唐诗作编选出《河岳英灵集》，他在书中对《蜀道难》的评价是"奇之又奇"。

我们先来欣赏一下这首诗。全诗可分作三部分，前边十多句是第一部分。

> 噫吁嚱，危乎高哉！蜀道之难，难于上青天！
>
> 蚕丛及鱼凫，开国何茫然！
>
> 尔来四万八千岁，不与秦塞通人烟。
>
> 西当太白有鸟道，可以横绝峨眉巅。
>
> 地崩山摧壮士死，然后天梯石栈相钩连。

开头七个字，竟有五个惊叹词。"噫吁嚱"是蜀地方言，如同今人惊讶时的"哎呀呀"。连声惊叹之后，又是一声叹息："蜀道之难，难于上青天！"而且，诗中把这两句重复三次，反复惊叹。这样的开首有点儿像西方歌剧中的强力男高音，一起头就是洪亮至极的歌喉，一唱就进入高潮。而且，"蜀道之难，难于上青天"的反复惊叹，让全诗都处于高潮状态。这种情形下，任何弱点儿的声音都会显得黯然失色。蜀道难，挑战这样的写作难度，也难哪！

"蚕丛"以下八句，以历史传说带起古老、神秘、渺茫的气氛，同时也是在渲染蜀道的"危乎高哉"。蚕丛和鱼凫是传说中古蜀国的两位国王，"地崩山摧壮士死"也是传说，来自《华阳国志·蜀志》。相传秦惠王为征服蜀国，把五个美女送给好色的蜀王。蜀王派五壮士去迎接，回来路上看见一条大蛇正在进入洞穴。五壮士抓住蛇尾用力往外拉，结果山崩地裂，壮士和美女都被压死了。从此大山分作五岭，入蜀之路开通了。这八句大意是说，蚕丛和鱼凫开国的年代太久远了，谁也茫然不知。从那时到而今四万八千年过去了，只因险峻的秦岭横在当中，秦蜀不通人烟。西边太白山上有一条小道，唯有小鸟能从那条小道飞到峨眉山巅。山崩地裂，五壮士被压死了，从此秦蜀两地才有天梯栈道开始连接。两个传说到了李白笔下，经他夸张的描写，更为传奇了。

中间二十多句是第二部分，我们接着往下看：

> 上有六龙回日之高标，下有冲波逆折之回川。
>
> 黄鹤之飞尚不得过，猿猱欲度愁攀援。
>
> 青泥何盘盘，百步九折萦岩峦。
>
> 扪参历井仰胁息，以手抚膺坐长叹。
>
> 问君西游何时还？畏途巉岩不可攀。
>
> 但见悲鸟号古木，雄飞雌从绕林间。
>
> 又闻子规啼夜月，愁空山。
>
> 蜀道之难，难于上青天，使人听此凋朱颜！
>
> 连峰去天不盈尺，枯松倒挂倚绝壁。
>
> 飞湍瀑流争喧豗，砯崖转石万壑雷。
>
> 其险也如此，嗟尔远道之人胡为乎来哉！

诗人铺开笔墨，反复描述蜀道沿途山水的险峻雄奇，但视角有三次转换。"上有六龙"以下六句，是居高临下，从空中俯瞰，大意是说：上有挡住太阳神六龙车的高山之巅，下有巨浪排空激流回旋的汹涌大河。善飞的黄鹤尚且无法飞过，登爬的猿猱想翻越也愁于攀缘。青泥岭是多么回旋曲折，蜀道盘绕山峰，百步之内就有九个弯弯。想象力让诗人好像乘坐在神鸟巨大的翅膀上，上可以凌空俯拍，下可以绕山抓拍。

"扪参历井"以下八句，换作第三者角度身临其境。"参"和"井"是两个星宿的名字。古人把天地相对应，参星是蜀之分野，井星为秦之分野。这八句是说，抚摸参星，经过井星，仰首屏息，用手抚住胸口陡然长叹。朋友，您西游蜀地何时才能还乡？这可怕险恶的山壁栈道难以登攀啊！只见悲凉的鸟在古树上哀鸣，雄雌相随飞翔在森林之中。夜里又听见杜鹃对着明月啼叫，愁惨的声音回响在空荡荡的山谷。因为是第三者身临其境，以"悲鸟号古木""子规啼夜月"，特别突出了听觉上的悲凉和恐怖。

然后，诗中第二次惊叹"蜀道之难，难于上青天"，再加一句"使人听此凋朱颜"，让人听了都闻之变色啊！其下四句，视角再次转换，转到了幽深的山谷。往上看，"连峰去天不盈尺，枯松倒挂倚绝壁"，一座座连绵起伏的山峰离天不到一尺，枯松老枝倒挂，紧贴在绝壁之上。往下看，"飞湍瀑流争喧豗，砯崖转石万壑雷"，浪涛飞溅，瀑布直下，轰然作响，巨流撞击着石壁，万壑雷鸣。写到这里，诗人再次惊呼起来，蜀道是如此的危险啊，可叹你这远道之人为什么要来这里啊！

最后十多句是第三部分，从"剑阁"句到全诗结束。

> 剑阁峥嵘而崔嵬，一夫当关，万夫莫开。
>
> 所守或匪亲，化为狼与豺。
>
> 朝避猛虎，夕避长蛇。
>
> 磨牙吮血，杀人如麻。
>
> 锦城虽云乐，不如早还家。
>
> 蜀道之难，难于上青天，侧身西望长咨嗟！

第二部分极写蜀道沿途山水的险峻雄奇，第三部分聚焦在最为险要的剑阁，诗人从战略形胜的角度来写，四言短句更加快了诗歌的节奏。剑阁就是剑门关，是大、小剑山之间一条长约三十里的栈道。峥嵘崔嵬，一夫当关，万夫莫开，磨牙吮血，杀人如麻，这些诗句都已成为我们现在常用的成语。诗人想强调的是，秦蜀虽然相邻，但隔着茫茫大山和险要形胜，很容易成为军阀割据的虎狼之地。最后，第三次长叹"蜀道之难，难于上青天"，以同样的诗句再三呼应，一唱三叹，然后以"侧身西望长咨嗟"结束全诗。"侧身西望"其实就是站在长安望蜀地，诗人在蜀道神游后回到长安。

重读这首长诗，我们再来设想一下，"奇之又奇"的《蜀

道难》是李白灵感喷发、才气使然的一时即兴之作，还是
呕心沥血、千锤百炼的精心结撰之作？如果是后者，会不
会是李白在闯荡京城、身陷困境的情形下发奋创作的出奇
制胜之作？

第一，从艺术的创造性来看，李白是有意识地要突破前人，
写一首奇伟之作。殷璠在惊叹《蜀道难》"奇之又奇"之后又说，
自有诗人以来，很少写出这样的格调。南朝宋诗人鲍照创造了
以七言为主的歌行体，初唐时期的歌行体也以七言为主，到了
李白的《蜀道难》，形成了完全自由、无所束缚的格局。三言、
四言、五言、六言、七言、八言、九言、十一言，无不可以驱
遣到笔端，诗经、楚辞、骈文、散文、神话、传说，全都能够
招之即来。诗忌重复，《蜀道难》却重复了三次"蜀道之难，
难于上青天"。行文讲究起承转合，《蜀道难》却从头到尾都是
高潮。抒情诗通常只以第一人称来写，《蜀道难》却不断转换
角度。这些艺术上的突破创造，加上无所不至的想象，随时变
幻的画面，还有遣词造句的传神，使得这首诗"奇之又奇"，
前无古人。

第二，从谋篇布局来看，《蜀道难》是精心构思的长诗。
关于这一点，我们在前边欣赏过程中其实已经谈到了。如前所
说，第一部分以历史传说带起古老、神秘、渺茫的气氛，并以
此渲染蜀道的"危乎高哉"，第二部分反复描述蜀道沿途山水
的险峻雄奇，视角有三次转换：一是高空俯瞰，二是换作第三

者视角身临其境，三是穿行在幽深的山谷。第三部分聚焦在最为险要的剑阁，从战略形胜的角度来写。就连诗中反复出现的喟叹声，也同样是精心构思的。"蜀道之难，难于上青天"两句，在开头、中间和结尾三次出现，形成一唱三叹的咏叹调，而且把整首诗紧密地衔接起来。

第三，从题材和内容来看，李白为什么要写《蜀道难》这样的长诗，也是颇可玩味的。远从唐代开始直到今天，很多人都曾经探讨《蜀道难》的本事和寓意。所谓"本事"就是真实的事迹，孟棨撰写《本事诗》的主要意图就是搜寻诗人真实的事迹，提供有关诗作的写作背景，以便读者了解作品的含义。关于《蜀道难》，他所说到的"本事"只是这首诗如何让贺知章惊叹不已的故事，并未提及写作背景。

李白的歌行体长诗，几乎都是郁闷激愤之际的情感爆发，其中表达的情感、寄托的寓意非常明显，但《蜀道难》既没有特定的写作背景，也没有特别的寓意，全诗都在写山水之奇。而且，他写的是从没走过的蜀道。

那么，李白究竟是为什么要写《蜀道难》？想想看，唐代社会重视诗歌，天纵奇才的李白却在大唐京城连遭冷落。唐王朝以诗赋取士，天纵奇才的李白却根本没有参加科举的机会。在这样的情形下，一介布衣李白要改变自己的命运，最有自信的是他的才华，能让时人对他刮目相看的只有诗。于是他精心构思，呕心沥血，写出了长诗《蜀道难》。

既然是深思熟虑要写的诗，李白以"蜀道"来命题就绝非偶然。他从未走过蜀道，但在他心目中，这条通向故乡的路又是他的梦中之路。蜀地在四川盆地，四面有高山环绕，通向外部世界主要有两条路。一条是水路，那就是李白二十四岁出三峡到荆楚的路；另一条是陆路，这就是《蜀道难》所写的蜀道了。从长安到他的故乡绵州，比经三峡走水路要近得多。酷爱山水又常常怀念故乡的李白，肯定会把这条陆路蜀道想象过无数次。他对蜀地故土山水的熟悉，还有他出蜀后邀游山水的记忆，让他对蜀道沿途山水的想象更是如有神助。

也许有些朋友会说，既然蜀道就是李白的回乡之路，那他为什么把蜀道写得那样凶险可怕，叹息连连？为什么总在思念故乡的李白却从不回乡？我想前者不难回答，因为诗人把蜀道写得凶险可怕，也是在凸显蜀道之难，蜀道之险。后者只能从人之常情来推测。中唐有个士人叫李余，也是蜀人，我们今天之所以知道他，只是因为有几个跟他同时期的诗人，在他考上状元荣归故里之时，纷纷向他赋诗话别。同是以《送李余及第归蜀》为题，张籍说"十年人咏好诗章，今日成名出举场……乡里亲情相见日，一时携酒贺高堂。"姚合说："李白《蜀道难》，羞为无成归。子今称意行，所历安觉危。"意思是说，李白之所以写《蜀道难》，那是因为他无所成就，羞于回乡啊！你今天春风得意，怎么会觉得蜀道艰险？虽然有调侃的味道，却也透露了一点儿李白不回故乡的原因。作为商人之子的李白无法参加科举考试，也就不会有李余中状元荣归故里的可能。等到他四十岁待诏翰林时，父母大概也不在人世了，况且他在京城不到两年就被玄宗赐金放还。

洛阳春夜

○ 谁家玉笛暗飞声

开元二十一年（733年），李白在元丹丘道士一再相邀下前往嵩山。元丹丘就是李白在《将进酒》中直呼其名的"丹丘生"，他是李白一生中交游较多的好友之一，李白说自己和元丹丘"故交深情，出处无间"。

李白到嵩山，不只是跟着元丹丘隐居名山，求仙学道，更因为嵩山就在洛阳附近。唐代之前，能跟长安媲美的古都只有洛阳，东周、东汉、三国魏、西晋、北魏、隋朝，都以洛阳为都。隋朝虽然只有三十多年国运，却给唐朝留下了大一统的江山，还留下了贯穿南北的大运河，留下了规模宏大的洛阳城和大兴城，大兴城到了唐代易名为长安城。唐王朝以长安为都，以洛阳为陪都，作为经济和交通大动脉的大运河仍以洛阳为中心。李白的《古风》第四十六首说："一百四十年，国容何赫然。隐隐五凤楼，峨峨横三川。王侯象星月，宾客如云烟。"听起来像是说长安，其实写的是洛阳。洛阳宫城叫紫微城，五凤楼是紫微城正南门应天门的俗称，武则天就是在这里登基称帝的。

　　长安和洛阳，一西一东，又被称为西都和东都。中国历史上的大一统王朝，既有首都又有陪都的情况并不罕见，但没有哪个王朝像唐朝前期、中期那样，接连几代帝王频繁往来于两都之间。要知道，皇帝往来于西都东都之间，意味着朝廷都得跟着搬迁，皇恩浩荡伴随着耗资巨大。唐高宗曾经六巡洛阳，最后在洛阳驾崩。武则天在高宗驾崩后常居洛阳，干脆改东都为神都，兴建了号称"万象神宫"的明堂。唐玄宗也是六巡洛阳，最频繁的时候就在李白前往嵩山和洛阳的前后。

　　嵩山之于洛阳，就像终南山之于长安，这两座山上的隐士道士，不乏想在仕途上一展身手的士人。最典型的是比李白早一辈的卢藏用，他根据皇帝在长安和洛阳的往返，来往于终南山和嵩山，被当时人称作"随驾隐士"。有一次，司马承祯应唐睿宗诏书来到长安，几个月后要回天台山。卢藏用手指着终南山说："此处大有妙趣，为什么要回天台山呢？"司马承祯说："我看那里只有通向官场的捷径啊。"成语"终南捷径"就是由此而来。李白二十四岁出蜀远行，两年后跑到司马承祯的隐居地天台山，三十岁到长安不久隐居于终南山，现在又到嵩山隐居，这一系列的名山隐居，所透露出来的意图是很明显的。事实上，李白自己也从不掩饰，在诗文中，在自荐信里，一再表达要辅佐天子、建功立业的政治抱负。我们很难以清高来要求李白，因为古代读书人不像今天的人价值多元，选择多样，他们的人生理想就是"治国平天下"，而要实现这样的理想，只有踏入仕途。在政治上积极进取，不只是发奋读书，参加科举考试，还要广为交游，四处干谒，争取权贵或名士的推荐，这是唐朝的社会风尚。李白是商人之子，无法参加科举考试，他要实现远大的理想，就意味着更要努力寻找各种政治机遇。

元丹丘自然知道李白的想法，他约李白上嵩山，与其说希望李白久留嵩山做道士，不如说帮助李白走"终南捷径"。但嵩山距离洛阳毕竟上百里，深秋的一天，李白从嵩山来到洛阳城南的香山寺，暂时住宿在这座有名的寺庙里。

香山寺坐落在香山上，与龙门山隔着伊水，是洛阳城南的清幽之地。李白到了洛阳，人生好像又有了机会，秋夜望月，松下散步，满心喜悦。但其后一段日子，想必又遭遇不少坎坷，因此才写下《冬夜醉宿龙门觉起言志》这首诗。他说自己："醉来脱宝剑，旅憩高堂眠。中夜忽惊觉，起立明灯前。"不必多加想象，都能看见诗人半夜时分忽然惊醒，站在灯前形影相吊的样子。诗中又说："而我胡为者？叹息龙门下。富贵未可期，殷忧向谁写？去去泪满襟，举声梁甫吟。"诗写到这里，真是满纸悲凉了，但最后两句是："青云当自致，何必求知音？"青云直上应该靠自己，何必要寻求知音去举荐！

这是一个冬夜。也许在写这首诗的时候，李白已经准备着向玄宗献赋了，所以他说"青云当自致"。虽说玄宗是在第二年年初来到洛阳，但皇帝巡幸前，地方上都得修御道，隆重准备，洛阳人当是早已得知皇帝要巡幸东都了。正月的时候，玄宗第五次巡幸洛阳，一直住到开元二十三年（735 年）的秋天，将近两年。李白献给玄宗的《明堂赋》，大约写于开元二十二年（734 年）的春天。

献给皇帝的赋，不可能很快得到回复，李白的这个春天充满了等待和希望。洛阳可游可看的很多，从李白的诗作来看，他最常去的地方在天津桥一带。天津桥在今天的洛阳桥附近，洛河从洛阳穿城而过，天津桥就横跨洛河，正北是皇城和宫城，正南是繁华地段。"天津三月时，千门桃与李"，李白曾在阳春三月漫步在天津桥上，也曾在桥南董家酒楼和朋友畅饮美酒——"忆昔洛阳董糟丘，为余天津桥南造酒楼。黄金白璧买歌笑，一醉累月轻王侯。"

李白在洛阳也留下不少诗，写得最好的是七言绝句《春夜洛城闻笛》：

谁家玉笛暗飞声，散入春风满洛城。

此夜曲中闻折柳，何人不起故园情。

　　思乡的曲子容易引起人们情感的共鸣，如果要说唐代以前流传最广最久的思乡曲，那无疑就是《折杨柳》了。中国人把杨柳作为离别的象征，远从《诗经》的时代就已经开始了，"昔我往矣，杨柳依依"的诗句广为流传。至迟在汉代，已流行折柳送别的习俗。北方到处有柳树，春天时杨柳依依，送别时折一枝杨柳送给远行人。南北朝时期，经历了近三百年的割据和战乱，南北对垒，却有一首叫作《折杨柳》的曲子从北朝流传到南朝，并一直流传到大一统的唐朝。此曲虽然没有保留下来，但诗人们写了不少与这个曲子有关的诗作，其中最有名的是王之涣的《凉州词》和李白的这首诗。

　　诗的第一句起得自然极了。不知是从谁家传来笛声，又是在黑夜里传来，所以是"暗飞声"。第二句"散入春风满洛城"接得也自然。"散入"是唐人喜欢用的一个词，我们现在叫融入。洛阳城正逢春天，笛声融入春风，春风吹送笛声，"满洛城"的春风与笛声。好一个春风骀荡、笛韵悠扬的洛阳之夜啊！

　　前两句随手拈来，后两句也水到渠成，"此夜曲中闻折柳，何人不起故园情"。就在这美丽的夜晚，在笛子吹奏的乐曲中，传来了《折杨柳》。这是思乡曲，它会让人想起游子离别亲友时"折杨柳"的场景，伴随这场景的是难分难舍的离情别绪。洛阳是大都会，李白说这里"宾客如云烟"，到处是游子，此时听到《折杨柳》的乐曲，哪个游子能不动思念故园的感情？

　　李白很善于想象和夸大，最有名的例子如"燕山雪花大如席""白发三千丈，缘愁似个长""君不见高堂明镜悲白发，朝如青丝暮成雪"。这首诗其实也是高度想象和夸大的，但我们很可能感觉不到，因为都被他不着痕迹地表现出来了。如果以大实话来说，在这个春夜，笛声再悠扬动听，能听见笛声的人也很有限，但诗人把这笛声"散入"春风，一下子就成了"满洛城"，又因为"满洛城"听到的笛声是《折杨柳》的思乡曲，于是就说"何人不起故园情"。"谁家""散入""此夜""何人"，一气呵成，举重若轻，语浅情深。

回头再说李白在洛阳献给皇帝的赋《明堂赋》。李白曾经回忆童年往事说，他父亲让他背诵司马相如的《子虚赋》，从那时起他就很仰慕这位同乡先贤了。司马相如本是一介布衣，他能够青云直上，就是因为汉武帝读到他的《子虚赋》。后世文人受此激励，纷纷向皇帝献赋。唐代科举考试以诗赋取士，但唐代的"赋"已不是汉代铺排扬厉的大赋，而是讲究格律的律赋。李白不能参加科举考试，又不屑于以当时流行的律赋来向皇帝献赋，他的《明堂赋》其实更近于汉代的大赋。"明堂"是洛阳宫城紫微城的正殿，号称"万象神宫"。李白效仿司马相如，以"明堂"为题，对明堂的宏大壮观极尽铺排渲染之能事。

我们不妨从《明堂赋》里找出一小段对明堂的描写，感受一下。为便于理解，我先说说这段话的大意：看那明堂的宏伟壮丽啊，直上青云如初升旭日，忽明忽暗，光芒不定，像太古元气盘结在空中。高高耸立，重重叠叠，巍峨高峻。就像打开了苍天之门，大地之门，这才看见一座座宫殿如山屹立，聚在一起更是雄伟多姿。高坐明堂的圣上，超越所有的帝王，垂留不朽的功勋，洞悉万象，光照天下。

再来看原文：

> 观夫明堂之宏壮也，则突兀瞳眬，乍明乍蒙，若大古元气之结空。龍嵷颏沓，若鬼若业，似天闉地门之开阖。尔乃划岸峇以岳立，郁穹崇而鸿纷。冠百王而垂勋，烛万象而腾文。

且不说内容上极尽歌功颂德，除了第一句"观夫明堂之宏壮也"，很难看懂他在说什么。而这十来句话，只是《明堂赋》对明堂铺排渲染的一个小小开头，后边佶屈聱牙、艰涩拗口的描述还很长。李白从小沉迷于汉代大赋，如今又学司马相如向皇帝献赋，结果呢，越是呕心沥血就越是堆砌辞藻，冷僻字一大堆，雕缋满眼，把自己最推崇也最擅长的"清水出芙蓉，天然去雕饰"之美全都忘记了。究其主要原因，无非是因为唐玄宗喜欢歌功颂德的辞赋，李白只是投其所好。杜甫在长安时，就曾经向唐玄宗连献三赋，一度引起皇帝的注意。

李白是世所罕见的天才诗人，但并不意味着他所有的作品都是佳作。如果没有真情，少了灵感，一味去迎合皇帝的口味，即使是李白，也很难写出好作品来。《春夜洛城闻笛》和《明堂赋》，一个是小诗，一个是大赋，创作时间相近，前者似是随手拈来，仅仅二十八字，却是一首让人心旌摇曳的千古名作；后者煞费苦心，篇幅长了近百倍，其实却是李白最缺乏吸引力的作品。

襄阳醉歌

— ○ —

玉山自倒非人推

开元二十二年（734 年），李白从洛阳回安陆，途经襄阳。襄阳地居长江流域到黄河流域的交通要道。从战略形胜的角度来看，北上占领襄阳就兵临中原，威胁长安和洛阳，南下控制襄阳就兵临江汉，威胁荆州及长江中游地区。因此，襄阳在历史上扮演重要角色的时候，总是在南北对峙时期。到了唐朝，唐太宗把天下按山川形势分作十道，襄阳是山南道治所。唐玄宗又把十道改作十五道，襄阳是山南东道的治所。第一个来山南东道做采访使并担任襄州刺史的地方大员，就是李白想要拜见的韩朝宗。因他从前做荆州大都督府长史时以提拔后进著称，现在仍兼任此职，李白就称他韩荆州。

开元十八年（730 年），而立之年的李白经襄阳奔向长安。倏忽四年过去，京城奔走无门，洛阳献赋无果。如今在归途中再经襄阳，李白还想争取回家前的最后机会。他抖擞精神，给韩朝宗写了封意气风发的求荐信，这就是被《古文观止》选为名篇的《与韩荆州书》。一些至今流传的成语，如心雄万夫、扬眉吐气、激昂青云、笔参造化、学究天人、龙盘凤逸等，都出自这里。

这是一封充满自信自傲的求荐信。很难想象，这个四处碰壁的一介布衣，如今向朝廷地方大员写求荐信，竟然不畏缩，不懦弱，豪迈慷慨，气势纵横。一连串的挫折可以让许多人心如死灰，但在李白那里，生命火焰照旧是呼呼地燃烧。

文中说："愿君侯不以富贵而骄之、寒贱而忽之，则三千之中有毛遂，使白得颖脱而出，即其人焉。"李白毫不掩饰地告诉韩荆州，希望您不要因自己富贵就对士人傲慢，也不要因为他们贫贱就轻视他们，这样的话，三千宾客中就会出现毛遂那样的奇才。假使我能有机会显露才干，我就是那样的人啊。

文中又说："十五好剑术，遍干诸侯。三十成文章，历抵卿相。虽长不满七尺，而心雄万夫。"我十五岁时喜好剑术，谒见了许多地方长官；三十岁时文章成就，拜见了不少执政大臣。虽然身长不满七尺，但志向远大，胜于万人。这样的口气，明显流露出骄傲和自负，丝毫没有做出谦虚姿态的意思。

文中还说："幸愿开张心颜，不以长揖见拒。必若接之以高宴，纵之以清谈，请日试万言，倚马可待。"希望您放开襟怀，舒展容颜，不因我长揖不拜而拒绝我。如果以盛宴来接待我，听凭我尽情谈论，并请您以日写万言来试我，我将靠着马背，一挥而就。纵笔到此，李白是越发地推心置腹了，他愈是痛痛快快地敞开说，自负和天真的一面就愈加表露出来了。在他看来，既然你韩荆州很爱才，而我是有才之士，那么只要你给我机会，试试我就行了。

从"幸愿开张心颜，不以长揖见拒"两句来看，李白可能已经在某个场合见过韩荆州。因为他见面时长揖不拜，所以此时才会说希望韩荆州不要因此而拒绝他。后来他回忆襄阳之游，还特别写到"长揖韩荆州"之事。所谓"长揖"，其实是尾随着"不拜"二字的，古人一听就明白。"揖"和"拜"分别是古人的拱手礼和磕头礼，布衣见了高官，磕头礼是少不了的，磕头磕出声响的也大有人在。李白见了韩荆州长揖不拜，其实就是要"平交王侯"，跟王侯平等相交。"王侯皆是平交人""出则以平交王侯"，他不止一次说过这样的话。

从唐代到今天，很少有人不认为李白是罕见的天才，中国人甚至把"谪仙""酒仙""诗仙"的桂冠都送给了李白。可是，当李白说出一些类似于《与韩荆州书》的自荐之言时，很多人都会觉得他太高傲了。是的，李白确实很高傲，但相对于等级森严、众生都唯唯诺诺的唐朝社会而言，他的自信、自尊和自傲，却是难能可贵啊！"安得摧眉折腰事权贵，使我不得开心颜"，纵然是在开放的唐代，这也是李白才能发出的声音。

"生不用封万户侯，但愿一识韩荆州。"这是《与韩荆州书》自荐信中说的两句话。因此之故，远从唐朝以来，中国人把"识荆"两字作为初次相识或见面时的一个敬辞。李白是罕有的奇才，韩荆州以识拔人才著称，但韩荆州并没有举荐李白。有趣的是，后人并没有因为喜欢李白就否定韩荆州。为什么呢？一是因为韩荆州善于识拔人才为世所公认。仅在李白的这封自荐信中，就提到了好几位经由他荐举而受到朝廷重用的人才，其中包括李白的好友崔宗之。二是因为李白的自荐信确实很高傲，或者干脆说狂放不羁。阅人无数的韩荆州，想来也已料定高傲的李白并不适合在官场生存。当然，我们也有理由怀疑韩荆州的雅量毕竟有限。李白见了他长揖不拜，自荐信又写得那么高傲，如果没有非同寻常的雅量，就不大可能接受狂放不羁的李白。

李白再一次遭遇挫折发生在他宦游几年屡遭坎坷之后，也发生在他原本打算衣锦还乡的前夕。他那首从头醉到尾的《襄阳歌》，很可能写在734年的襄阳之行。襄阳北临汉江，南靠岘山。这首诗第一句里有岘山，最末一句有汉江，历史典故也多是发生在襄阳的故事，是一首真正的"襄阳歌"。襄阳是李白熟悉的地方，他在新婚前后的两三年间，很少远游，但襄阳相距不远，去过不止一次。在襄阳，他遨游交游，吊古怀古，几次在诗中提到西晋时期两个曾经镇守襄阳的将军，一个是羊祜，一个是山简。羊祜是名将，镇守襄阳十年之久，为后来西晋伐吴奠定了基础。山简是竹林七贤之一的山涛之子，镇守襄阳时并没有什么作为，常纵酒为乐，醉倒在宴席上。不像重兵在握的将军，更像是放浪形骸的名士。

《襄阳歌》一开头就是自比山简，以山简大醉襄阳的故事写诗人自己。

> 落日欲没岘山西，倒著接篱花下迷。
>
> 襄阳小儿齐拍手，拦街争唱《白铜鞮》。
>
> 旁人借问笑何事，笑杀山翁醉似泥。

"倒著接篱"用的是山简的典故。山简在镇守襄阳时，常外出纵酒，大醉而归，当时的歌谣很生动地勾勒出了一个醉汉的形象，说他"日暮倒载归，酩酊无所知，复能乘骏马，倒著白接篱"。白接篱是一种白头巾，山简醉到白头巾都是倒过来戴的。《白铜鞮》是襄阳人熟知的民歌，最晚在南朝梁时就已流传。开头六句大意是说，落日将落在岘山之西。我像山公一样倒戴着白头巾在花下饮酒，醉得迷离恍惚。襄阳小儿一起拍手唱歌，把我拦在街上，抢着唱《白铜鞮》。旁人问他们所笑何事，他们说笑死人了，原来是笑我像山公一样烂醉如泥。诗人以自嘲笔墨写醉酒，几笔勾勒出一幅幽默诙谐、趣味横生的生活画面。一群天真烂漫的小儿，自是不知道这醉汉是谁，更不会知道这"醉似泥"的醉汉，因何醉到这步田地。再往下看：

> 鸬鹚杓，鹦鹉杯，
>
> 百年三万六千日，一日须倾三百杯。
>
> 遥看汉水鸭头绿，恰似葡萄初酦醅。
>
> 此江若变作春酒，垒曲便筑糟丘台。

"鸬鹚杓"和"鹦鹉杯"都是饮酒的器具。前者是长柄酒杓，形状像鸬鹚鸟的脖子，后者是鹦鹉螺制作的酒杯。酒杓从盛酒器或温酒器中挹酒，倒在杯中，是唐人饮酒时的简单程序，但"百年"两句跟在后边，给人的感觉就是不停地挹酒，倒酒，饮酒了。人生百年，三万六千个日子，每天都应该畅饮它三百杯。酒喝到这种程度，也就是"但愿长醉不复醒"，在狂放不羁中，夹杂着失意、无奈和幽愤。

"遥看"以下四句借醉意发醉言醉语。大意是说，遥看汉水奔腾着一江鸭头绿，恰似刚刚酿好还未曾滤过的绿葡萄酒。此江之水若能变作一江春酒，就把酒糟堆积起来造它一座酒糟台。诗人的醉言醉语伴随着夸张想象，让人禁不住莞尔一笑。再往下看：

> 千金骏马换小妾，醉坐雕鞍歌《落梅》。
>
> 车旁侧挂一壶酒，凤笙龙管行相催。
>
> 咸阳市中叹黄犬，何如月下倾金罍？
>
> 君不见晋朝羊公一片石，龟头剥落生莓苔。
>
> 泪亦不能为之堕，心亦不能为之哀。

这里用了三个典故。"千金骏马换小妾"出自曹彰的故事，他是曹操的儿子，三国时代一个能征善战的将军。他喜欢一匹骏马，竟不惜以美妾换马，让马的主人从他的小妾中任意挑选。诗人用典却不露痕迹，真的像曹彰以美妾换了骏马，然后就醉坐在马上唱着《梅花落》；车旁再挂一壶美酒，笙歌笛韵，一路相随。又是唱歌，又是饮酒，又是奏乐，诗人写得煞有介事，其实也跟前边的"此江若变作春酒，垒曲便筑糟丘台"相类似，都是醉言醉语。

"咸阳市中叹黄犬"，出自李斯的故事。李斯辅佐秦始皇统一天下，最后却被秦二世和赵高陷害，他在被腰斩的时候拉着儿子的手说："我想跟你再牵着黄犬，同出上蔡东门，追赶狡兔，还能有这一天吗？"父子相顾大哭。诗人拉出这样的惨剧悲情，然后说"何如月下倾金罍"，怎么比得上我在月下畅饮美酒？

"晋朝羊公一片石"，出自羊祜的故事，"一片石"指的是堕泪碑。羊祜镇守襄阳十年，深得民心，他死后襄阳人为他建庙立碑。百姓拜祭他，泪洒碑上，西晋另一名臣杜预就把此碑称作堕泪碑。"君不见"以下四句说，您不是见过岘山上晋朝羊公的那块堕泪碑吗？驮碑的石龟头部剥落，长满了青苔。泪也不会为它流了，心也不会为它哀了。言外之意是，再伟大的功业，再感人的事迹，也会被人淡忘。诗人酒后挥洒，越说越虚无。既然如此，人生还有意义吗？再往下看：

> 清风朗月不用一钱买，玉山自倒非人推。
>
> 舒州杓，力士铛，李白与尔同死生。
>
> 襄王云雨今安在？江水东流猿夜声。

人生何必为功名而苦苦奔波呢？人生可以尽情地享受大自然啊，"清风朗月不用一钱买"。可以尽情地酣饮美酒啊，"玉山自倒非人推"。"舒州杓"和"力士铛"呼应前边的"鸬鹚杓"和"鹦鹉杯"，也都是酒器。"舒州杓"是舒州出产的杓，在唐代很有名。"力士铛"是温酒的器具，是豫章名产。写着写着，李白把自己的名字也写到诗中了，"李白与尔同死生"。很少有人把自己的名字入诗，更没有人把自己的名字跟酒器相提并论，而且要同生共死。真是放浪不羁，惊世骇俗！最后两句，以"襄王云雨今安在？江水东流猿夜声"结束全诗，楚襄王梦中与神女相会，云雨巫山，多么令人艳羡，如今早已渺茫难寻，今天只有江水东流，深夜猿鸣。

《襄阳歌》是一首醉歌，从头到尾的醉歌，很容易让人觉得很放诞，很颓废。放诞是真放诞，李白天性狂放，又崇尚魏晋名士。颓废却未必，李白在失意失望时会把功名利禄说得一钱不值，却从不把人生也看得全无意趣。"清风朗月不用一钱买"，照旧是对大自然的由衷喜爱。"百年三万六千日，一日须倾三百杯"，任性放诞中，透着要享受人生的热烈。其实，人往往是希望越大，期待越高，失望也就越大，何况是总带着一身激情的李白。正因为他有很强烈的功名欲望，对将来总抱着比别人大很多的希望，高很多的期待，而人生偏偏是屡遭坎坷，壮志难酬，所以他的失意和失望也来得更猛。每当这种时候，李白常会借酒浇愁，借酒宣泄，等到心里的暴风雨过后，他还是要朝着目标奋然前行的。

孤蓬万里

○ 挥手自兹去

李白经襄阳回到了安陆，这里已经是他的第二个故乡。第一次离开故乡，是二十四岁离开故土蜀中的远行，他独自一人，携带重金，沿长江顺流而下，从巴蜀到荆楚，从荆楚到吴越，直到大海之滨，在遨游山水的同时也在结交名士，建立名声。第二次离开故乡，是三十岁时离开安陆新家的远行，家有妻室，囊无余资，遨游山水已不得不退居其次。他北上长安、洛阳等地，曳裾王门，弹剑作歌，备尝宦游艰辛和人世冷暖。

回到安陆这年，李白三十四岁了。其后几年，虽然也常常远行在外，但更多时候是为生存奔波。开元二十三年（735年），李白和他的好友元演相约翻越太行山，同游太原府。李白写有一首题作《忆旧游寄谯郡元参军》的长诗，诗中回顾了与元演前后四次的聚合离散，其中第三次就是太原之行。元演有豪侠之气，是李白的粉丝之一，他的父亲是镇守太原府的将军。李白在太原受到盛情款待，"琼杯绮食青玉案，使我醉饱无归心"。

太原最有名的古迹名胜是晋祠，一千三百年前李白就和元演一起去过多次。李白回忆说：

> 时时出向城西曲，晋祠流水如碧玉。
>
> 浮舟弄水箫鼓鸣，微波龙鳞莎草绿。
>
> 兴来携妓恣经过，其若杨花似雪何！
>
> 红妆欲醉宜斜日，百尺清潭写翠娥。
>
> 翠娥婵娟初月辉，美人更唱舞罗衣。
>
> 清风吹歌入空去，歌曲自绕行云飞。

你看李白写得有多美，玩得有多快活！流水如碧玉，微波如龙鳞，浮舟弄水，吹箫击鼓，携伎出游。到了黄昏时刻，红妆欲醉的女子越发娇艳，百尺清潭映着她们姣好的容颜。等到新月初出，月光下的美人美不可言，她们轮番唱歌，罗衣飘飘。清风吹送歌声，歌声绕云而飞。

李白这样一写，晋祠名胜在历朝历代都添加了分量。我十八岁那年到晋祠游览，在难老泉边认识了晋祠文管所的老所长。闲聊中，李白描述晋祠的诗句很快就把我们拉近了。趁着暑假，我随他一起编写了《晋祠题咏诗文选》。虽然这本书并未出版，但收集、编选、校注并欣赏古诗文，对我来说是最早的一次训练。

李白千里迢迢到太原府，一待就是半年，自然不只是游玩。在京洛奔走无成之后，李白的太原行是又一次宦游，但仍然没有结果。不过，以他的才名，加上元氏父子的盛情相助，他的太原行应该不会空手而归。譬如说这年秋天，太原府阳曲县的三位县丞、县尉应诏赴上都应制举，李白参与饯行筵席并为之作序，可能就会收到润笔费。所谓润笔费，就是为别人写文章、写字或画画而收取的报酬，大致相当于现代的稿酬。唐代社会富庶开放，润笔之风尤为兴盛，韩愈、白居易和杜牧等都曾经收取数目可观的润笔费。

同年秋天，李白写有五言律诗《太原早秋》，诗中说："梦绕边城月，心飞故国楼。思归若汾水，无日不悠悠。"这时候他日思夜想的家乡不是蜀中，而是安陆。737 年，总是在外奔走的李白守在安陆家中，从现有资料来看似乎并未远行，他的女儿或儿子很可能生于这一年。742 年唐玄宗征召李白入京，李白在大喜若狂之际写下《南陵别儿童入京》，诗中说到"儿女嬉笑牵人衣"。他和许夫人有一儿一女，女儿叫平阳，儿子叫伯禽，他们就是诗题中的"儿童"、诗中的"儿女"。既然是"嬉笑牵人衣"的小儿女，年龄大些的平阳，最多也不过七八岁。

开元二十六年（738 年）到开元二十七年（739 年），李白再次远行，路程很漫长。他从安陆出发，经襄阳、南阳到颍阳，在颍阳与老友元丹丘匆匆相聚，随即前往淮阳和宋城。唐朝的宋城在今商丘市睢阳区，2008 年此地发掘出大运河商丘南关码头遗址，出土了唐代瓷器碎片。李白当年就在今商丘一带的某个码头上船，沿隋唐大运河而行，先后前往下邳、淮阴、楚州、扬州、苏州、杭州，然后返回长江沿岸，再沿着长江直到洞庭湖一带。在巴陵，李白巧遇从岭南北上的王昌龄。此后不久，可能因为许夫人病危或病逝，李白返回安陆。

这一次李白的远行长达五千多里，停留较久的地方多在大运河沿线。颍阳距离洛阳不过一日行程，杭州到剡中一带也不遥远，但洛阳和剡中，这两个对李白来说很向往的地方，他似乎都无暇前往。与以往的远行相比，这一次步履匆匆，行程紧促，少了畅游山水的惬意，也少了求取功名的豪言壮语。显然，有了一儿一女的李白，在为家人的生计打拼。

李白嗜酒狂放，好游山水，奔走四方，因此被许多人看作是很自我的人，甚至被看作是不负责任的父亲。其实，李白同样也得为生计奔波，为儿女打拼。只是因为有些事情在那个时代不便启齿，李白自己及周围人都是避而不谈的。譬如说前边说到的润笔费，中唐以后商业文化活跃起来了，诗人拿润笔费的故事就多起来了，但盛唐诗人没有相关记载。至于士人参与经商之事，更是讳莫如深。就像李白这次远行，大多时候是沿着大运河走，凭借水运的便利，完全有可能做一些商贾之事。他是商人之子，对于经商却未必在行，出外做买卖完全是生存所迫。由于商人被严重歧视，无论是商人家庭出身还是从事经商之事，无疑都会阻碍他实现政治抱负，所以，就像掩饰自己的商人家庭背景一样，他也会掩饰自己跑生意的事。尽管如此，在写给好友的诗中，他还是透出了一些蛛丝马迹。譬如他写诗给元丹丘，说自己"穷与鲍生贾，饥从漂母餐"，上一句把自己比作与鲍叔牙一起跑生意的管仲，下一句把自己比作受餐于漂母的韩信。"贾"是做买卖。大运河贯穿南北，水运便利，是最适合做买卖的。

就是在这次远行中，李白在颍阳与元丹丘匆匆相聚，写下《颍阳别元丹丘之淮阳》，由此我们才知道李白此行先到颍阳，然后就去了淮阳。又因为诗中有两句是"别尔东南去，悠悠多悲辛"，由此也让我们把此次行程与他在大运河沿岸几个城市的停留，包括大运河上艰辛的奔波、船夫的歌声，以及天鹅和鹳鸟的鸣叫联系起来。另外，在《颍阳别元丹丘之淮阳》一诗中，李白向元丹丘说过大意如下的话：

我悔恨自己迫于世网人情的逼迫去做违心之事，真正铭心刻骨的意愿却全都无法实现。松柏虽然寒苦，也羞于跟桃李争春。我奔波在市朝之间，岁月悠悠，玉颜也日渐衰老变样。失去的东西重于山岳，所得到的轻于尘埃。

这些话里，夹杂了诗人百般复杂又百般无奈的心情。"市朝"指争名逐利之所，也可以偏指"市"，指市集市场，偏指"朝"，指朝廷衙门。李白说出"市朝"二字，旁人未必就会想到他也奔波于市集市场，元丹丘看了却自然会意。诗中又说"所失重山岳，所得轻埃尘"，似乎也是想表明他并不想做生意，做生意再怎么赚钱，那也是轻于埃尘。

从李白的行程来看，所去的地方多是故地重游，想来他在旅途上或多或少都会得到故人相助。从前的人远游在外，跟今天是很不一样的。我们今天出外住宿酒店，再去一个城市就意味着再换一家酒店，打交道的多是服务人员。但从前的人出门在外，有亲朋好友就去投奔亲朋好友，访旧叙旧，念旧怀旧，既是自然的情感，也是人生的慰藉。投宿几晚，又有事相求，只要不过分，是人之常情。即使是跑到一个没亲友的地方，住宿在陌生人家，聊着聊着，也就他乡遇故知了。李白虽是一个浪漫不羁的天才，但他出门在外，大多时候，遭遇并不异于常人，情感也是很朴素的。在《淮阴书怀寄王宋城》一诗中，他先说自己在大运河上经过二百五十里水路的奔波，终于见到老朋友王宋城，相聚款款情深，分手依依不舍。然后又说自己在运河上再次乘船远行，夜里来到淮阴投宿，在韩信的故乡果然就碰到了漂母一样善良的人，煮酒烹鸡，一餐难忘。最后，他以韩信的知恩必报，表达自己要报答王宋城的心意，并以此时羁旅的孤独，反衬他们不久前刚刚相聚的欢乐。这首诗并非李白诗中的佳作，却给隋唐大运河留下了一段真实的写照，包括运河的风景、乘船的艰辛、游子的孤寂，以及见到故旧的欢欣、遇到好人的感动。

《送友人》是李白的名作，但此诗很特别，既没有点出所送之人是谁，也没有点出在什么地方送别。安旗先生认为送别之地"当在南阳"，并将时间定为 738 年。前边我说过，李白是从安陆出发，经襄阳、南阳到颍阳，在颍阳与老友元丹丘匆匆相聚，随即前往淮阳、宋城，在宋城上船，沿大运河而行。如果安旗先生所言不虚，这首诗就有可能写在此次远行途中的南阳。

> 青山横北郭，白水绕东城。
> 此地一为别，孤蓬万里征。
> 浮云游子意，落日故人情。
> 挥手自兹去，萧萧班马鸣。

虽是缠绵送别，诗却写得很大气。"青山""白水""浮云""落日"，都是宏大的气象。"万里征""游子意""故人情""班马鸣"，抒写的岂止是两个人的离别和送别。

"郭"和"城"分别指外城和内城，青山隐隐，横在外城之北，白水迢迢，绕着内城之东。即使严格按照诗中所写的地理位置来搜寻，这样的地方也实在是太多了。安旗确定送别地点是在南阳，主要依据是南阳的白河在唐代叫作"白水"，李白诗中曾几次提到南阳的白水。她的说法虽然不无道理，却也很难确定，因为"白水"的意思也可以等同于清水，杜甫就有"白水青山空复春"的诗句。正由于这首诗很难确定是何处所写，很多人就觉得李白写的正是自己熟悉的某个地方。二十多年前，旧金山有位老华侨就很肯定地对我说，"青山横北郭，白水绕东城"，写的就是他的家乡。

首联两句以工整的对仗展开开阔的景象，同时也在渲染分手时的画面。离别者和送别者，骑马走出城外，到了分手的最后时刻。"青山横北郭，白水绕东城"，这就是他们最后分手的地方啊！第三句以"此地"两字紧接前两句，顺势带出颔联两句"此地一为别，孤蓬万里征"。就在这里，我们一旦告别，彼此像蓬草一样万里飘飞。从此天涯海角，相见不知何时了。

颈联两句，用语并不新奇，奇在把"游子意"放在"浮云"之后，把"故人情"放在"落日"之后，写景与抒情融而为一，而且很大气。游子的心常在远方，就像浮云一样。故人的情依依不舍，就像落日缓缓落下。这里的"游子"并不等于离别者，"故人"也不等于送别者。两者都是他乡相遇的游子，只不过一个要离开，一个去送别。

尾联两句由人及马，妙在把人写得很洒脱，把马写得很缠绵，以萧萧马鸣结尾。人是"挥手自兹去"，看似洒脱，其实是不得不分手，总不能像小儿女那样垂泪而别。马却是"萧萧班马鸣"，好像它深知主人心里的感伤，也舍不得离去，昂首嘶鸣不已。

　　或许这首诗就写在南阳，有我们不知道的人和事。但我总觉得无所拘泥的李白在这里又有尝试，他似乎是有意识地跳出在某地送某人的限制，想把普天下的游子和故人、告别和送别都放在笔端。他能写出这样大气的送别诗，未必就只是一次送别的感受，他的一生都行踪不定，好像在不断地送别离别。

笑对鲁儒

——○

与我本殊伦

开元二十八年（740 年），李白携带一儿一女，从安陆迁徙东鲁。东鲁是指春秋战国时代的鲁国故地，在唐代行政区划上属于兖州。兖州下辖十县，李白所落居的任城是其中之一，在今山东省济宁市。

从江汉平原的安陆到鲁西南腹地的东鲁，路途有千里之遥，李白为什么要迁徙东鲁？前边说过，许夫人是已故宰相许圉师的孙女，李白是入赘到许家的。唐代社会虽然相对开放，但赘婿仍然被轻视。况且，许夫人是相门之女，李白是商人之子，门第悬殊。李白与许夫人结婚十余年，但从他的诗文中，找不到跟许家任何成员有往来。仅此一点，已透出几分李白在许家的处境。许夫人不幸去世，作为赘婿的李白，处境会更为艰难。在这种情形下，李白带孩子离开了安陆。

那么，为什么把迁徙之地选择在东鲁一带的任城县？李白有首诗叫作《对雪奉饯任城六父秩满归京》，"六父"亦即六叔，是当时任城县的县令。说起来这位任城县令是他的同族叔叔，但其实呢，真正相近的是他们的性情喜好。李白在这首诗中先写自己，大意是说，是龙是虎不需要鞭策，是凤凰不会像公鸡那样打鸣。你看那海上的黄鹤自由飞翔，哪里像笼中的鹌鹑。我以天地之心独往独来，自由飘飞的浮云就是我的身影。写到"浮云乃吾身"，转而又说"若与烟霞亲"，赞美任城县令与山水自然相亲近。"吾"是我，"若"是你，诗中明显含着性情相近、彼此投缘之意。同时也在含蓄地感谢任城县令接纳了他，让他这个"浮云"栖身任城。

任城县令在任期届满后就回长安去了。李白虽有多次远游，其间还曾被天子征召到长安，但以东鲁为家，长达二十三年。大家知道，东鲁是孔子的家乡，颜回、曾参等七十二个弟子也大都是鲁国人。孟子是邹国人，家距任城却很近，所以今天的济宁被称作孔孟之乡。汉武帝"独尊儒术"以来，历朝历代的中国始终以孔子的儒家思想为正统。唐代三教并重，但也以儒家为先。东鲁因儒学而备受尊崇，鲁地人自然也是引以为荣的。李白性情狂放，无所羁勒，不受儒家思想的束缚，他在东鲁会不会很难适应，会不会跟当地人发生冲突？

　　李白的诗作《五月东鲁行答汶上翁》，写及初到东鲁的印象，透露出他与"汶上翁"的一场冲突。"汶上翁"的意思是汶水边的老翁，汶水就是现在的大汶河。诗人说他在梅子发黄、桑叶凋零的五月来到东鲁，鲁地人正忙于纺织，家家户户传出机杼声。只因为他没能走上仕途，为学剑术来到山东。李白说自己来山东学剑，对当时人来说，自然会想到迁居任城的裴旻，史书上就有李白跟裴旻在山东学剑的记载。到了中唐，唐文宗把李白的诗、张旭的草书和裴旻的剑舞称作"三绝"。尽管如此，李白在这里说自己"学剑来山东"，只怕还是一种托词。他当时已经四十多岁了，作为一个漂泊的异乡人来东鲁投奔亲友，不免有些难堪。

　　就在这时候，一场小冲突发生了，"举鞭访前途，获笑汶上翁"。"获笑"是被讥笑，他没想到自己被汶水边一个老人讥笑了。为什么被讥笑？头一个原因大概就是因为他"举鞭访前途"。他忙着赶路，在马背上举鞭问路，无意中触犯了东鲁老人的大忌。鲁国是有名的礼仪之邦，鲁地人以此为傲。你这异乡人向老者问路，马也不下，举鞭就问，如此有失礼仪，还算是读书人吗？

　　说来好笑，我之所以对这件事有些感觉，是因为有过类似经历。三十年前我乘坐朋友的车出游，迷失在老北京一条小街上。我摇下车窗，向路边一位背对小巷、摇着芭蕉扇的老人叫了声"大爷"，然后问路。不料他头也不回，突然一声暴喝："有你这样问路的吗？"我慌忙下车，毕恭毕敬地再次问路，不料他还是一声暴喝："有你这样问路的吗？"这位皇城根下的老北京人，想必觉得我这个外地人太不礼貌，你来问路，怎么能站在我脊梁后边就问呢？！

当然，李白和汶上翁的冲突并不是这么简单。汶上翁肯定还说了一些语含讥讽的话，他甚至嘲笑李白的落魄失意和漂泊不定。要不然，李白不会在诗中说"下愚忽壮士，未足论穷通"，"此去尔勿言，甘心为转蓬"，前两句意思是，下愚之辈轻视心雄胆壮之士，凭什么判断我的得失穷通。后两句意思是，我走了，你也别说了，我甘心情愿做飘转的飞蓬。

诗中还说到鲁仲连的故事："我以一箭书，能取聊城功。终然不受赏，羞与时人同。"战国时期，燕国将军乐毅接连攻克齐国七十余城，十多年后，齐将田单收复聊城，久攻不下。齐国名士鲁仲连给燕国守将写信，绑在箭上射进城中，燕国守将看了信，意识到自己无路可走，自杀而死，齐军轻取聊城。齐王准备封赏鲁仲连，鲁仲连不受封赏，归隐而去。诗中说的是鲁仲连的故事，但句首这一"我"字，以此表明总有一天，我也像鲁仲连一样成就一番事业。

一个四十多岁的人，骑着马，挎着剑，奔走四方，从未踏入仕途，却总是梦想着辅佐天子，或者像鲁仲连一样建立奇功，这在常人眼里未免过于浪漫，何况是一个鲁地老者？如果当时李白在汶上翁面前自比鲁仲连，汶上翁的讥讽中，或许不无规劝之意呢。只是汶上翁绝对不会想到，他面前的这个漂泊者、落魄者，不仅自信自负是天下少有，才华才情也是世间罕见。

不必怀疑，李白在东鲁还会碰到不少难以理解他的儒生。同样，在李白眼里，鲁儒也实在是不可思议。不妨想象一下，狂放不羁的李白，突然来到儒学的发源地和大本营，迂阔死板的儒生随处可见，他会是什么感觉。请看他的《嘲鲁儒》：

> 鲁叟谈五经，白发死章句。
>
> 问以经济策，茫如坠烟雾。
>
> 足著远游履，首戴方山巾。
>
> 缓步从直道，未行先起尘。
>
> 秦家丞相府，不重褒衣人。
>
> 君非叔孙通，与我本殊伦。
>
> 时事且未达，归耕汶水滨。

这首诗前边描述鲁儒，后边发议论，笔触很辛辣。前八句说，鲁地的老叟总喜欢谈论五经，皓首穷经，老死于章句之中。如果问他经国济世的策略，那就茫茫然如坠烟雾。脚下穿着远游文履，头上戴着方形头巾。走着直道也是缓缓迈步，还没抬脚，宽大的衣服已掀起尘土。诗人以简单几笔，戏剧化地活画出腐儒的形象。他们苦读经书，白发苍苍，但一问到用世方略就两眼茫茫。他们穿戴整齐，煞有介事，但走在直道上都不能痛快点儿迈开步子。

后六句用了两个典故。"秦家丞相府"说到李斯及其背后的秦朝，秦朝推崇法家，排斥儒家。叔孙通是秦汉之际有名的大儒。西汉初年，他为协助汉高祖制定宫廷礼仪，曾到鲁地招集儒生三十余人。有两个儒生说他的做法不合古制，拒绝去长安。叔孙通笑着说："你们真是不明事理的儒生啊，不知时变。"这六句大意是，秦朝丞相李斯本来就不喜欢重用褒衣博带的儒生。你又不是汉朝那个因时而变的通儒叔孙通，和我原本就不是一类人。什么适合时代的事都不懂，无补于世，还是回到汶水边种地去吧！显然，李白的观点是读书就要为世所用，因时而变，而迂儒腐儒最明显的特征就是遵循古制，不知时变。

从春秋末年到战国时代，儒家只是诸子百家之一。早期的儒家并没有受到统治者的重视，无论是孔子的仁和礼，还是孟子的仁政和王道。相比而言，完全从统治者角度出发的法家思想，最受统治者欢迎，所以，各国争相变法。秦国从商鞅开始，接连六世变法，到秦始皇一统天下，法家那一套也走到了极端，变成血腥暴政，结果，秦朝不到十五年就被推翻了。西汉初期有鉴于秦朝覆亡的教训，重视黄老之学，实行无为而治，与民休养生息。到了汉武帝，"罢黜百家，独尊儒术"，从此学者之儒被政治化，五经成为士子必读的经典，儒生以传习、解释五经为主业。伴随着儒学独尊和经学大盛，两汉时期，作为儒学发源地的鲁国故地更是儒生云集。

也是从汉代开始，山东的儒学就有齐学与鲁学之分。大家知道，山东又称齐鲁，远在春秋战国时代，以泰山分界的齐鲁两国，从地理环境到民风民俗都很不相同。孔子说"智者乐水，仁者乐山"，很可能与他对齐鲁两国的印象有关。他是鲁国人，除了鲁国，居住最久的是齐国。齐国临海多水，鲁国内陆多山，齐人尚智，鲁人尚仁，《论语》记载孔子所言，说的最多的就是"仁"字。相较于其他诸国，尤其是跟鲁国相比，齐人既推崇形而上的"道"，又重视形而下的养生、医药、技术、兵法和韬略。从姜太公的谋略到齐桓公的霸略，从管仲的经济改革到晏婴的外交口才，从孙武的《孙子兵法》到孙膑的《孙膑兵法》，从火牛阵大破燕军的田单到"为人排患、释难、解纷乱"的鲁仲连，齐国历史上诞生了许多以智慧谋略著称的伟人。延及汉末三国，山东琅玡人诸葛亮"自比管仲"，以奇谋奇计"功盖三分国"，他的谋略韬略与崇尚智慧的齐文化渊源匪浅。

总的来说，地处内陆的鲁国和地处沿海的齐国两相比较，前者偏重农业，偏重道义，偏重仁德；后者偏重商业，偏重技术，偏重智慧。自汉武帝独尊儒术以来，齐鲁两地的文化传统势必也影响到各自的儒学风尚，形成了鲁学与齐学的不同：鲁学尊崇古人，泥于章句；齐学因时而变，经世致用。

李白有不少推崇的历史人物，却很少提及鲁人。即使是对圣人孔夫子，他的敬仰也是有保留的。他说过"我志在删述，垂辉映千春"，希望自己能像孔子一样著书立说，流传后世，但他也说"我本楚狂人，凤歌笑孔丘"。与此相比，他所敬仰的齐人不但多，而且像管仲、晏婴、鲁仲连和诸葛亮等人，都是他多次提到的偶像。他的人生抱负是"申管晏之谈，谋帝王之术，奋其智能，愿为辅弼"，管晏就是齐国的管仲和晏婴。"谈""谋""术""智"，这些关键词，跟齐文化的重口才、重谋略、重技术、重智慧，是颇为吻合的。他一心要辅佐天子，做帝王师，建立功业，自然也就推崇管仲、晏婴和诸葛亮，但他同样推崇的鲁仲连只是一个名士。前边刚刚说到李白跟"汶上翁"的一场冲突，他在被人嘲笑后，首先想到的是鲁仲连，以此激励自己。他的《古风》第十首，对鲁仲连更是推崇备至。请看这首诗：

> 齐有倜傥生，鲁连特高妙。
> 明月出海底，一朝开光曜。
> 却秦振英声，后世仰末照。
> 意轻千金赠，顾向平原笑。
> 吾亦澹荡人，拂衣可同调。

鲁仲连的故事在《史记》中有生动详细的记载。一件事是《五月东鲁行答汶上翁》提到的"一箭书"，鲁仲连致书燕国守将，轻取聊城，另一件事就是这首诗所说的"意轻千金赠，顾向平原笑"。战国时秦赵长平之战，秦将白起坑杀赵军四十多万人，进而包围了邯郸。赵国宰相平原君向魏国求援，魏王一边做样子派去援兵，一边派将军辛垣衍说服赵王，尊秦为帝。这时候，正在赵国游历的齐国名士鲁仲连往见平原君，又通过平原君见到辛垣衍，以滔滔雄辩力陈帝秦之害，说服了辛垣衍。平原君感谢鲁仲连，以千金相赠，鲁仲连笑着说："所谓贵于天下之士者，为人排患、释难、解纷乱而无取也。"他辞别平原君而去，终生不再见面。

这首诗歌咏的是诗人心目中的偶像，不用说，满是钦敬与赞美。诗的大意是说，齐国有个倜傥洒脱的名士叫鲁仲连，他这个人实在是高明奇妙啊！他就像一颗夜明珠从海底突然升起，一瞬间光芒照亮天地。他以谈笑却秦而名动天下，后人只能仰慕他的光辉。他拒绝了千金馈赠，对平原君的盛情只是回头一笑。我也是淡泊放达之人啊，功成便身退，事了拂衣去，我们有同样的志趣。

从鲁仲连的故事，李白找到了理想的人生。倜傥不群的风采、高妙出众的才智、谈笑却敌的雄辩、拯救天下的功绩、藐视金钱的品德、功成身退的潇洒，这些李白诗中一再歌咏的至美至善，几乎都集中到鲁仲连身上了。李白推崇的历史人物可谓多矣，尤以鲁仲连为最，李白诗文中有十九篇提到他。

李白三十岁初入长安，自比冯谖，弹剑作歌，曳裾王门，结果是奔走无成。四十岁迁徙到东鲁，在多年的坎坷蹭蹬之后仍然怀抱梦想，渴望像鲁仲连一样成就奇功伟业。岁月如流，最好的人生时光似乎就要离他远去，梦想还有可能实现吗？

长安谪仙

天子征召

○ 仰天大笑出门去

　　742 年，大唐王朝结束了长达三十年的开元时期，进入天宝元年。如果从离开故乡闯天下的二十四岁算起，李白为实现远大抱负已经拼搏了将近二十年。就在这年秋天，喜从天降，他得到了天子的征召。一个从未参加过科举考试，也从未踏入仕途的布衣，突然间受到天子的青睐，这在天下士人看来，无疑是令人羡慕的青云直上。而对李白来说，他少年时代就踌躇满志，多年来始终不放弃"忽复乘舟梦日边"的梦想，此时美梦成真，那真是大喜过望，恍如梦寐了。

　　从一开始，我们就跟着李白或遨游，或奔波，或漂泊，看他经历了许多挫折和磨难，也听他倾诉了不少的苦闷和幽愤。现在看他时来运转，也该欣然一笑，为他感到开心了。此时，欣赏他的《南陵别儿童入京》一诗，就是在分享他当时的喜悦。

不过，如果先了解一点儿他在天子征召前的困境，就更能体会他的狂喜心情。此前两年，许夫人不幸过世，李白携带儿女迁徙东鲁。他既要为生计奔波，又要为仕途奔走，一双小儿女不可能跟着他到处颠簸，需要有人照看。况且，以李白的外表和才名，再加上他性格狂放，情感热烈，总会遇到三两个女子，生出些感情，渐渐就生活在一起了。魏颢是李白的大粉丝，也是李白的好友，他在《李翰林集序》中说李白"始娶于许，生一女，一男曰明月奴"，"又合于刘，刘诀。次合于鲁一妇人，生子曰颇黎，终娶于宋"。"一女"和"明月奴"分别是平阳和伯禽，我们以后还会在李白诗中看到这姐弟俩，"颇黎"只出现这里，也许早夭，也许随母亲一起生活了。李白"娶"了两次，也"合"了两次，两次"娶"意味着两次婚姻，两次"合"意味着有过两次未婚同居。唐代社会开放，女性地位非其他朝代可比，贞节观念也比较淡漠，男女同居并非只有惊世骇俗之人才敢如此。从魏颢的记载来看，李白与刘氏同居，当发生在许夫人去世之后。而许夫人去世到天子征召李白，不过两三年左右。再看《南陵别儿童入京》有一句"会稽愚妇轻买臣"，两相对应，似可说明这位刘氏与李白的同居相当短暂。汉朝的朱买臣得到汉武帝的赏识，做过会稽太守，但他当初是会稽一贫贱布衣，砍柴为生，其妻弃之而去。李白以朱买臣自比，可见在他写这首诗时，刘氏已经离去了。想这刘氏之所以如此，除了把一对小儿女看作是累赘，少不了也是嫌他清贫吧。正因为这样，有话就说的李白，在欣喜若狂又酒酣耳热之际，竟把"会稽愚妇"也写到诗里去了。现在，我们来看这首诗：

> 白酒新熟山中归，黄鸡啄黍秋正肥。
> 呼童烹鸡酌白酒，儿女嬉笑牵人衣。
> 高歌取醉欲自慰，起舞落日争光辉。
> 游说万乘苦不早，著鞭跨马涉远道。
> 会稽愚妇轻买臣，余亦辞家西入秦。
> 仰天大笑出门去，我辈岂是蓬蒿人。

文字很浅显，除了"会稽愚妇轻买臣"这句用了典故，其余都明白如话。一眼看去，整首诗都在表现受诏之后的喜悦心情，但稍加品味，喜悦中还夹杂着复杂微妙的心理。而且，在抒发情感的同时，诗人自己的形象也生动活现于纸上了。不夸张地说，即使你不知道作者是谁，但一听这些诗句，自然就想到了李白。

诗一开头就是喜悦气氛。天子的诏书从天而降，诗人匆匆从山中归来，本来就准备饮酒庆贺，恰恰又是白酒刚好酿熟，黄鸡长得正肥。他喊着童仆炖鸡酌酒，小儿女嬉笑着牵扯他的衣服。一句"儿女嬉笑牵人衣"，让人在跟着欢喜的同时，也生出怜爱和心疼。这是两个失去母亲的孩子，父亲常常外出，刘氏离去前只怕对他们也很不待见。此时，他们的欢天喜地，也许并不是因为闻到了肉香，而是因为父亲愁容不见了。他们牵扯着父亲的衣服，亲昵、调皮、撒娇，父亲也因为小儿女之乐更加开心。这是李家三口最开心的时刻。

大家还记得《行路难》第一首的开头吧，"金樽清酒斗十千，玉盘珍羞直万钱。停杯投箸不能食，拔剑四顾心茫然"。那是他第一次入京，奔走无门，郁闷到美酒美食都难以下咽，拔剑起舞，排遣幽愤。此时，他将奉诏入京，大喜若狂，也要拔剑起舞了。第五句"高歌取醉欲自慰"，是在举杯庆祝之余，又含着往事不堪回首之意，所以要以酒醉宽慰自己。第六句"起舞落日争光辉"，是在拔剑亢奋之时，还带着烈士暮年的慷慨，所以说要与西下的落日争夺光辉。正因为觉得自己多年奔走无成，而今能够施展抱负的时光并不很多，随后紧跟两句："游说万乘苦不早，著鞭跨马涉远道。"游说万乘之君已苦于时间不早，我得快马加鞭，远道直奔长安。期待已久的机遇终于来临了，诗人渴望着一展身手，急不可待。

照理说，就要奉诏入京了，到了庄严时刻，但忽然又出现这样两句："会稽愚妇轻买臣，余亦辞家西入秦。"内敛的朋友或许会说，哎呀！李白，你就不能含蓄点儿？天子征召，西入长安，多神圣的事情，何必还把"愚妇"拉出来？再看最后两句，越发显得不够含蓄了。不但是"大笑"，而且是"仰天大笑"。别人纵有这样的念头也绝不会这样说啊，李白却是一吐为快。说他得意忘形并不过分，说他率性率真亦无不可，可笑中有可爱，可爱中有可笑。反正，这就是李白，如果这首诗没有最后四句，我们的印象也不会这么深。

好，分享了李白时来运转的喜悦后，我们不妨再想一下：唐玄宗为什么突然想起征召李白？是因为玉真公主向皇兄推荐，还是因为李白自己已经名满天下？如果说两者兼有，或者说主要还是因为李白诗名远扬，那么，盛唐诗坛群星灿烂，为什么连科举都不能参加的布衣李白，竟能在天子的征召下，一步跨入翰林院的大门？

一般来说，唐玄宗突然征召李白，最容易让人想到的就是玉真公主的举荐。玉真公主是与唐玄宗很亲密的胞妹，她崇信道教，赏识文人才子，李白写过《玉真仙人词》，当年初入长安就住在玉真公主位于终南山的别墅，而且，曾对李白大表赞赏的道教大宗师司马承祯，以及与李白深交多年的道士丹丘生，都与玉真公主多有往来。要说举荐李白的人，最有可能的就是玉真公主了。

除玉真公主之外，还有多个人选。《旧唐书》上说举荐者是著名道士吴筠，后来又有人认为是贺知章，近来还有人说是丹丘生。举荐者固然重要，却应该还有两个很重要的因素。第一，李白自己的拼搏，他的成功并不只是因为他是天才诗人。我们很容易因为李白的狂放不羁、率性而为和浪漫飘逸，就忽视了他在世俗世界也有很务实、很执着、很拼搏的一面。第二，唐玄宗对李白的赏识。我们也很容易因为唐玄宗晚年荒淫误国的昏聩，就忽略掉他是个多才多艺的君王，他在政治上贤愚不分，并不意味着他对艺能人士也丧失了鉴别能力。

关于第一点，我想说李白成功地建立了自己的名声，而且他找到了得力的举荐者，搭起了走进九重天门的桥梁。李白是商人之子，不可能走科举之路踏上仕途，但他始终都不放弃建功立业的梦想。这样远大的抱负，不可能仅凭着梦想和激情就能做到，他其实也有自己的人生规划。二十四岁时他一出三峡，就先去拜见司马承祯，又做好广结名士的打算。他邀游名山，在很大程度上也是广为交游，建立名声。扬州潦倒之后他在安陆结婚成家，先后向两位安州长史写自荐信。三十岁时他到长安，很快就进入玉真公主的人际圈子。三十四岁时他到洛阳，向唐玄宗献赋。京洛奔走无成后，又在襄阳向韩荆州上书干谒。虽然接连遭遇挫折，但游历名城名山，结交名士名流，自己的名作也相继诞生，名气越来越大。移家东鲁后，他曾与孔巢父、韩准、裴政、张叔明和陶沔隐居在徂徕山下，被世人称作"竹溪六逸"，六个人都是名士。《南陵别儿童入京》的头一句说"白酒新熟山中归"，这山很可能就是徂徕山。

一方面，李白热衷功名，雄心勃勃，百折不挠，很典型地代表了盛唐士人积极进取的精神，另一方面，由于他生活在一个科举致仕的时代却不能走科举之路，也因为独特的个性与喜好，他总是对春秋战国士人别有情愫。春秋战国是战乱不断也变革不断的时代，诸侯国为立于不败之地，不拘一格地招贤纳士，学士、谋士、策士、辩士、侠士纷纷登上历史舞台。一番游说诸侯，几句外交辞令，或者是纵横之术，侠义之举，都可能让他们在一夕之间从布衣成为卿相。李白生活在大一统的盛唐，开放的社会风气和昂扬的时代精神，让他相信自己"长风破浪会有时"，但朝廷以科举取士，而他是不能参加科举的商人之子，"大道如青天，我独不得出"。这种情形下，他要实现自己的政治抱负，就只有"出奇制胜"了。他"十岁观百家"，十七八岁学纵横术，二十七岁时声称要"申管晏之谈"，三十出头到长安"弹剑作歌""曳裾王门"，四十二岁时终于得到天子征召，又说自己"游说万乘苦不早"，他常常自比春秋战国的某个人物，而且雄心勃勃地效仿他们，自信能以文采、诗名、口才和谋略，总有一天得到天子的赏识和重用。他最大的梦想，或者说是他的政治抱负，就是辅佐天子，建功立业。虽然说得到天子征召并不意味着实现了梦想——会不会受到天子的重用尚未可知，能不能建功立业更是未知数，但在当时，仅此一点，就已经是石破天惊，轰动士林了。因为在盛唐时代，全靠自己的名声和他人的举荐得以奉诏入京的只有寥寥几人，出身于商人家庭的只有李白一人。就此而言，不但不能把李白的仕途奔走完全归于潦倒不遇，还得肯定，作为不能参加科举的商人之子，他其实已经是少有的成功者。

关于第二点，我想说唐玄宗征召李白是破格的选拔，有其开明的一面。虽然说贤明的政治在开元后期已经走向终结，但在安史之乱前的天宝年间，唐王朝仍然是强大的，文化上也依然是开放的。

说到唐玄宗，很多朋友的感觉都可能有点儿复杂。因为，无论是说到唐代的开元盛世、文化开放、诗歌兴盛和戏曲繁荣，还是说到唐代的安史之乱、宦官专权、藩镇割据和由盛转衰，我们都可能想到唐玄宗。他的功与过，有时候让我们在使用"虽然"和"但是"的时候，都有些瞻前顾后。

要说盛唐时代文化的开放，李白的诗歌与人生就是一个证明。试想一下，以李白狂傲、放诞、酗酒、携伎之类的言行，有哪个王朝的文人敢这样把自己袒露在诗文中，又有哪个王朝能够容纳这样的文人？况且，李白的火山爆发常常夹杂着对朝政的不满和宣泄，甚至把锋芒对准了当朝天子。唐玄宗下诏书时李白已经名声远扬，他雅好艺文，自己也喜欢作诗，对于李白其人其事及其诗作应该是多有所闻的。他能接纳李白并征召李白，就事论事的话，还是应该给他加分的。

好，现在的李白是美梦成真，果然得到了天子的诏书，他要跃马挥鞭，奔向长安了。"游说万乘苦不早，著鞭跨马涉远道。"看他这样兴奋，我们似乎也看得见他骑马奔向长安的背影，听得见马蹄嘚嘚，马鸣萧萧。

名动京华

——○ 春风拂槛露华浓

李白跃马扬鞭，雄心万丈地来到长安，唐玄宗于金銮殿上召见了他。在《赠从弟南平太守之遥》一诗中，李白回忆了终于朝见天子的时刻："天门九重谒圣人，龙颜一解四海春。彤庭左右呼万岁，拜贺明主收沉沦。"天门九重一道道敞开着，他走进皇宫谒见圣上，圣上龙颜一笑，让他觉得普天下都春意盎然。皇宫左右，欢呼万岁，拜贺圣明君主征召了我这个快被埋没的人才。

这是742年的秋天，大唐王朝已经走过历时三十年的开元时期，跨入天宝初年。三十年前唐玄宗登基，那时李白只有十二岁。如果说辅佐天子之梦从那时已经开始，那么，唐玄宗在李白的日思夜想中也有三十年了。唐玄宗征召李白，让一介布衣进入翰林，少不了希望他歌功颂德，毕竟，才华横溢的颂扬不同于陈词滥调的赞歌。李白呢，在感激圣主隆恩之际，是否还想着像春秋战国士人一样"游说万乘"？

今天从李白流传下来的诗歌中，可以零星找到"遭逢圣明主，敢进兴亡言"之类的话，想来他也是做过尝试的。但这种尝试，只怕也是劝百讽一，颂扬要远远大于劝谏。一统天下的大唐天子，毕竟不同于春秋战国时期那些为了争霸而勇于纳谏、竞相变革的各国诸侯，何况当朝的唐玄宗已经陶醉于阿谀奉承之声很难自拔。李白一走进皇宫，处在天门九重的壮丽、神圣和森严之下，很快就会发现唐玄宗不是他想象中的天子，这时的他也不得不把直言进谏的念头暂且收藏起来，不得不加入歌功颂德的合唱。

李白的诗中还写到他独自待在金銮殿撰写文章，又在翰林院秉笔而书。翰林院是大家比较熟悉的，不少朋友最初都是从李白的故事里第一次听到翰林院和翰林学士。不过，李白虽然进了翰林院，却不是翰林学士。因为在唐玄宗的时候，翰林院分作翰林学士院和翰林院，供职于翰林学士院的是翰林学士，专掌诏令制诰，供职于翰林院的是翰林供奉，多是以技艺才能受到征召的知识精英和社会名流，或称翰林待诏。相比于翰林学士来说，翰林供奉并无实权，但也常有靠近皇帝的机会。李白的正式职称是翰林供奉，在当时士人的眼中就是皇帝身边的近臣，李白也引以为傲。"长安宫阙九天上，此地曾经为近臣"，多年之后，他还是念念不忘。

李白多次提及同乡先贤司马相如和扬雄，并曾效仿他们，向皇帝献赋。这两个汉代文豪先后以文章博得汉武帝和汉成帝的赏识，成为侍从之臣，李白如今在唐玄宗身边的情形，也大致相似。按理说，翰林供奉并不为皇帝起草诏书，但以李白的文采，唐玄宗很可能破例用他。唐人范传正最早说到李白"草答蕃书"之事，很可能有所依据，但宋人又添加了唐玄宗为李白"御手调羹"的故事，元代杂剧和明代小说更添加了许多热闹的细节，这就属于戏剧性的传奇了。可以说，李白在后人心目中是理想化形象，以至于唐玄宗都成了配角。

我也很想顺着传奇故事来描述李白，但还是不能不回到历史中来。生活在忠君至上的古代社会，即使是李白，也不可能在皇帝面前露半点儿倨傲。何况，正是天子的赏识让他一飞冲天，从他当时的作品中能看到的多是对玄宗的感激。天宝二年冬，李白随驾前往骊山温泉宫，回来后写了首《驾去温泉宫后赠杨山人》，诗的大意说：我年轻时落魄于楚汉一带，奔波在风尘之中受尽冷遇，郁郁寡欢。自认为有管仲和诸葛亮的才华却无人举荐，我只能仰天长叹，闭门谢客。一朝得到天子的垂青赏识，恨不能把我的赤心忠胆都表现出来。骤然间承蒙皇帝的恩遇，让我生出羽翼，直上青云。有幸走出翰林院陪着天子銮驾，骑着宫中飞龙厩所养的天马。王公大人借我以颜色笑脸相迎，带着铜印紫带的大臣们都来同我交往。

潦倒不遇的李白忽蒙天子垂青，志得意满，扬眉吐气，一边表达着对唐玄宗的感激涕零，一边又不由得流露出对王公大人的厌恶和蔑视。十多年前的他，抱着"何王公大人之门，不可以弹长剑"的信心来到长安，结果却是连遭冷遇，奔走无门。而今"王公大人借颜色，金章紫绶来相趋"，之所以如此，无非是因为他得到天子赏识，成了天子旁边的侍从之臣。

李白天性狂放，恃才傲物，不拘小节，又没有仕途的经历，官场的打磨，如今来到长安，出入宫中，照旧不改狂放本色。晚年时他回忆说："昔在长安醉花柳，五侯七贵同杯酒。气岸遥凌豪士前，风流肯落他人后。"杜甫更把他那时的狂放写到了极致："李白斗酒诗百篇，长安市上酒家眠。天子呼来不上船，自称臣是酒中仙。"此外，在唐人笔下，关于李白有两个很有名的故事都跟酒醉有关，一个是高力士脱靴，另一个是醉写《清平调》三首。

高力士是唐玄宗身边最有功劳也最受宠信的宦官，肃宗做太子时称他为二兄，诸王公主称他为阿翁。但在中唐人李肇《国史补》中，有这样一段记载，大意如下：李白在翰林院常常酣饮美酒。玄宗命他撰写歌词，他大醉不醒，只好用水浇他。他稍稍能动，就索笔挥写，一连写了十多章，文不加点。写好之后，他当着皇上的面伸出脚来，令高力士脱靴，皇上命小宦官给他脱了靴。

李肇距离李白生活的时代不到百年，曾是翰林学士，官至中书舍人。他的记载或许是有依据的。李白在大醉中让高力士为他脱靴，唐玄宗为高力士解围，命小宦官来脱靴，这样的事情不无可能。但到了晚唐段成式的笔记小说中，变成了高力士亲自为李白脱靴。再到宋代志怪小说中，连"龙巾拭唾""贵妃捧砚"的说法也有了。"龙巾拭唾"是说李白酒醉呕吐，玄宗用自己的手巾给他擦拭。"贵妃捧砚"是说李白挥笔写诗，杨贵妃为他捧着砚台。李白传奇变成了集体创作，无论正史、野史还是小说、戏剧，不断添加渲染。

李白醉写《清平调三首》的故事，最早出自唐人李濬的杂史《松窗杂录》。李濬父亲就是那个写下"锄禾日当午"诗句并做过宰相的李绅。《松窗杂录》中有这样一段故事：

在一个牡丹盛开的明月之夜，玄宗召来太真妃，欣赏他移植在沉香亭前的四株牡丹，又下诏选了一群梨园弟子奏乐演唱。就在歌唱家李龟年将要演唱之时，玄宗说："欣赏名花，又有妃子在旁，怎么可以还唱老歌词？"于是命李龟年叫来李白。李白奉旨而来，宿醉犹在，酒意未解，挥笔写下《清平调三首》。

太真妃就是后来的杨贵妃。李白写这首诗的时候，她还不是贵妃。不过，我们都习惯以杨贵妃称呼她，杨贵妃原本是玄宗之子寿王的妻子，为回避这一事实，玄宗让她暂且出家做女道士，道号太真。《松窗杂录》叙述的这个夜晚，当是在天宝二年（743 年）的春天，杨太真受册封为贵妃是在天宝四载（745 年）。但所谓的"太真"道号只是个幌子，并不等于玄宗就不会与她一起作乐，自然也不会影响到这个故事的真实性。不管怎样，其一，《清平调三首》是流传下来了，而且，一看就是李白式的流美自然，一气呵成。其二，从《清平调三首》的内容来看，诗中所写应该就是沉香亭前玄宗和杨贵妃同赏牡丹的场面。

先看《清平调》第一首：

> 云想衣裳花想容，春风拂槛露华浓。
>
> 若非群玉山头见，会向瑶台月下逢。

诗人把杨贵妃跟花比，跟仙女比，这很容易陷入俗套啊！但话要看怎么说，词要看怎么用。首句的句法很独特，两个"想"字用得也极妙。杨贵妃霓裳羽衣，仙袂飘飘，烘托着如花的容貌，所以诗人来一句"云想衣裳花想容"。意思是看见彩云就想起她的衣裳，看见鲜花就想起了她的容貌。但也可以这样理解：看见你的衣裳，彩云也想披上新衣；看见你的容貌，鲜花也想打扮自己。第二句是"春风拂槛露华浓"，春风徐徐，正吹拂着栏杆旁带露的牡丹。七个字，就把牡丹花、杨贵妃和唐玄宗全都写进去了。牡丹花就是杨贵妃，杨贵妃就是牡丹，"春风"和"露华"既是大自然的春风雨露，又暗喻君王的恩泽，由此也把玄宗写了进去。沐浴君王的恩泽，得到君王的宠爱，美人得意，气色娇好，笑语盈盈，自然就更是美丽了。美到什么程度呢？美到人间都找不着了。"若非群玉山头见，会向瑶台月下逢"，如果不是在群玉仙山上见到的仙子，那就是瑶台月下碰到的女神，反正人世间是没有的。一个"若非"，一个"会向"，虚词用得恰到好处，让两个寻常句子生动鲜活起来。

第二首又把杨贵妃跟神女、跟古代美女相比，这还是容易陷入俗套啊！且看李白写道：

> 一枝秾艳露凝香，云雨巫山枉断肠。
> 借问汉宫谁得似，可怜飞燕倚新妆。

"一枝秾艳露凝香"写的是牡丹花，也是杨贵妃，"露"是暗喻君王的恩泽。"云雨巫山枉断肠"用的是楚襄王梦见巫山神女的故事，妙在用了一个"枉"字。巫山神女虽然是美貌绝伦，但她只出现在楚襄王的梦中，楚襄王为她只能是"枉断肠"。言外之意就是杨贵妃像巫山神女一样美丽，而今就在玄宗身边相伴相随。既然巫山神女只是梦中的神女，那么现实世界曾经有过的美女，又有哪位能跟杨贵妃媲美？"借问汉宫谁得似，可怜飞燕倚新妆。"汉宫最美的是赵飞燕，可是她要和杨贵妃相比，还要倚仗新妆，还要涂脂抹粉，哪有杨贵妃的天然之美！末一句又妙在一个"倚"字，有了这个字，杨贵妃就把赵飞燕比下去了。传说赵飞燕细腰纤纤，体态轻盈，能站在宫人手托的水晶盘上翩然起舞，而唐代以丰满为美，杨贵妃就体态丰腴，因此，宋代以来就有了"燕瘦环肥"的说法，现在更成了我们熟知的成语。

再来看第三首：

> 名花倾国两相欢，长得君王带笑看。
>
> 解释春风无限恨，沉香亭北倚阑干。

第三首很明显地把牡丹花、杨贵妃和唐玄宗放在一起来写，但主要写唐玄宗。"名花"是牡丹花，"倾国"是倾城倾国的杨贵妃。杨贵妃笑眼看花，这谁都会写，但诗人说"名花倾国两相欢"，不只是杨贵妃看着牡丹欢喜，牡丹看着杨贵妃也欢喜。更欢喜的是玄宗，"长得君王带笑看"。写的是君王，偏在要庄重的地方说出一句大白话来，简单而亲切，连五六岁的小儿也要会心一笑了。后两句把视角落在玄宗身上，"解释春风无限恨，沉香亭北倚阑干。""解释"是解除、消解之意，"春风"是指玄宗，"恨"是遗憾的意思。君王面对名花和美人，心情释然，无所遗憾，恬然自得地靠在沉香亭北的栏杆上。

这三首诗，一气流走，诗意灵动，写牡丹也是写贵妃，写贵妃也就带出了春风玉露的圣上，带笑看的君王。多才多艺的玄宗果然不乏选拔文学才子的慧眼，只可惜他所期望的李白，是来给他解闷助兴、开胃舒心的。虽说这三首诗不得不归于侍从文人之作，但李白的生花妙笔打破了一般宫体诗的呆板、靡丽和做作。杨贵妃之所以能被中国人列为四大美人之一，首先是因为唐诗对其美貌的一再歌咏，而真正近距离见到杨贵妃并写出好诗的大概只有李白了。纯粹为取悦皇帝，未必就能写出好诗。或许，杨贵妃的貌若天仙之美多少也启发了诗仙李白的灵感吧！

谗言四起

——○ 无奈宫中妒杀人

　　从天宝元年（742 年）秋奉诏入京，"凤凰初下紫泥诏，谒帝称觞登御筵"，到第二年秋被皇帝疏远，"三杯拂剑舞秋月，忽然高咏涕泗涟"，李白与唐玄宗的蜜月期最多只有一年。唐玄宗为什么这么快就疏远了李白？又是谁在唐玄宗面前谗毁李白？

　　按照传统的说法，谗毁李白的人就是杨贵妃和高力士。《松窗杂录》记载说，当李龟年唱了《清平调三首》之后，杨贵妃欢心而笑，领情感激，玄宗也对李白越发另眼相看。但高力士念念不忘曾给李白脱靴的耻辱，在贵妃面前挑唆说，李白在诗中以赵飞燕影射贵妃，杨贵妃深以为然。玄宗本来要给李白官做，却因为宫中多有阻挠，只好作罢。

唐人的杂史这样一写，后世又添加细节渲染，由此推测玄宗疏远李白的原因。其实，盛唐人写诗，不像后世有那么多回避和隐匿，统治者也没有那么多敏感和忌讳。大致而言，对文人进行思想文化的牵制，是从北宋以后才愈演愈烈的。南宋人洪迈在他的《容斋续笔》中，写有一则《唐诗无讳避》的笔记，他说："唐人写诗，对于前代及当代之事，据实陈述，寄托怀抱，全无避讳隐匿。以至于宫中宠幸小人之类的事，不是外人所能知道的，也都反反复复地说出来，上边的人不会以此为罪。"洪迈说了这些话，又感叹说："今天的诗人可不敢这样啊！"他说的今天是指南宋，明清的文字狱更是恐怖。站在明清时代，想想李白把杨贵妃比作赵飞燕，那就是越想越严重的影射。但在盛唐时代，这就不是什么问题了。李白在宫中还奉旨写了《宫中行乐词》多首，其中一首也说到赵飞燕："宫中谁第一，飞燕在昭阳。"唐人喜欢以汉代唐，李白把汉代最出名的美女赵飞燕比作杨贵妃，无论是出自李白笔下还是听在贵妃耳里，都是赞美。至于老谋深算的高力士，如果他想陷害李白，大可从李白的狂傲不羁找到把柄，不至于揪住一句"可怜飞燕倚新妆"大做文章。

也许你会说，《松窗杂录》不也是唐人所著？此话没错，但《松窗杂录》作于晚唐时期，晚唐跟盛唐已经很不一样了。

由于国力衰弱，宦官专权，党争不断，晚唐人的政治神经要比盛唐人敏感多了。《容斋续笔》所说的"唐诗无讳避"，最适合盛唐，其次是初唐、中唐，不大适合晚唐。

当然，有一点是毫无疑问的，那就是玄宗之所以疏远李白，肯定是有人进献谗言。李白诗中，就一再表达了他对进谗之人的痛恶和愤怒。由于天子的一念之差往往决定一个人的荣辱得失，宫中向来不乏进谗之人，李白才情横溢又狂傲不羁，一旦被天子赏识，更难躲过谗言的包围。在《答王十二寒夜独酌有怀》一诗中，他曾经说到"曾参杀人"的故事。曾参是孔子的好学生，"吾日三省吾身"这句话就是曾参说的。《战国策》记载说，一个与曾参同名同姓的人杀了人，有人就去告诉曾参的母亲"曾参杀人了"。曾母说"我儿子是不会杀人的"，继续纺线织布，神情自若。过了一会儿，又有一人告诉她"曾参杀人了"。曾母照旧纺线织布，神情自若。过了一会儿，第三个人跑来告诉她"曾参杀人了"。曾母这次害怕了，扔掉织布梭子，翻墙而逃。李白对这故事深为感慨，他说："一谈一笑失颜色，苍蝇贝锦喧谤声。曾参岂是杀人者？谗言三及慈母惊。"一方面是谗言很容易出现，一谈一笑之间稍有不慎，对方就变了脸色，随即就是谗言四起，诽谤声一片。另一方面，谗言听多了，最信任的人也会信以为真。曾参怎么会是杀人犯？可是谗言接连传来三次，就连他慈祥的母亲也当真了，吓得惊恐而逃。《答王十二寒夜独酌有怀》大约作于天宝八载（749 年），当时李白离开长安已有五六年之久。想必他回忆起宫中的"谗言三及",仍是心有余悸的。

李白还有首诗题作《翰林读书言怀呈集贤诸学士》。翰林是李白当时供职的翰林院，集贤是收藏典籍的集贤院，一看诗题，就可以确定是李白做翰林供奉时写给集贤院学士们的诗。诗的前几句写身处宫中怡然读书之乐，后几句写郊外出游及功成身退的愿望，笔调轻松，像是跟集贤院的学士们品茗而谈，但中间四句明显流露出遭受谗言后的无奈，并对自己被谗毁做出辩解："青蝇易相点，白雪难同调。本是疏散人，屡贻褊促诮。""青蝇"句用了陈子昂的诗句，陈子昂有诗说"青蝇易相点，白璧遂成冤"。苍蝇飞来飞去，很容易把粪便遗留在白玉之上，白玉却含冤难辩。"白雪"句用了阳春白雪的典故，阳春白雪，曲高和寡，很难找到可以理解的人。前后两句，一"易"一"难"，为贤才俊彦叹息，他们很容易遭受谗言，却很难找到理解之人。然后，诗人说自己原本就是一个喜欢自由自在、不受约束的疏散之人，这样就越发容易遭受狭隘之人的责骂。

品味了这四句诗，再看前边几句和后边几句，其实也含着遭受谗言后表明心志的意味。在宫中乐在读书，掩卷而笑；到郊外出游林壑，倚栏长啸；他日功成身退，垂钓江湖——"本是疏散人"，无心跟别人在宫中争宠斗艳。

那么，李白究竟得罪了什么人？是什么人向玄宗说李白的坏话？传统的说法大致都是从《松窗杂录》的记载沿袭而来，认为谗毁李白的人就是杨贵妃和高力士。其实，早在《松窗杂录》之前，李白的好友魏颢已在《李翰林集序》中说到张垍进谗贬逐李白。大家还记得吗？我们在前边说过张垍这个人，他是前宰相张说的儿子，唐玄宗宠信的女婿，李白第一次进到长安，曾经期望得到他的援引，那两首题作《玉真公主别馆苦雨赠卫尉张卿》的长诗就是写给他的。当时李白是初到长安的一介布衣，他已是宫中从三品的卫尉，如今李白是翰林供奉，他是翰林学士，算是翰林院同僚。此人也有些文采风流，无奈李白是天纵奇才，但凡他心胸狭窄又要跟李白竞高论低，免不了就要大为妒忌了。况且他有玄宗的宠爱，进谗陷害李白，并非难事。安史之乱爆发后，玄宗逃亡西蜀，张垍竟做了安禄山的宰相，为人所不齿。

不过，当时谗毁李白的人，恐怕不只是一二人而已。以谗言陷害他人往往是背后下手，在天子面前进谗，更不是外人轻易可以知道的。除了张垍之外，只怕李白自己，也未必知道还有哪些人向他放出冷箭。试想一下，作为商人之子的布衣李白，不但诗名远扬，而且突然得到天子赏识，成为天子旁边的侍从文臣，这就少不了谗言诽语如影相随了。偏偏他又是高傲才子，疏散之人，恃酒狂放，不拘小节，而且从骨子里瞧不起平庸无才却身居高位的权贵，这种情形下，谗言和诽谤就越发来势汹汹了。

要想知道李白当时的处境和心境，寻找他被人谗毁的原因，还是要看他自己的诗。好在愤激中的李白，忍不住就会爆发出来。《玉壶吟》当是作于供职翰林院的最后一段日子，此时他饱受谗言之苦，已被玄宗疏远。

烈士击玉壶，壮心惜暮年。

三杯拂剑舞秋月，忽然高咏涕泗涟。

凤凰初下紫泥诏，谒帝称觞登御筵。

揄扬九重万乘主，谑浪赤墀青琐贤。

朝天数换飞龙马，敕赐珊瑚白玉鞭。

世人不识东方朔，大隐金门是谪仙。

西施宜笑复宜颦，丑女效之徒累身。

君王虽爱蛾眉好，无奈宫中妒杀人！

开头两句用了东晋大将军王敦的典故。据《世说新语》记载，王敦总是在酒后吟唱曹操的诗句"老骥伏枥，志在千里。烈士暮年，壮心不已"，一边吟唱一边敲打玉壶，结果壶口都被敲破了。这两句诗仅十个字，其中"烈士""壮心"和"暮年"六字都来自曹操诗句，不但把自己的壮怀激烈传达出来了，还带出王敦击壶的慷慨悲歌，曹操吟诗的悲歌慷慨。诗人在天子征召下来到京城，本以为可以施展抱负，没想到遭到谗言陷害，壮心不已却已英雄迟暮。

三、四两句紧随开头两句，是典型的李白风格，"三杯拂剑舞秋月，忽然高咏涕泗涟"。诗人悲愤不胜，痛饮三杯美酒，拔剑而起，对月起舞，忽然间又放声吟咏，涕泗纵横。饮酒、拔剑、起舞、吟咏、落泪，在一连串的爆发中，也把自己的形象写活了。

眼看就到了不能再悲伤的地步，又以"凤凰初下紫泥诏"转入回忆，笔调忽然一转。接连六句，写自己在天子赏识下的春风得意。大意是说，当初我奉诏入京，朝见皇帝，登御筵举杯畅饮。在九重皇宫颂扬万乘之君，出入于红色的台阶，青色的宫门，我敢嘲弄王公大人。朝见天子我换过好几次飞龙厩的骏马，手里挥舞着皇帝赏赐的珊瑚玉鞭。你看，李白诗歌的起落变化有多快，从涕泗纵横马上转入回忆，紧接着这一连串的得意与痛快。

眼看到了不能再得意的地步，笔调又是忽然一转："世人不识东方朔，大隐金门是谪仙。"这两句诗里夹杂着复杂的心理，很难直译，字面上的意思是，世上的人已经不晓得谁是东方朔了，今天在宫中隐居的是谪仙李白。诗人这时候已被皇帝疏远，打入冷宫，但他毕竟还在宫中，多少还抱着些侥幸的希望，于是他想到了东方朔，把打入冷宫说成是东方朔的宫中隐居。东方朔是汉武帝时的侍从文臣，以辞赋著称，为人诙谐滑稽。他曾说，隐居在世俗中，避世在金马门。宫殿里就可以隐居起来，保全自身，何必隐居在深山茅舍？

最后四句，从东施效颦的故事生发开来，感叹才高被妒，遭人谗毁。西施貌美，笑起来美，皱着眉头也美，"西施宜笑复宜颦"。东施不知自己长得丑，效仿西施皱眉，越皱越是难看，"丑女效之徒累身"。但故事里的东施，只是一个村妇，并没有嫉妒和谗毁之事。宫中就没这么简单了，君王虽然是宠爱美女，但君王的宠爱也会给美女带来谗言，妒忌美女的嫔妃们会众口铄金，群起攻之，"君王虽爱蛾眉好，无奈宫中妒杀人"。诗人这样写，明显是感叹自己才高被妒，越是受到天子赏识就越有谗毁之危。

这首诗，从开头到"敕赐珊瑚白玉鞭"，放浪恣肆，奔流而下，但后边六句收得很急。毕竟还在宫中，即使是有话就说的李白，恐怕也有不少难言之隐。想来是因此之故，后边就少了一泻千里之势。

天宝二年秋，李白走到人生最重要的一个十字路口。谗言包围了他，皇帝疏远了他，向他喝彩的声音随即稀落下来，在他周围讨好叫好的人迅速离去。绚烂后的黯淡，喧闹后的寂寞，往往更加难挨。

突遭冷遇

○ 举杯邀明月

李白生逢大唐盛世，以布衣身份奉诏入京，待诏翰林，可谓荣幸之至。只是这天大的荣幸里，一开始就潜伏着不祥。他在天宝元年秋奉诏入京，天宝三载春离开长安，恰是在天宝初年，唐玄宗很彻底地完成了早在开元后期就已经开始的从贤明到昏聩的转变。天宝元年之前是开元盛世，唐玄宗之所以把开元改作天宝，通常被认为做了三十年的太平天子，以为自己从此可以高枕无忧地做享乐皇帝了。就在这一年，他所宠信的安禄山做了平卢节度使。天宝三载正月初一，玄宗又改"年"为"载"，因为他自认为功德足以跟尧舜相比，而尧舜是以"载"纪年的。也是这一年，备受重用的安禄山在平卢节度使之外，又兼任范阳节度使、河北采访使，杨玉环也不做杨太真了，干脆纳入宫中，次年册封为贵妃。

可以说天宝初年的唐王朝仍然处于顶峰时期，只是朝廷政治伴随着唐玄宗的改变发生了很大变化。最初的原因其实很简单，一个拥有绝对权力又在位很久的盛世皇帝，从虚心纳谏变得越来越喜欢听好话了，从励精图治变得越来越喜欢享受了。这两种东西一旦上瘾，就会被身边的宦官和近臣包围起来，越来越真假不辨，贤愚不分。李白第一次来长安是在十年前，那时的玄宗就已经是一个宠爱宦官的皇帝。他的《古风》"大车扬飞尘"，辛辣讽刺最受皇帝宠爱的宦官和斗鸡徒，其实也是对唐玄宗的谴责。如今十多年过去，不但宦官的权力更加膨胀，高力士甚至可以先行审阅大臣们送来的奏章，而且朝臣中也多了阿谀奉承者，以"口蜜腹剑"著称的李林甫已做了八年宰相。用人不疑本可以成为天子的美谈，但玄宗的"用人不疑"与懈怠朝政、宠信宦官、重用佞臣变成了一回事。

到了这时候，当初那个英明睿智的唐玄宗实际上早就不存在了。他对李白的欣赏和任用，并非是为国家选拔治世人才，而是为自己选拔侍从文人，甚至是娱乐弄臣。由于司马相如和扬雄是同乡先贤，又以文采博得汉朝皇帝的赏识，李白在入宫之前和入宫之初，总是以这两人自比。但在宫中待了一些日子后，他才发现自己更像是东方朔。上一篇文中谈到《玉壶吟》，李白说他在宫中颂扬万乘之君，嘲弄王公大人，又自比东方朔，以为自己能像东方朔一样，可以久居皇宫，把宫中当作大隐之地。十年后，李白又在《书怀赠南陵常赞府》一诗中说，在木星下凡到汉朝的那一年，东方朔侍奉英明的君主汉武帝。我也曾经侍奉天子，像东方朔一样嘲笑过王公大人，因此不得不离开朝廷，失去皇帝雨露之恩。

东方朔也是汉武帝旁边的侍从文人，以滑稽多智著称，因此又被视为弄臣，与他同时代的司马迁就把他列在《滑稽列传》里。东方朔有文采，有口才，有谋略，自信，高傲，敢于嘲弄朝中大臣，有时还恃酒狂放，曾经因为酒醉，竟在宫殿里撒尿。汉武帝冷酷无情，喜怒无常，偏偏对东方朔宽厚有加，常把他带在身侧。李白与东方朔颇有相同之处，在天子身边的微妙处境也类似。不过，唐玄宗不是汉武帝。他虽然不像汉武帝那样冷酷无情，喜怒无常，但也没有汉武帝勤于朝政、事必躬亲的热情，他已经懈怠到凡事都恨不能交给亲信处理的地步。一旦周围的亲信谗毁李白，这位享乐皇帝即使不大相信，只怕也懒于应对了。况且，李白也不像东方朔那样很会滑稽逗乐，更不擅长察言观色，机敏应对。

作为一个古代文人，狂傲的李白在忠君大事上也是不可能例外的，何况当朝天子曾经是很有作为的英明君主，更何况一下子把他从布衣提拔到翰林待诏。但对于皇帝旁边的王公大人，李白并没有屈下膝盖，把他们放在仰视的位置上。他本来就有"平交王侯"的思想，声称"出则以平交王侯""王侯皆是平交人"。又因为十多年前初入长安，有过"弹剑作歌奏苦声，曳裾王门不称情"的痛苦经历，让他对那些高高在上、冷酷无情的权贵从内心里感到反感。于是，在他的诗中出现这样一种情况——一方面在歌颂圣上，一方面在嘲笑王公大人。譬如说《驾去温泉宫后赠杨山人》一诗，前边写到对皇帝的感恩戴德，"一朝君王垂拂拭，剖心输丹雪胸臆"。后边写到对王公大人的轻蔑，"王公大人借颜色，金章紫绶来相趋"。又譬如说《玉壶吟》一诗，上句说自己颂扬万乘之君，"揄扬九重万乘主"，下句说自己戏谑王公大人，"谑浪赤墀青琐贤"。李白在政治上真是太天真了，他似乎并不知道天子和他所亲近的王公大人本来就是分不开的。王公大人既然能得天子的宠信，自然在天子面前就有不少献媚进谗的机会。

说到底，李白之所以在宫中被谗毁，就是因为得罪了权贵。所谓权贵，往往就是皇帝亲近的人，他们的谗言向来不乏杀伤力，这早就是历史上重演了无数次的故事。遭受谗毁的李白其实也很害怕，他有首诗就叫作《惧谗》。从诗的内容来看，写的多是历史故事，却好像让人看到了在谗言包围下战战兢兢、如履薄冰的诗人自己。请看这首诗：

> 二桃杀三士，讵假剑如霜。
> 众女妒蛾眉，双花竞春芳。
> 魏姝信郑袖，掩袂对怀王。

> 一惑巧言子，朱颜成死伤。
>
> 行将泣团扇，戚戚愁人肠。

首两句说，齐景公用两个桃子就可以杀掉三个勇士，哪里还需要利剑如霜。故事出自《晏子春秋》，说的是齐景公时，有三员大将居功自傲，景公用晏婴计谋，赐给他们三人两个桃子，让他们比功劳，争桃子。三人互不相让，争到最后，先后羞愧自杀。第三句"众女妒蛾眉"语出屈原《离骚》的诗句"众女嫉余之蛾眉兮"，意思是众多的女子嫉恨美丽的蛾眉，第四句"双花竞春芳"是说两朵花也要争夺春天的芬芳。三、四两句紧承一、二两句，就有了言外之意，两个桃子就可以"杀三士"，更何况宫中"众女"嫉恨一个美女，或者是两个美女争宠斗艳。她们巧舌如簧，更胜于利剑如霜。

"魏姝"以下四句，说的是同一个历史故事。据《战国策》记载，楚怀王原本最宠爱郑袖，后来又宠爱魏王送来的一名美人。郑袖非但没有流露出妒忌之心，反而对魏美人百般呵护。在赢得魏美人信赖也打掉楚怀王疑心之后，有一天，她对魏美人说："大王很爱你的美丽，却不喜欢你的鼻子。你见了大王，一定要掩住鼻子。"魏美人按照她的话做，一见楚怀王就掩鼻。楚怀王不解，向郑袖打问缘由。郑袖说，她是嫌弃大王身上的体臭啊！楚怀王一怒之下，让人把魏美人的鼻子割下来了。李白以四句诗概括了这个故事，大意是说，魏美人相信郑袖，衣袖掩鼻面对楚王。就因为郑袖花言巧语的一个迷惑，美貌佳人惨遭悲剧。

这样的故事就不只是背地里说坏话了，而是一步一步设计陷害，置之死地。远的不说，唐玄宗的宫殿里就上演过类似惨剧。开元前期，玄宗先后与三个宠妃分别生下三子，这就是后来的太子李瑛、鄂王李瑶和光王李琚。开元后期，武惠妃得宠，在玄宗面前谗毁三子。最后她派人去召三子入宫，说是宫中有盗贼。三子披甲入宫，武惠妃却说他们意欲兵变，杀入宫内。玄宗震怒，把三子废为庶人，其后不久全部赐死。时人尽知其冤，把玄宗这三子叫作"三庶人"。站在天宝三载，这惨剧就是几年前发生的，李白是肯定知道的。

《惧谗》的末两句用的是班婕妤的故事。班婕妤原是汉成帝宠爱的妃子，后来赵飞燕、赵合德姐妹入宫得宠又设计陷害，她失宠后去长信宫服侍太后。她的诗《怨歌行》以夏用秋弃的团扇自喻，抒发失宠女子的幽怨。李白用这个典故，只添加了"行将"二字，把自己放入其中。"行将泣团扇，戚戚愁人肠。"我也快要变成团扇哭泣的班婕妤了，忧惧害怕，愁肠百结啊！

因为有难言之隐，这首诗的特点是句句用典，借古说今，借历史人物说自己的遭遇。几个故事里的谗言，不是捕风捉影、添油加醋的谗言，而是无中生有、设计陷害的谗言。从这首诗来看，李白在宫中遭受的谗毁以及他对谗言的恐惧，恐怕远远超出了我们的想象。

如果说《惧谗》一诗让我们看到李白在谗言包围下的恐惧和痛苦，那么《月下独酌》让我们看到的或许就是李白被冷落后的孤独和寂寞。大家都知道这是名篇，但可能不知道《月下独酌》总共有四首，都是五言，长度也差不多。最早的三种文本里，都注明"长安"二字，意思是作于长安。诗的第三首开头说"三月咸阳城，千花昼如锦"，可知是春天，人在咸阳。"咸阳"在长安附近，大而言之，也是长安。"春天"应该是天宝三载的春天，这时的孤独和寂寞，相比于天宝二年春他写《清平调三首》时的热闹与荣光，完全是不同的处境和心境。就在天宝三载的春天，李白离开长安，《月下独酌》很可能写在离开长安的前夕。

李白离京之后感叹说，离开了翰林院就离开了朝廷和京城。故友不再登门，秋草一天天在门前台阶上疯长。这次他一点儿都没有夸张，世态炎凉的变化往往就在一夕之间，只怕在离京之前，当他被皇帝冷落的消息四处纷传之时，周围那些时常把酒相聚的人就大都消失了。在极度的寂寞中，李白又去寻找常相伴随他的两位好友，一个是月，一个是酒。

花间一壶酒，独酌无相亲。

举杯邀明月，对影成三人。

月既不解饮，影徒随我身。

暂伴月将影，行乐须及春。

我歌月徘徊，我舞影零乱。

醒时同交欢，醉后各分散。

永结无情游，相期邈云汉。

这是《月下独酌》第一首。表现孤独的诗很多很多，却没人像李白这样，举杯邀月，对影起舞，又唱又跳的。凄神寒骨的月下孤独，酒酣耳热的起舞放歌，交织在天才的笔下。仔细品味，可以发现在这七十字里，诗人已经在陷进孤独和冲出孤独之间进出了三个来回。

先看前四句。"花间一壶酒，独酌无相亲"，这本来是很孤独的，是一个人在喝闷酒。诗人坐在"花间"，是春天，是月夜，鲜花簇拥在四周，又有"一壶酒"，正该是与好友举杯高谈的时候，可是没有朋友，只能独酌独饮。写了这两句，后边该诉说苦闷了吧？但诗人竟以"无相亲"逗引出"举杯邀明月，对影成三人"两句，信手拈来，又思落天外。他举起杯子，邀请明月共饮，明月把他的影子投在地面上，于是就成了三人同饮了。举杯邀月，就已经够浪漫了；他还嫌不够，把自己的影子也当作一人。何夜无月，月下何人没有自己的影子，却只有李白爆出这样的奇思妙想！本来只有他一人喝闷酒，现在竟跑出另外两人，一个是天上的明月，一个是地上的影子。诗人好像真的要冲出孤独之围了。

再看中间六句。"月既不解饮，影徒随我身。"月亮本来就不懂饮酒啊，影子也只是徒然地随着身子晃来晃去。情绪刚刚提上来，马上又跌落下去，诗人又陷入孤独之中。但不能自拔就意味着更深地陷入，生命在进行本能的抵抗，诗人再次冲出孤独。"暂伴月将影，行乐须及春。"暂时就把月亮和影子当作朋友吧，要趁着这美好的春光及时行乐。这样一想，诗人的情绪似乎真的高涨起来，孤独也好像荡然无存了，"我歌月徘徊，我舞影零乱"。我唱歌，月亮听得入神，徘徊不去；我起舞，影子跟着我跳，一片零乱。诗人醉了，月亮醉了，影子醉了，天地间一切都醉了。

最后看后边四句。"醒时同交欢，醉后各分散。"他说的"醒"其实是半醉半醒，他说的"醉"是醉得不省人事了。半醉半醒时，举杯把酒邀月，对月起舞放歌，等到醉倒在地，醉入梦乡，影子压在身下，月亮看不见了，"三人"就各自分散了。既然"醉后各分散"，不就又回到"独酌无相亲"了吗？末两句却说"永结无情游，相期邈云汉"。月亮和影子是不懂得感情的，但他宁愿跟它们作朋友，相会在邈远的天上仙境里。诗人这样说，并非只是表达一下超然于滚滚红尘之外的愿望，他从少年时代就访道求仙，在被逐出翰林院之后，这种愿望越发强烈。月中有神仙宫殿，他的影子随着他羽化登仙，月中起舞，"相期邈云汉"。

一般来说，自由奔放、气势磅礴的歌行体诗最能代表李白的风格，但这首五言古体诗也以其极具个性化的特征成为李白的代表作。把酒邀月，月下起舞，这是李白诗歌留给后人最鲜明的印象之一，古今有许多画家为此泼墨作画。十多年前，斯坦福大学东亚语言文化系举办中国春节联欢，我的一位白人学生表演自编自导的舞蹈。他只表演了几个动作，就让我想到了李白的《月下独酌》，这时又听见旁边有位华裔学生脱口说出："李白！"世界上很少有哪个诗人，能把自己的个性表现得如此生动。

天宝三载的春天，李白在当朝权贵的排挤下被迫离开长安，唐玄宗以赐金放还的文雅方式放逐了李白。没人知道唐玄宗究竟赏赐了多少钱，重要的是皇帝显示了他的开明，也给了李白一点儿体面。李白能在谗言包围下全身而退，还受到皇帝的赏赐，不无庆幸之处，但他最大的梦想是辅佐天子，建立功业，如今被迫离开京城，李白心里的痛苦可想而知。就在他刚刚遭遇人生风暴，最需要朋友的时候，杜甫出现了，他们几次相约同游。中国诗歌史上的双子星，诗仙与诗圣，共度一段春秋，相映生辉。

十年奔波

李杜友情

○ 思君若汶水

　　就在李白最寂寞也最需要朋友的时候，杜甫出现了。天宝三载（744年）春，李白被唐玄宗赐金放还，在当朝权贵的排挤下被迫离开长安，不久，诗仙与诗圣在洛阳相遇了。此后一两年，他们一再相聚同游，甚至在秋夜酒醉后倒头就睡，盖的是同一床被子。中国文学史上两个最伟大的诗人，相遇，相交，相知，相惜，成为中国文学史上的美谈。

　　鲁迅有一句名言："人生得一知己足矣！"千秋万代，同一个时代就是有缘。人海茫茫，擦肩而过就是有缘。如果能举杯共饮或品茗而谈，相遇相识，那就是天大的缘分了。但朋友还不能等同于知己，因为随着岁月的流逝，或各奔东西，相见不易，或人生起落，世态炎凉，或忙碌不堪，无暇顾及，或时过境迁，相见不如不见，真能终生为友的，也就很有限了。由此来说，诗仙与诗圣成为知己好友，本身就是不可思议的奇迹。

他们的年龄相差十一岁，见面的时候李白已名满天下，杜甫还未出名。他们的性格很不一样，艺术风格很不一样，以至于后人一说到豪放飘逸就想到李白，一说到沉郁顿挫就想到杜甫。他们的家庭背景和思想渊源也很不一样，李白出身于商人家庭，从少年时代就开始求仙访道；杜甫出身于奉儒守官之家，以儒家思想安身立命。但他们真做了朋友，真成了知己。

洛阳相遇是在天宝三载的春夏之交，李白四十四岁，杜甫三十三岁。闻一多先生在《杜甫》一文中说："我们该当品三通画角，发三通擂鼓，然后提出笔来蘸饱了金墨，大书而特书。因为我们四千年的历史里，除了孔子见老子（假如他们是见过面的），没有比这两人的会面更重大，更神圣，更可纪念的。"按照《史记》的记载，孔子在洛阳拜见过老子，当时的洛阳是东周的都城。最晚自两汉以来，孔子见老子的故事已广为流传，李白和杜甫自然也熟悉这个故事。当他们在洛阳见面时，不可能会想到，后人会把他们的相遇比作老子和孔子的相遇，也不会想到，他们后来会成为中国历史上永远的诗仙和诗圣。

见到杜甫时，李白刚刚经历人生风暴，一方面越发向往神仙世界，另一方面更加需要人间友情。恰在这个时候，至情至性的杜甫跟他相遇了，两人一见如故。杜甫写了首《赠李白》，开头两句说，在我旅居洛阳的这两年，经历了种种事情，我很讨厌那些聪明过头的虚伪之人。最后四句说，李白啊，你本来是金马门的俊彦之士，如今从朝廷脱身了，可以去山林中寻幽探胜了。我也想到梁宋一游，咱们正好同行，一起采拾仙境瑶草吧！从这些诗句，不难感受到杜甫对老大哥的宽慰和关怀。他欣然于将与李白同游，至于求仙访道，大概是奉陪李白的吧！

这年秋天，两人北渡黄河，登上了道教圣地王屋山，寻访道士华盖君。到了那里，才知道华盖君已经仙逝。不久，他们顺黄河东下，先后到了汴州、宋州。天宝元年，汴州改作陈留郡，郡府在今天的开封，宋州改作睢阳郡，郡府在今天的商丘。这两个地方都是隋唐大运河沿岸的重要城市，货运发达，繁荣富庶，唐人南下或北上，往往经由这里。杜甫在《遣怀》诗中这样描述宋州："邑中九万家，高栋照通衢。舟车半天下，主客多欢娱。"意思是一个城邑中就有九万户人家，四通八达的大路两旁都是高楼。船和车占据城中一半，主人和客人多有欢娱之事。

就在宋州，另一位大诗人也加入进来了，他就是后来成为唐代边塞诗派代表人物的高适。高适在宋州已客居多年，他见了李白的印象是"李侯怀英雄，肮脏乃天资"。"肮脏"可不是我们今天的贬义，这里的意思是挺拔不俗。高适赞美说，李白有英雄抱负，天生的卓然不群。上一篇我们说到《月下独酌》，极度孤独的李白"举杯邀明月，对影成三人"，现在，有杜甫、高适跟他一同举杯。杜甫的《遣怀》诗作于晚年，诗中回忆了当时与李白、高适在宋州街头的酒肆里饮酒畅谈，"忆与高李辈，论交入酒垆"。诗中还写到他们在城外登高怀古："气酣登吹台，怀古视平芜。芒砀云一去，雁鹜空相呼。"三个诗人趁着雄气酣畅，登临吹台，远眺平野，怀古思昔。汉高祖当年在这一带风云际会，"大风起兮云飞扬"，如今他已走了几百年，只有鹅和鸭飞来飞去，此呼彼应。

大约在秋末冬初，他们又一起跑到距离宋州不远的单父县。杜甫在另一首怀旧诗作《昔游》中，写到三个人在琴台登高远望："昔者与高李，晚登单父台。寒芜际碣石，万里风云来。"也写到骑马游猎："清霜大泽冻，禽兽有余哀。"写这首诗时，杜甫已经五十六岁，漂泊在夔州，不免要带上晚年的感时伤世。李白的《秋猎孟诸夜归置酒单父东楼观妓》，写于在孟潴泽一带骑马游猎的情景。有好友多日同游，此时正纵马奔驰，弯弓搭箭，逐兔追猎，又在饱食野味之后听歌观舞，李白真是痛快极了。"一扫四野空，喧呼鞍马前。归来献所获，炮炙宜霜天。"采拾仙草的事也抛却脑后了，他说仙草没什么用处，"此事不可得"。这一天他想的是多吃些野味，补养好身体过冬。

后人喜欢以豪放飘逸谈李白，以沉郁顿挫谈杜甫，以雄浑悲壮谈高适。如果说到他们共同的特点，我首先想到的是英雄豪气。虽然他们后来在世俗人生的遭遇有很大不同，李白名扬天下，壮志未酬；高适久居下僚，晚年封侯；杜甫历尽沧桑，终生潦倒。但在天宝三载三人一起出游的日子，让他们彼此激荡的就是这种英雄豪气。英雄豪气是他们的底蕴，其中有盛唐的精神，也有个人的气质。

时隔一年，到了天宝四载（745年）的秋天，李白和杜甫又在鲁郡重逢了。鲁郡位居昔日鲁国的故地，也就是东鲁，李白几年前携带子女迁来时还叫作兖州。杜甫的父亲曾任兖州司马，李白的家就在这里，所以说李杜重逢，很可能是杜甫如约前来，既与李白重聚，也是怀旧之旅。这次见面，两人已经是老朋友了，杜甫又写了一首《赠李白》，以调侃的口气说：

秋来相顾尚飘蓬，未就丹砂愧葛洪。

痛饮狂歌空度日，飞扬跋扈为谁雄？

诗的大意是，秋天又来临了，你我相顾，都还是在人世间像飞蓬一样到处飘荡。我们都曾炼丹服药，却都没有成功，真是愧对西晋那位炼丹的葛洪啊！痛饮狂歌，日子白白地流去，狂放豪迈，又是为谁逞雄？全诗看起来只是四句逗乐的话，戏谑的背后却是不胜感慨。红尘间仕途无望，想成仙也是不能，空有远大抱负和济世才能，却只能在纵酒狂歌中虚度时光。狂放不羁，英雄了得，哪里又有施展的机会。由于诗中说的"未就丹砂""痛饮狂歌""飞扬跋扈"，都让人一下子就能想到李白，很容易让我们觉得这首诗只是写李白的。其实，这时候的杜甫很年轻，也很狂放，一年前还曾跟着李白采拾仙境瑶草。这首诗既是调侃李白，也是调侃自己，既是为李白打抱不平，也是抒发自己的不平。

北方最好的季节是秋天，诗仙和诗圣不但在744年秋同游汴宋，而且在745年秋同游东鲁。他们如同弟兄，不拘俗礼，甚至在秋夜酒醉后倒头就睡，盖同一床被子。杜甫写下《与李十二白同寻范十隐居》一诗，诗中说："余亦东蒙客，怜君如弟兄。醉眠秋共被，携手日同行。"

秋末的时候，杜甫要走了，他们又一起同游曲阜县（今曲阜市）东北的石门山等地。尚未分手，李白已经是不胜怅然了。请看他的《鲁郡东石门送杜二甫》：

> 醉别复几日，登临遍池台。
>
> 何时石门路，重有金樽开。
>
> 秋波落泗水，海色明徂徕。
>
> 飞蓬各自远，且尽手中杯。

这首诗从"醉别"二字开始，到"手中杯"三字结束，都是写饮酒，但"醉别"是指几天后的最后送别，"手中杯"是此时在石门山把酒对酌的小送别。李白送杜甫，是一再地饮酒话别。他们从洛阳相遇到王屋山访道，从去秋汴宋之游到今秋东鲁再聚，寻幽探胜，求仙访道，登高怀古，骑马游猎，饮酒赋诗，此次再分手，杜甫将西去长安求取功名，李白大概也有了南下吴越的打算，以后再举杯相会就不知是何时何地了。

前四句写得深情亲切，像是李白对着杜甫把酒叙话。"醉别复几日，登临遍池台。"离大醉送别还有几天，没有去的地方我们都要去，登遍所有的池苑楼台。"何时石门路，重有金樽开。"什么时候在这石门山前的路上，我们能再一次开怀痛饮？

五、六两句写景，把诗意荡开去。泗水和徂徕山是东鲁的名山胜水，李白受诏入京前就隐居在徂徕山。杜甫来东鲁，李白带着他游山玩水，这山这水就融入了他们的友情。时已秋末，泗水水落，所以说"秋波落泗水"。"海色"是指晓色，黎明时分，天色愈来愈亮，徂徕山也愈来愈明媚，所以说"海色明徂徕"。

末两句很动情，也很伤感，"飞蓬各自远，且尽手中杯"。很快，我们就将分手了，像飘飞的蓬草一样各自飘远。趁着你我把酒相对，再痛饮几杯！

杜甫离开不久，李白来到沙丘城。沙丘也叫瑕丘，在今济宁市兖州区。此地是鲁郡郡府所在地，杜甫来鲁郡的这个秋天，肯定跟李白来过这里。现在杜甫走了，独自一人来到沙丘的李白，茫然失落，惆怅不已。再看他的《沙丘城下寄杜甫》：

我来竟何事？高卧沙丘城。

> 城边有古树，日夕连秋声。
>
> 鲁酒不可醉，齐歌空复情。
>
> 思君若汶水，浩荡寄南征。

诗一开头，很茫然地问："我来竟何事？"杜甫离开了，一切都变得索然无味。第二句是"高卧沙丘城"，没人可以畅谈或同游了，从早到晚就闲居在沙丘城里。

在无边的寂寥中，只有城边的古树陪伴着他，不分白天黑夜，在秋风中不断地瑟瑟作响。"城边有古树，日夕连秋声。"这秋声忽疾忽徐，忽高忽低，没完没了，伴随着他对好友无穷尽的思念，也让他越发感到失落和寂寞。

那么，喝酒吧，听歌吧！但此时的李白，只觉得好友走了，无论什么都提不起兴致了，"鲁酒不可醉，齐歌空复情"。诗人把思念之情越写越浓，从古树秋声到鲁酒齐歌，再到汶水浩荡。"思君若汶水，浩荡寄南征。"思君之情如同汶水，浩浩荡荡地伴你南行。

李白写给杜甫的这两首诗，都写出了真挚感人的友情。有人说，杜甫有十几首想念李白的诗，李白才写了两首，多少有点儿替杜甫感到委屈。其实，人的个性不同，李杜相比，一个更飘逸洒脱，一个更细腻缠绵。况且，李白比杜甫年长十一岁，他们在一起时李白已名满天下，杜甫尚未出名，狂傲不羁的李白能把这个小老弟当作知心朋友，一再相聚，一聚多日，几次同游，足见相知之深。

当然，可以肯定，从杜甫诗里看李杜友情更是感人。不只是他想念李白的诗写得更多，而且他把李白的形象写活了，把李白的诗也评价得很精辟。"白也诗无敌，飘然思不群。""笔落惊风雨，诗成泣鬼神。""世人皆欲杀，吾意独怜才。""千秋万岁名，寂寞身后事。""李白斗酒诗百篇，长安市上酒家眠。天子呼来不上船，自称臣是酒中仙。"这些我们熟悉的诗句，或者是从杜甫原作中读来的，或者是从一些学者或作家的文章中看到的。因为杜甫对李白的评价实在是太贴切了，大家都喜欢拿来引用。这是诗圣对诗仙的评价，知音对知音的评价，天才对天才的评价。以后我们谈杜甫，再从杜甫的角度看李杜友情。

李杜分手后，再也没能相聚。在东鲁送别杜甫的时候，李白说"何时石门路，重有金樽开"。一年多后的一个春日，人在长安的杜甫想念着人在江南的李白，深情吟诗说："渭北春天树，江东日暮云。何时一樽酒，重与细论文。"可惜这"一樽酒"，他们再也没能共饮。年轻的杜甫与李白分手后就奔向长安，一心要在京城求取功名，一待就是十多年。李白被唐玄宗赐金放还，并未放弃建功立业的梦想，但对长安官场已经深为厌倦，再没回过长安。安史之乱爆发后，杜甫漂泊在西南，李白奔波在长江中游一带。

神仙世界
——
○ 虎鼓瑟兮鸾回车

　　天宝四载（745 年）东鲁分手后，杜甫奔向长安求取功名，又过了一年左右，李白南下吴越。三十多岁的杜甫很像十多年前初入长安的李白，开始了在大唐京城的奋斗和挣扎，四十多岁的李白却已经在二度入京后遭遇了大起大落，在大起大落后痛定思痛。从此他再未回到长安，让他一去再去的是江南，也就是他年轻时就很眷恋的吴越一带。

　　从东鲁前往吴越之前，李白又写下一首名作《梦游天姥吟留别》。这时候他离开长安已有两三年，渐渐在暴风雨后趋于平静。他梦游天姥，既是梦游神仙世界，也是梦游大自然山水，这才是他想要的自由自在的人生。他虽然并未放弃建功立业的梦想，却再也不想丧失自己的尊严和人格，再也不想曳裾王门，弹剑作歌，再也不想"摧眉折腰事权贵"了。可以说，这首诗并不只是因为做了一个好梦就挥笔写下的偶作，而是心灵渐趋平静后的精心结撰之作。诗题虽说是"吟留别"，却几乎没有写离情别意，与其说是写给东鲁诸友的离别之作，不如说是写给所有朋友的人生告白。

《梦游天姥吟留别》既是记梦诗，也是游仙诗。读李白诗文，如果从思想文化上去探究，总让我们眼花缭乱。就大一统王朝来说，盛唐是中国历史上思想文化最开放的时代，李白又是这个时代在思想文化上最多样也最复杂的人物。道家、儒家、佛家、纵横家、法家、墨家，各种学说都吸引着他，英雄气魄、名士风流、求仙访道、坐禅修行、仗剑行侠，各种人生都诱惑着他。你也许会觉得他的人生态度未免太矛盾了，但在他那里，几乎就是一派和谐。而且，在他眼里并没有绝对神圣、绝对不可侵犯的，因此他无所拘泥，无所羁勒。他并不遵循逻辑推理去尊崇某种思想，常常很随意，很感性，有些像现代人的"跟着感觉走"。但有两点，他是很执着的：一个是建功立业，一个是道教信仰。

当年他隐居在安陆寿山上，曾经给他的朋友写信说，把丹书秘籍卷起来，把瑶瑟装在匣子里，申张管仲、晏婴的王霸学说，谋划帝王的统治之术，竭尽智能，愿为天子辅助，使天下安定，神州统一。等到为君王谋成大业，光宗耀祖的事也做完了，然后像范蠡、张良一样，泛舟于五湖，隐居在沧洲。我们说过，在李白那里，兼济天下与独善一身，隐居高卧与修道成仙，修道成仙与建功立业，建功立业与归隐五湖，全都没什么矛盾，只是在修道成仙与建功立业之间要做选择，他还是选择了建功立业。三十岁时他到长安求取功名，又奔走四方。四十二岁时终于等到天子征召，再次入京。但不到两年，就在权贵的谗言和排挤下被迫离开长安。经历了这次大起大落，他对玄宗和他的朝廷都有了比较清醒的认识，虽然并未放弃建立功名的热望，却不由得又拿起了丹书秘籍。上一篇说到杜甫也跟着他到王屋山访道，到汴宋采拾瑶草。在宋州与杜甫、高适分手后，李白又到齐州紫极宫，请北海天师高如贵授了道箓，入了道籍，正式成为一名道士。

由于道教已衰落了数百年之久，今天不太容易理解，为什么像李白这样的天才诗人也会炼丹服药，想做神仙。我们知道，人是环境的产物。唐代是道教最兴盛的时代，今天人们所熟悉的许多唐代人物，从唐太宗、唐玄宗到韩愈、元稹等，都很迷恋道教。李白不仅生活在这样一个时代，而且，他的故乡蜀中是道教发源地之一，道教文化尤其发达，他少年时代常登的几座山就是道教圣地。

不过，李白想做神仙，并不是绝对相信人可以长生不老，也并非只是炼丹服药，访道成仙。道教信仰给予他的，更多的是摆脱尘世的慰藉和精神自由的向往。道教奉老子为始祖，并以老子思想为理论根据。老子姓李名耳，李唐王朝又把老子奉为始祖，把庄子、列子和文子列为真人，四子的学说也被列为道教经典。如此一来，宗教的"道"和哲学的"道"就越发难解难分了。李白迷恋的道教，其实就包含着老庄思想。简单来说，至少有两个方面：

其一，对天地自然的崇尚。老子说"道法自然"，庄子说"天地与我并生，万物与我为一"，老庄对自然的崇尚借由道教的信仰，让唐代诗人对大自然有更多更深的迷恋。唐代盛行山水诗，李白的纵情山水以及山水诗创作都与老庄思想颇有关系。

其二，对精神自由的向往。老子、庄子都反对礼教对人的束缚，提倡人性的率真。庄子《逍遥游》所追求的，其实就是顺乎自然，逍遥自在，与天地精神相往来的绝对自由。李白年轻时拜见司马承祯，得到夸赞和激励，兴奋之余写下《大鹏赋》。这篇赋并不是对道教理论的有感而发，也不是庄子所说的无所依凭而游于无穷的"逍遥游"。虽然在精神上与《逍遥游》是相通的，但主要是从《逍遥游》中拈出大鹏鸟大加发挥，表达自己超越尘世、睥睨凡俗、自由自在的人生态度。正是这样一种人生态度，让李白很看重做人的自尊和独立，截然有别于唯唯诺诺的众生，而与权贵社会格格不入。《梦游天姥吟留别》的最后两句就是："安能摧眉折腰事权贵，使我不得开心颜！"

了解了这些，我们再来欣赏《梦游天姥吟留别》。梦游天姥，是梦游天姥的山水，也是梦游天姥的仙境。在唐代，道教名山被视为神仙所居的洞天福地。这首诗主要写梦境，梦境里有幻境，有仙境，迷离恍惚，千变万化，篇幅也比较长，但结构上可以明显分作梦前、梦中、梦醒。"梦中"又可分作梦游山水、梦入幻境和梦入仙境。由此，我们就把这首诗分作五个部分来看。先看第一部分：

> 海客谈瀛洲，烟涛微茫信难求。
>
> 越人语天姥，云霞明灭或可睹。
>
> 天姥连天向天横，势拔五岳掩赤城。
>
> 天台四万八千丈，对此欲倒东南倾。

刚才说了，这是一首记梦诗，也是一首游仙诗。如果一开头就出现了梦境，跑出来神仙，容易显得突兀，所以诗人以这八句渐入梦境。"瀛洲"是传说中海上三仙山之一，诗人先从仙山写起。"海客谈瀛洲，烟涛微茫信难求。"海上来客谈起瀛洲，烟波渺茫实在难以寻求。再以一个对仗句，就把天姥山带进来了。"越人语天姥，云霞明灭或可睹。"越地的人说起天姥山，云霞明灭，时隐时现，或可一睹。以传说中的仙山烘托天姥山，以仙山的不可求反衬天姥的或可一睹，虚虚实实，真真假假。然后，又以人所共知的五岳，以及天姥山附近的赤城山、天台山，再次陪衬天姥山。"天姥"四句说，天姥山连接着天空横空出世，山势超过了五岳，掩盖了赤城。天台山高达四万八千丈，面对着它却好像拜倒在东南一隅。

第二部分开始进入梦境，梦游天姥山。

> 我欲因之梦吴越，一夜飞度镜湖月。
>
> 湖月照我影，送我至剡溪。
>
> 谢公宿处今尚在，渌水荡漾清猿啼。
>
> 脚著谢公屐，身登青云梯。
>
> 半壁见海日，空中闻天鸡。
>
> 千岩万转路不定，迷花倚石忽已暝。

诗中的"吴越""镜湖"和"剡溪"，都是李白年轻时很向往并已游历过的地方。"谢公"是李白喜爱的南朝诗人谢灵运，"谢公屐"是谢灵运为登山所做的特制木屐，上山时去掉前齿，下山时去掉后齿。李白二十四岁时辞亲远游，一离开巴蜀，就写下"自爱名山入剡中"的诗句。剡中指剡县一带，剡溪和天姥山都在剡县。二十六岁那年，李白邀游剡溪，现在他四十六岁了，因为怀恋而更加向往。这也是他"梦游天姥"的原因之一吧！

前边说过李白年轻时的吴越之游，那时出现在他笔下的

"吴越""镜湖"和"剡溪",多是美丽山水和吴越女子。现在他写的是梦游,这些地方就完全是梦境色彩了。"我欲"以下四句,从镜湖到剡溪,再到谢公宿处,光影交错,迷离恍惚,亦真亦幻。大意是说,越人所言诱使我一梦到了吴越,夜里飞渡镜湖,明月把我的影子投在湖面上,又一路伴随我到了剡溪。谢公下榻的地方如今还在,可是人已远去,只有清澈的湖水荡漾着,猿声凄清。

行文至此,虽然已进入梦中,却还没有上天姥山,还在人间。谢公已去,物是人非,猿声悲凉。

再往下写,开始登天姥山,梦中的一切越来越虚幻神奇。"脚著谢公屐,身登青云梯。半壁见海日,空中闻天鸡。"穿上谢公当年特制的木屐,攀登直上青云的山路。半山腰上就看见了从海上升起的太阳,空中传来天鸡的叫声。这是从人间走向仙界,先听到天鸡的鸣叫。传说东南有桃都山,山上有棵大桃树绵延三千里,树上卧着天鸡。每当初升的太阳照到这棵树上,天鸡就叫起来,天下的鸡都跟着叫。

写到这里,半是人间,半是仙界。其后又是两句妙笔:"千岩万转路不定,迷花倚石忽已暝。"千岩万转,道路无法确定,疲倦中靠着岩石,却依旧迷恋着奇花,不觉中天色向晚。梦中的诗人迷失在千岩万转中,且被奇花所惑,夜幕就要降临了。紧接着,幻境出现了。

熊咆龙吟殷岩泉，栗深林兮惊层巅。

云青青兮欲雨，水澹澹兮生烟。

列缺霹雳，丘峦崩摧。

洞天石扇，訇然中开。

"熊咆龙吟"以下八句惊心动魄。熊在咆哮，龙在吼叫，震动了山泉，让深林战栗，使山峰惊颤。云层黑沉沉的啊，像要下雨；微波荡漾啊，水雾升腾。电闪雷鸣，山峦崩塌，仙府洞门，轰然裂开。诗人把这梦幻之境，写得多么神秘莫测，又多么有声有色。

熊咆龙吟，电闪雷鸣，山崩石裂，石门洞开，这才真正进入了神仙洞府。

青冥浩荡不见底，日月照耀金银台。

霓为衣兮风为马，云之君兮纷纷而来下。

虎鼓瑟兮鸾回车，仙之人兮列如麻。

好一个神仙洞府啊！深蓝的天空广阔无边，看不到尽头，日月照耀着金银筑成的楼台。以彩虹做衣裳啊以清风为马，云中的神仙们纷纷降临。老虎弹奏着琴瑟啊鸾鸟驾着车，仙人们啊成群结队，密密麻麻。这是李白笔下的仙境，注入了李白的生气与活力。神仙世界在人们的想象中，往往高处不胜寒，是祥和的，静谧的，冷清的；李白笔下的神仙世界却是壮观的，热烈的，喧闹的，很像是迪斯尼动画世界的盛大场面。

仙境出来了，梦境到了高潮，然而，最美的梦总是难以久留，梦中的神仙世界更是不可多得。诗人写到高潮，又戛然而止。

> 忽魂悸以魄动，恍惊起而长嗟。
> 惟觉时之枕席，失向来之烟霞。
> 世间行乐亦如此，古来万事东流水。
> 别君去兮何时还，且放白鹿青崖间，须行即骑访名山。
> 安能摧眉折腰事权贵，使我不得开心颜！

这是梦醒后的喟叹，也是诗人在告别东鲁诸友时特别要说的话。诗人说，忽然魂惊魄动，我恍然惊起，长声叹息。醒来时只剩下身边的枕席，刚才梦中的景象全都烟霞般消散。人世间的欢乐也是如此啊，古来万事都像东流之水一去不返。告别诸位朋友离开东鲁啊，什么时候才能回来？暂且把白鹿放牧在青山中，等到远行时骑上它遍访名山。怎么能够摧眉折腰侍奉权贵，使我不能喜笑颜开！

诗人的这些话并非随意发出的感慨，在被权贵排挤出朝廷又经过两三年的痛定思痛后，他不得不面对梦醒后冷酷的现实，不得不思考自己将来该去选择什么样的人生。"世间行乐亦如此，古来万事东流水"的感慨，无异于暗示了几年前奉召入京、名动长安，也不过是一场梦幻。"且放白鹿青崖间，须行即骑访名山"的抒怀，其实就是表达自己遨游山水，寻求精神自由的愿望。世事变化无常，将来亦未可知，但最重要的是不再屈从那些王公大人，"安能摧眉折腰事权贵，使我不得开心颜"。

这首诗借写梦境和仙境，愈写愈奇，千变万化，但章法严谨，一步步进入高潮，然后又在高潮处陡然梦醒，神仙世界倏忽消失，既而发出梦醒后的感慨。诗题虽然点出"吟留别"，却几乎没有写离情别意，与其说是写给东鲁诸友的离别之作，不如说是写给所有朋友的人生告白。

又到江南
—○ 长安不见使人愁

　　每个人都有自己钟情的地方。李白年轻时出蜀离乡后，曾在江汉平原的腹地安陆一带安家十余年，又移家东鲁，前后二十余年。日久天长，亲情乡情，让他对安陆和东鲁都有了感情，但这两次安家的选择，明显是出于现实生存的考虑。不管是家在安陆还是家在东鲁，大多时候他都是人在旅途，客寓他乡。至于长安和洛阳，他虽然也有眷恋的一面，但更多的是为了求取功名。真正让他钟情的地方是江南，尤其是古都金陵。

　　李白为什么钟情于江南？

　　第一，江南历史人文的吸引。前边谈到李白第一次到金陵时，我曾经说过：对江南的向往，对金陵的憧憬，几乎是那个时代所有士人共有的。江南是六朝故地，金陵是六朝古都。西晋以后，北方五胡乱华，文采风流大都集中到江南一带。《隋书·经籍志》记载的南北朝文学家，北朝只有十六位，南朝多达三百零六位。隋朝定都长安，却开通了大运河，交通大动脉直到杭州。唐代大统一，南方大开发，大运河扮演了更重要的角色，江南一带愈加繁荣。

李白又是唐代诗人中最喜欢江南的诗人之一。常常出现在他笔下的历史人物，一类是春秋战国时代的士人，一类是魏晋六朝名士。前者伴随着春秋战国争霸，大都活跃于北方，后者因为东晋衣冠南渡，六朝以金陵为都，大都活跃于江南。前者更多是英雄气魄，与李白建功立业的政治抱负相呼应，他渴望着以文采口才、计策谋略乃至侠行壮举一鸣惊人，后者更多是名士风流，与李白的性情趣味相投合，自然率真，放浪形骸，纵情山水。

第二，江南给他更多自由自在的空间。在唐代，长安和洛阳无疑是政治、经济、文化中心，士人们为求取功名，趋之若鹜。李白有远大的政治抱负，自是不能例外。他奔走于长安和洛阳，既有实现政治理想的雄心热望，也有曳裾王门的痛苦无奈。江南是京洛之外另一个经济、文化中心，虽然在仕途上少了加官晋爵的机会，却在精神上多了自由自在的空间。毕竟远离政治中心，江南不像长安、洛阳那样，到处都有气焰熏天的王公贵族，尔虞我诈的官场争斗。

第三，从生存需要来说，富庶的江南对他来说是最好的选择。李白第一次到江南，是作为富商之子四处遨游的，最后却在潦倒的情况下被迫离开。第二次到江南，是因为有了一儿一女，不得不为生存奔波。那次他很匆忙，沿大运河而行，先后前往淮阴、楚州、扬州、苏州、杭州，然后返回长江沿岸。这次再去江南，情况又完全不同了。虽然说他已在当朝权贵的排挤下离开了长安，但毕竟得到过天子的征召，做过翰林供奉，诗名已是广为人知。"谪仙""酒仙"的称号，甚至是玄宗的赐金放还，都给他加了无形的冠冕。就在李白三到江南的这一年，曾与李白、杜甫同游宋州的高适写了两句很豪迈的诗："莫愁前路无知己，天下谁人不识君。"此诗并不是送给李白的，但当时的李白大名鼎鼎，是最有这种荣光的诗人之一。唐人喜欢交结名士，以李白此时的名气，到了文化气息浓郁的江南，真是不愁没有人来邀请款待。而且，唐代社会润笔之风很盛，富庶的江南也有更多拿到润笔费的机会。

天宝六载（747年）的夏天，李白来到贺知章的故乡越州永兴。这个地方是现在的杭州萧山区，与杭州市已经连为一片了。贺知章年轻时就很有诗名，与张若虚、张旭、包融并称"吴中四士"。张若虚以《春江花月夜》名传后世，张旭就是以狂草书法著称的"草圣"。贺知章三十多岁离乡，中进士后仕途得意，官至秘书监，是三品朝臣，又年高望重，就是他把李白称作"谪仙"，使李白名动京华的。他不仅对李白有知遇之恩，还是年长李白四十二岁的忘年之交。两人都嗜酒狂放，不拘小节，常在一起饮酒，拿不出酒钱时，贺知章就解下腰间佩戴的金龟换酒喝。杜甫的《饮中八仙歌》，第六位写的是诗仙李白，第七位写的是草圣张旭，开首第一个就是贺知章，"知章骑马似乘船，眼花落井水底眠"。意思是说贺知章醉后骑马，摇摇晃晃，如在乘船。他两眼昏花，坠入井中，干脆就在井底下安然而眠。贺知章对李白的知遇之恩，不只是长者的呵护后辈，高官的重贤爱才，还因为他也是大才子，具备了赏识"谪仙"的慧眼，他也是不拘小节，更多几分包纳狂傲才子的雅量。

天宝三载，八十六岁又多病的贺知章告老还乡，唐玄宗把镜湖边上的一块地赐给他。大家都知道贺知章《回乡偶书》第一首："少小离家老大回，乡音无改鬓毛衰。儿童相见不相识，笑问客从何处来。"《回乡偶书》还有第二首，感叹离乡太久，物是人非，"惟有门前镜湖水，春风不改旧时波"。贺知章又见到了故居门前的镜湖，可惜他回乡不久就驾鹤西去。

此时李白远来凭吊，站在镜湖边上，看看老友故居，再看看镜湖水面上照旧开放的荷花，感念着知遇之恩和知音友情，潸然泪下。他写下《对酒忆贺监二首》，诗中说："人亡余故宅，空有荷花生。念此杳如梦，凄然伤我情。"

李白这次游历江南，客居最久的城市还是六朝古都金陵，大约待了两年有余。金陵就是今天的南京。年轻时的李白曾在金陵待了大半年，我们在前文已欣赏过他当年在金陵写的《示金陵子》《杨叛儿》《金陵酒肆留别》等诗，感受过李白年轻时在金陵的恋情和友情。

现在的李白名气很大，常有人邀请他赴宴。其中有位朋友叫崔成甫，是唐朝名门士族博陵崔氏的后代，已故礼部尚书崔沔之子，官至监察御史，李白称呼他崔侍御。天宝初年李白在长安做翰林供奉，崔成甫与他有过交往唱酬。而今，他们一个被贬湘阴，一个被赐金放还，又在金陵相遇了，从此结下更深的友情。李白喜欢交游，最密切的朋友除了元丹丘，大概要数这位崔成甫了。崔成甫写有《赠李十二白》一诗："我是潇湘放逐臣，君辞明主汉江滨。天外常求太白老，金陵捉得酒仙人。"在叹息同是天涯沦落人的同时，也在庆幸能与大名鼎鼎的酒仙在金陵相遇。

李白有首诗，题目像《世说新语》中一则有关魏晋名士的记载，长达四十余字，《玩月金陵城西孙楚酒楼达曙歌吹日晚乘醉著紫绮裘乌纱巾与酒客数人棹歌秦淮往石头访崔四侍御》。诗也比较长，五言诗，三十句，写的是与崔侍御等朋友放浪形骸的名士风流。

这是连日连夜的醉酒狂欢。李白一大早就买了美酒，晚上跟一群朋友相聚在金陵城西的孙楚楼，饮酒赏月，唱歌奏乐，直到天亮。第二天夜里，再来一番畅饮。酒酣耳热之时，忽然想起崔侍御，沿着秦淮河乘船前往石头城。李白大醉，头上胡乱戴着乌纱帽，身上倒穿着紫绮裘。两岸的人拍手大笑，有人看着他的样子，想到了雪夜访戴的东晋名士王子猷。一行十多人在船上酒醉嬉闹，惹得金陵女子掀开窗帘，笑话他们。下了船，拉上崔侍御携手同游，一起走上南渡桥。他们兴致大发，站在桥上放歌。第三天早晨，鸡鸣未已，崔侍御已盛情相邀。于是又一场清雅的宴集，超逸的兴致直上云霄。

李白说他"玩月金陵城西孙楚酒楼"，又曾写过一首《金陵城西楼月下吟》，宋朝人干脆就在《景定建康志》中，把"金陵城西楼"与"城西孙楚酒楼"等同起来了。从《金陵城西楼月下吟》一诗来看，更像是李白年轻时所作。

> 金陵夜寂凉风发，独上高楼望吴越。
>
> 白云映水摇空城，白露垂珠滴秋月。
>
> 月下沉吟久不归，古来相接眼中稀。
>
> 解道澄江净如练，令人长忆谢玄晖。

夜寂人孤，独上高楼，凉风冷月，白云空城，眺望吴越，遥思古人，这样的孤单、寂寞、怅惘，更容易让我们想到二十五岁时初到金陵的李白。另外，七言律诗的定型是在初唐与盛唐之间，当时的七言古体和七言律诗还没有明确的划分。即使是李白、王维、崔颢的七言诗作，也多是半古体半律体，直到杜甫才臻于成熟完美。就像这首《金陵城西楼月下吟》，看起来像是七言律诗，但通常被视为七言古体。因为，以七言律诗的标准来看，姑且不说平仄问题，"白云"与"白露"是明显的重字，"久不归"和"眼中稀"是明显的失对。

同样是作于金陵的《登金陵凤凰台》，就是一首七言律诗了。从其格律的完整来看，尤其是从最后两句所透露的时局朝政以及诗人的忧虑和愤懑来看，这首诗应该是李白此次重来金陵的作品。

> 凤凰台上凤凰游，凤去台空江自流。
> 吴宫花草埋幽径，晋代衣冠成古丘。
> 三山半落青天外，二水中分白鹭洲。
> 总为浮云能蔽日，长安不见使人愁。

很显然，这首诗模仿崔颢的《黄鹤楼》。因为这个缘故，宋朝人说李白欣赏崔颢的《黄鹤楼》，特意写下《登金陵凤凰台》，与之争胜。元朝人说李白登上黄鹤楼，一看到崔颢题诗就不敢下笔了，叹息说"眼前有景道不得，崔颢题诗在上头"。仔细来想，两个故事都不大可信，但有一点可以肯定，李白很喜欢崔颢的《黄鹤楼》。他的另一首诗《鹦鹉洲》，也是模仿《黄鹤楼》的作品。李白和崔颢是同时代著名诗人，天宝年间的李白更是名满天下，他能不避嫌疑，模仿崔颢，本身就是对崔颢的赞赏。

所谓模仿，主要是头两句。崔颢说："昔人已乘黄鹤去，此地空余黄鹤楼。"李白说："凤凰台上凤凰游，凤去台空江自流。"同样从传说落笔，一个是黄鹤，一个是凤凰，连同传达的诗意和使用的句法，都很相似。律诗忌讳重复用字，但崔颢在前三句中三提"黄鹤"，李白在第一句中重复两次"凤凰"，第二句又提到"凤"。这种故意重复，让诗句脱口而出，流美自然。"凤凰台"在凤凰山上，相传在南朝宋时，有三只状如孔雀的鸟翔集山间，时人说是凤凰，因此建了凤凰台，山也叫作凤凰山。古人把凤凰看作吉祥物，凤凰飞来意味着太平盛世。所以说，"凤凰台上凤凰游"也象征了金陵城曾经有过的六朝繁华，"凤去台空江自流"暗示了六朝繁华的荡然无存，物是人非。

再来比较一下三、四两句，崔颢的诗句是"黄鹤一去不复返，白云千载空悠悠"。李白的诗句是"吴宫花草埋幽径，晋代衣冠成古丘"。"吴宫"两句对偶工整，合乎七律对颈联的要求，但略显老套。大意是说，吴国宫殿的鲜花芳草深埋在僻静的小路，东晋多少风流人物沉睡在荒冢古丘。崔颢的"黄鹤"两句浑然天成，更是神来之笔。

五、六两句，崔颢的诗句是"晴川历历汉阳树，芳草萋萋鹦鹉洲"。放在《黄鹤楼》全诗中，融合于一派天然，不失为佳句。但从诗句本身来看，并无奇妙之处。李白的诗句是"三山半落青天外，二水中分白鹭洲"。无论是放在诗中还是诗句本身，都很绝妙。金陵是虎踞龙盘之地，登凤凰台而望，山重水复，怎么写才能不落窠臼？"三山"是指金陵西南长江边上三座并列的山峰，因在远处，上半截被云雾遮挡，引出诗人的妙笔"三山半落青天外"。"二水"是指穿过金陵城的秦淮河汇入长江，被白鹭洲居中分开，"二水中分白鹭洲"。"三"笔"二"笔勾勒，笔触轻灵而大气雄浑，景象壮美又如在目前。

最后两句，崔颢的诗句是"日暮乡关何处是？烟波江上使人愁"。李白的诗句是"总为浮云能蔽日，长安不见使人愁"。前者写思乡之愁，后者写忧国之愁。李白说"浮云""蔽日"，又点出"长安"，明显是说浮云遮住了太阳，奸佞臣子蒙蔽了君主。"浮云能蔽日"前又有"总为"二字，强调"总是有"奸臣当道，浮云遮日，这样就把历史上的六朝兴亡和今天的唐朝国运连在了一起。同时也在感伤自己被皇帝旁边的奸佞臣子所谗毁，如今远离长安，望而不见。

《黄鹤楼》是难得的好诗，《登金陵凤凰台》也是少有的佳作。李白无疑是在模仿崔颢，但他既学到了崔诗的妙处，又写出了自己的佳句，传达出深沉的感受。

纵酒狂歌

——〇

但愿长醉不复醒

约在天宝八载（749 年）岁末，李白告别金陵，回到离开三年有余的东鲁。在唐代，除夕已是年终大节，家人团聚，李白很可能因为思念儿女，在岁末赶回家中。

回东鲁的前一年，他在金陵送别一位姓萧的朋友，写下《送萧三十一之鲁中兼问稚子伯禽》一诗。"鲁中"就是东鲁，"稚子伯禽"是诗人的幼子伯禽。诗中说，我家寄居在沙丘城旁边，三年未归，枉自断肠。你认识我儿子伯禽，请回到东鲁后代我看看他，这小子应该驾着白羊拉的小车子到处乱跑了吧！诗人念子心切，托付萧三十一帮着照料一下爱子。此外他还写了一首《寄东鲁二稚子》的五言诗。诗中说：

> 楼东一株桃，枝叶拂青烟。
>
> 此树我所种，别来向三年。
>
> 桃今与楼齐，我行尚未旋。
>
> 娇女字平阳，折花倚桃边。
>
> 折花不见我，泪下如流泉。
>
> 小儿名伯禽，与姊亦齐肩。
>
> 双行桃树下，抚背复谁怜？
>
> 念此失次第，肝肠日忧煎。

这首诗像是写给小儿女的家书，语浅情深，娓娓道来。诗人想象着女儿平阳已经长大了，思念做父亲的他，"泪下如流泉"。儿子伯禽也许跟姐姐齐肩高了，姐弟俩站在桃树下，有谁会抚摸他们稚嫩的脊背，怜爱他们？从这首诗，我们看到的是一个想念儿女、牵肠挂肚、忧心如煎的李白。

李白回到东鲁后，最常去的地方是梁宋一带。梁宋是今天商丘的古称，治所在睢阳城。李白家居鲁郡沙丘城附近，在今济宁市。从沙丘城到睢阳城大约一百五十公里，骑马赶路的话不过是两三日行程。再从睢阳到陈留，今天来说就是从商丘到开封，距离更近些，而且可以在大运河上乘船往返。前边谈到李白、杜甫同游陈留和睢阳时曾经说过，这两个城市都是隋唐大运河沿岸的重要城市，货运发达，繁荣富庶，唐人南下或北上，往往经由这里。就像以前家居安陆的时候，李白去襄阳或江夏比较容易，现在他家居东鲁，去睢阳和陈留也比较方便。

李白喜欢交游，常跟朋友把酒畅饮。有些大粉丝不惜千里迢迢来拜访他，他自己为与朋友相聚也不惜长途跋涉。《将进酒》一诗中他醉中大呼的朋友"岑夫子"和"丹丘生"，跟他把酒畅饮，很可能就是一次远道赴会。丹丘生是李白多年好友，我们在前边已经跟他一再相遇。岑夫子名叫岑勋，是隐居在鸣皋山的名士，颜真卿所书写的经典楷书《多宝塔感应碑》就是由他撰文的。

李白有首诗题作《酬岑勋见寻就元丹丘对酒相待，以诗见招》，这里姑且简称为《酬岑勋》。此诗所说的酒宴畅饮，就是李白和"岑夫子""丹丘生"的相聚。"黄鹤东南来，寄书写心曲。"透露出岑勋给他写信相约。"不以千里遥，命驾来相招。"又透露出岑勋远在千里之外，邀约李白。岑勋隐居在洛阳以南的鸣皋山，李白家居东鲁，两地的距离正是千里之遥。诗中还说："中逢元丹丘，登岭宴碧霄。""忆君我远来，我欢方速至。"由此可知，岑勋先与元丹丘山中相会，李白远道赶来，三人在元丹丘处同聚。可惜，我们无法确切知道，行踪不定的元丹丘，此时究竟是在哪座山上修道。有人说是嵩山，有人说是石门山，但这两座山距离鸣皋山都很近，距离东鲁却很远。岑勋邀约李白，却让李白赶的路程比他远得多，这不太合乎情理。所以，我更相信《将进酒》的宴聚是在梁宋一带。

　　《酬岑勋》一诗的最后几句说："开颜酌美酒，乐极忽成醉。我情既不浅，君意方亦深。相知两相得，一顾轻千金。且向山客笑，与君论素心。"因为此诗是写给岑勋的，这几句只提到第一人称"我"和第二人称"君"，但从诗题到整首诗来看，元丹丘肯定在场。诗中说到"忽成醉""一顾轻千金"，也很容易让人想到《将进酒》的诗句。所以说，《酬岑勋》所写的把酒畅饮，很可能跟《将进酒》所写是同一次聚会，同一场大醉。只是，前者更像是酒醒多日之后"与君论素心"的品茗而谈，后者却是举杯痛饮中的纵酒狂歌。

君不见，黄河之水天上来，奔流到海不复回。

君不见，高堂明镜悲白发，朝如青丝暮成雪。

人生得意须尽欢，莫使金樽空对月。

天生我材必有用，千金散尽还复来。

烹羊宰牛且为乐，会须一饮三百杯。

岑夫子，丹丘生，将进酒，杯莫停。

与君歌一曲，请君为我倾耳听。

钟鼓馔玉不足贵，但愿长醉不复醒。

古来圣贤皆寂寞，惟有饮者留其名。

陈王昔时宴平乐，斗酒十千恣欢谑。

主人何为言少钱，径须沽取对君酌。

五花马，千金裘，呼儿将出换美酒，与尔同销万古愁。

《将进酒》是乐府旧题，意思是请喝酒，也就是劝酒。这样的内容，无数人都写过，但我们在酒酣耳热的时候，能够油然想起的诗往往就是这一首。哪怕是一壶淡酒，有"酒仙"这首诗来助兴，酒意诗意都来了。

诗一开头，就是天风海雨，发端无迹，不知从何而来。"君不见，黄河之水天上来，奔流到海不复回。君不见，高堂明镜悲白发，朝如青丝暮成雪。"既然要写喝酒劝酒，跟"黄河之水""高堂明镜"有何相干？黄河之水从天外而来，几千里奔流入海，何等壮阔，但紧随其后的是"不复回"三字。高堂明镜，人生得意，什么都有了，却不得不面对"悲白发"。数十年岁月倏忽而过，早晨还是满头青丝，傍晚就成了一头白雪。人生的幻灭感，岁月的流逝感，是文学中常见的话题，却很少有人把幻灭感写得这样惊涛骇浪，气势磅礴，把流逝感写得这样夸张，又这样真切。开篇的无迹可寻，内容的飞速跳跃，语言的高度夸大，都好像匪夷所思，但我们的心一下子就被诗人抓住了。因为无论是谁，都对时间的无情感慨良多。时间一去不复返，又风驰电掣，走过几十年岁月，从少年到老年，好像就在一日之间啊！

写到五、六两句，放开的笔墨才收回来，从"黄河之水""高堂明镜"转到饮酒劝酒，好一个大开大阖！人生如此短暂，如此虚幻，该怎样度过？"人生得意须尽欢"，抓住有限的生命尽情享受，才算没有白活。那么，怎样才算是尽情享受？"莫使金樽空对月"，别让你的酒杯白白面对着一轮明月。

对酒当歌，豪气凌云。"天生我材必有用，千金散尽还复来。"一听就是李白的声音，自信、狂放、潇洒。"天生我材"已经够自信了，还要说"必有用"；"千金散尽"已经够气派了，还要说"还复来"。再看他怎样大碗吃肉，大口喝酒，"烹羊宰牛且为乐，会须一饮三百杯"。整头羊地烹，整头牛地宰，一次就要痛饮三百杯。这样的诗句，不只灌注着诗人的激情，还有侠客的慷慨，壮士的豪迈。

再往下看，分明就是宴席上劝酒之言，直呼其名。"岑夫子，丹丘生，将进酒，杯莫停。"四句诗里两个人名，三字一句，短得不能再短，白得不能再白，这也是诗吗？可是放在这里，竟是恰到好处。句子忽然变短，诗的节奏也加快了，狂放宣泄的激情在短促的呼喊声中进入高潮，醉态可掬地跃出纸面。他这么醉醺醺地一叫，"岑夫子"和"丹丘生"都是名传至今。

劝了几句酒，诗人想唱歌了！他朝两个朋友喊："与君歌一曲，请君为我倾耳听。"我给你们唱一支歌，请你们伸着耳朵好好听。朋友之间，不必故作谦虚，酒酣之中，更没了客套话。如果在这纵酒狂歌中来点儿客气与斯文，反而别扭了。

"钟鼓"以下六句，仍是醉言醉语，以醉眼看功名成败，说历史人物。"钟鼓馔玉不足贵，但愿长醉不复醒。古来圣贤皆寂寞，惟有饮者留其名。""钟鼓馔玉"是指鸣钟列鼓，在乐器声中享受珍馐美味，但诗人说那有什么可尊贵的，只希望有美酒陪伴，长醉不醒。"圣贤"名垂不朽，但诗人说他们活着的时候太寂寞了，只有善饮的人才美名流传。这是纵酒狂歌之言，纵酒狂歌中，有强烈的愤激。这世上，钟鸣鼎食、得意扬扬的是达官贵人，恰是这些人中，不乏卑鄙龌龊之徒。圣贤博学多才，品德高尚，生前却寂寞潦倒。

既然说"惟有饮者留其名"，那么，举个例子吧！诗人说："陈王昔时宴平乐，斗酒十千恣欢谑。""陈王"是陈思王曹植，"平乐"是汉魏时有名的宫观和宴乐之地。曹植才华横溢，"才高八斗"和"七步成诗"的成语，都是从他的故事里来的。相传曹操本来宠爱曹植，但曹植是诗人性情，嗜酒纵酒，有一次大醉之后，在帝王专用的驰道上乘车奔驰，激怒了曹操，因而失宠。曹操死后，曹植更是屡遭其兄曹丕的迫害，郁郁而终。李白把权贵和圣贤都否定了，却独独标举很不得志的曹植，因为他看的并不是权力场的胜负成败，而是"斗酒十千恣欢谑"，开怀畅饮，享受最好的美酒。

写到最后，眼花耳热的诗人再次劝酒："主人何为言少钱，径须沽取对君酌。五花马，千金裘，呼儿将出换美酒，与尔同销万古愁。""五花马"是名贵之马，马颈上长毛修剪成五瓣。"千金裘"是名贵之裘，野兽皮毛做成的衣服。"万古愁"是万古同愁，人类从古至今，同样悲哀的是岁月如流，人生短暂。这最后几句，再次呼应了开首六句。

如果寻章摘句，刨根究底，也许你会发现《将进酒》这首诗有许多地方不合常情常理常规。诗一开始就凌空飞来了"黄河之水""高堂明镜",是不是跑题太远了?"烹羊宰牛""三百杯",是不是过于夸张了?"岑夫子,丹丘生",这也是诗句吗?"请君为我倾耳听",太不谦虚了吧?"惟有饮者留其名",这不是胡说吗?可是,就是这首诗,让古往今来的人们为之陶醉。因为它在纵酒狂歌中,恰恰写出了真性情,真豪情,它的不合常情常理常规,恰恰有醉言醉语的妙处和艺术手法的独特。南宋人严羽说这首诗:"一往豪情,使人不能句字赏摘。盖他人作诗用笔想,太白但用胸口一喷即是,此其所长。"说得很到位。

杜甫说"李白斗酒诗百篇",可以相信,李白有不少诗是酒后所写,或者就是醉意中挥笔而就。像这首《将进酒》,如果不是在醉中所写,那也是酒醒之后,把酒酣中触发的灵感挥洒在纸上。

写《将进酒》的时候,李白已年过五十了。他是那种时间意识极其强烈的人,对人生有限的咏叹不断出现在他的诗文中。他访道求仙,渴望长生不老。他总是梦想着建立功业,然后归隐江湖,这其实就是想把功名留在天地之间,以不朽的业绩延续短暂的生命。然而,求仙的事连他自己也忍不住表示怀疑,建立功业的事也总是遭遇挫折。愤激和无奈之下,人生苦短、及时行乐的情绪就会汹涌而来。三十多岁时,他曾在那篇有名的骈文《春夜宴从弟桃花园序》中说:"而浮生若梦,为欢几何?古人秉烛夜游,良有以也。"又曾在《襄阳歌》里说:"百年三万六千日，一日须倾三百杯。"现在年过五十了，更是恨不能"秉烛夜游"，恨不能"一日须倾三百杯"。在看似消极和荒唐中，是生命的执着和热烈。正因为如此，当我们酒酣耳热的时候，感慨岁月的时候，最容易想到的诗篇就是《将进酒》，跟李白一起干杯，一起呼喊。

仗剑行侠

○ 纵死侠骨香

大约是在天宝十载（751 年）的冬天，当许多文人雅士围炉取火、煮酒对酌的时候，李白踏上了北上燕赵的漫长路程。

前边曾经说过，李白十来岁就熟读诸子百家，从小就神游于春秋战国时代的诸侯国。这些割据一方的诸侯国，最终被秦国统一，逐渐变成鲜明的地理概念。在李白四十岁左右的时候，巴、蜀、秦、晋、齐、鲁、吴、楚、越，他都已经游历过了，而且大都一去再去，唯独燕赵从未去过。现在，他既向往着燕赵一游，也渴望自己能有建立奇功的机会。如果说，被排挤出京之前的李白总是梦想着辅佐天子，建功立业，那么，如今年过五十的李白已经对玄宗和朝廷大失所望，但他还是怀抱英雄之梦，仍想趁着精力尚可再来一次拼搏，以侠客的壮举建立奇功。

很多人以为燕赵之地相当于今天的河北省，其实古人所说的燕赵是从春秋战国时代的燕国、赵国演变而来的，范围要大得多，不但包括了今天的河北、山西、北京、天津、辽宁，还包括河南北部、内蒙古南部等地。唐玄宗宠信安禄山，让他担任平卢节度使，兼任范阳节度使、河北采访使，又兼河东节度使，放任他拥兵自重，而且给他民政和财政大权，等于把古之所谓燕赵之地大都交给他管辖了。仅从其地盘之大，我们已不难知道唐玄宗对安禄山的宠信到了何种程度。安禄山的父亲是粟特人，母亲是突厥人，如果他不反叛，我们简直要赞美唐玄宗的开明开放和用人不疑了。

李白北上燕赵，从南往北两三千里，都走在安禄山管辖的地盘。因此，有人说李白前往幽州，是到安禄山麾下谋求出路，有人说李白当时已察觉安禄山有叛乱的危险，是独闯虎穴，一探虚实，还有人说李白是想横戈跃马，在边塞建立奇功。李白自己究竟是怎么想的呢？

在回答这个问题之前，先说一段侠客的故事。因为李白在北上燕赵的时候说到这个故事，又在北上燕赵的途中一再想到侠客，而本篇中要欣赏的《侠客行》，歌咏的也是这个故事。

这个故事赞美了三个人，他们是信陵君、侯嬴和朱亥。信陵君是魏安釐王同父异母的弟弟魏无忌，以礼贤下士著称，是

"战国四公子"之一。魏国都城在大梁，也就是今天的开封。大梁城东门有个年已七十的守门小吏，叫侯嬴。信陵君设筵大会宾客，等客人到齐后，备好车马，空出上座，亲自去东门迎接侯嬴。侯嬴想看看信陵君到底有多大诚意，又想成就信陵君折节下士之名，于是就大大咧咧地坐在信陵君空出的上座上，半路上还要拜访一下在街市上做屠夫的朋友朱亥。两人见面聊天，信陵君手执马缰，恭敬以待，直到他们聊完，才拉着侯嬴赴宴。

公元前 260 年，秦国军队在长平之战中大败赵国军队，三年后又包围了赵都邯郸。赵国丞相平原君向魏国求救，魏安釐王派将军晋鄙领兵十万救赵，后又惧怕秦军，派人通知晋鄙停止进军，扎营观望。平原君夫人是信陵君姐姐，信陵君不能坐视不管，更不想看着赵国灭亡，唇亡齿寒。万般无奈之下，他凑齐一百多辆战车，打算带着门客前往邯郸，和秦军拼命。他率领门客经过东门，见了侯嬴，侯嬴说这样去救赵，无异于把肥肉扔给饿虎。他向信陵君献策，信陵君按照他的计谋，找到魏安釐王的宠妃如姬，请如姬从魏安釐王的卧室内窃出兵符。信陵君又听从侯嬴吩咐，把大力士朱亥带上。到了魏军驻地，与晋鄙合了兵符，但晋鄙仍然表示怀疑，不想交出兵权。信陵君不得已，只好让朱亥动手，用铁椎击杀了晋鄙，夺得兵权，然后率领魏军，联合赵军、楚军，解除了邯郸之围。

李白前往燕赵，经过陈留，陈留正是魏国的国都大梁。邯郸是赵国的国都，幽州州府蓟是燕国的国都，都是李白此行要去的地方。李白向来崇尚仗剑行侠的壮举，经陈留时向两位朋友赋诗留别，自然就想到了侯嬴和朱亥，也想到了荆轲。在《留别于十一兄逖裴十三游塞垣》一诗中，他高度赞美了这几位战国时代的侠义英雄，最后是劝酒畅饮，高歌起舞，豪气凌云。

> 劝尔一杯酒，拂尔裘上霜。
>
> 尔为我楚舞，吾为尔楚歌。
>
> 且探虎穴向沙漠，鸣鞭走马凌黄河。
>
> 耻作易水别，临歧泪滂沱。

诗的大意是说，劝你一杯酒，拂去你衣裘上的冰霜。你为我跳楚舞吧，我为你唱楚歌。我马上就要去沙漠探虎穴，扬鞭跃马，渡过黄河。可别像荆轲的易水之别，那些送他的人站在岔路口上痛哭流涕！

你看，年过五十的李白还是这么浪漫，这不就是侠客远行壮士出征吗？诗人以这样的口气向朋友告别，又说要"探虎穴"，因此有人已经说过，李白当时察觉到安禄山有叛乱的危险，独闯虎穴，一探虚实。安史之乱爆发后，李白还曾写诗说，我曾经在那年十月到达幽州，看见安禄山的军阵兵甲灿若群星。我们的君王放弃北方辽阔地带，任由安禄山像长鲸一样横行海上。他们在呼吸之间就能走遍百川，即使是匈奴据点也能彻底摧毁。这些话，或可作为"探虎穴"的注脚。

李白一心要叱咤风云，大济苍生，做管仲、诸葛亮、谢安这样的政治家，所以很喜欢从地理形胜和历史人文的角度俯仰古今。《蜀道难》一诗中就说："剑阁峥嵘而崔嵬，一夫当关，万夫莫开。所守或匪亲，化为狼与豺。"李白既是写蜀道之难，也是提醒当政者警惕易守难攻的蜀中成为军阀割据的虎狼之地。安禄山把三大节度使集于一身，从北到南管辖两三千里的地盘，李白很可能对他的拥兵自重早有警觉。

骑着马，挎着剑，带着"探虎穴"的勇气，抱着建奇功的热望，怀想着古代游侠的英雄壮举，再加上与生俱来的浪漫，李白在年过半百之后踏上燕赵大地，既可以说是烈士暮年，壮心不已，也可以说他依旧保持着年轻时的激情和梦想。到了邯郸，他在洪波台看官兵操练仪式，豪迈地说："我把两赤羽，来游燕赵间。""观兵洪波台，倚剑望玉关。"到了幽州，他目睹了边城健儿骑马射箭的勇猛强悍，感叹说："儒生不及游侠人，白首下帷复何益！"登上黄金台，他想到燕昭王的折节爱才和自己的怀才不遇，痛哭流涕，呼天吁地，"揽涕黄金台，呼天哭昭王"。

李白说"邹鲁多鸿儒，燕赵饶壮士"，他北上燕赵，总是想到游侠。他的名作《侠客行》让人荡气回肠，却无法确知写于何时何地了。从李白生平经历及诗文来看，我认为写在燕赵之行的途中最有可能。这不只是因为燕赵之行最容易让他想到侠客，还因为《侠客行》所写的人物、故事及发生地，也跟此行所经之地和所写之诗，更为吻合。我们先看前八句：

> 赵客缦胡缨，吴钩霜雪明。
>
> 银鞍照白马，飒沓如流星。
>
> 十步杀一人，千里不留行。
>
> 事了拂衣去，深藏身与名。

"赵客"是指燕赵之地的侠客，也可泛指侠客。这八句写侠客的穿戴、武器、骏马、剑术和品格，总括来写，容易失之琐碎。但诗人笔触传神，节奏明快。大意是说：燕赵侠客头系着武士的冠缨，腰间佩戴的吴越弯刀明如霜雪。银鞍和白马相映生辉，群马奔飞，快如流星。纵然是十步之内斩杀一人，千里路程也无人可挡。他们仗义行侠，功成身退，连姓名也不肯留下。其中"十步"两句，出自《庄子·说剑》："臣之剑十步一人，千里不留行。"诗人几乎是把原文用在这里，只多出一个"杀"字，就变成了有名的诗句。"事了"两句，更成了后世说侠气、谈侠客的常用语。再看后边十六句：

> 闲过信陵饮，脱剑膝前横。
>
> 将炙啖朱亥，持觞劝侯嬴。

> 三杯吐然诺，五岳倒为轻。
>
> 眼花耳热后，意气素霓生。
>
> 救赵挥金槌，邯郸先震惊。
>
> 千秋二壮士，烜赫大梁城。
>
> 纵死侠骨香，不惭世上英。
>
> 谁能书阁下，白首太玄经。

出现在诗句里的人物——信陵君、侯嬴和朱亥，以及他们的故事，正是我们刚刚说过的。前边说到李白前往燕赵，经过陈留，向两位朋友赋诗留别，诗中也提到同一个历史故事。

如果说前边八句是侠客的群体写照，那么，这十四句就是以信陵君、侯嬴和朱亥的故事来展开画面。虽然在用典，却不被典故所拘泥，想象翻飞，挥洒自如。"闲过"以下四句以"闲过"二字轻松一转，带入信陵君的酒席，大意是说，从容经过信陵君府上，在那里他们尽情饮酒，解下的佩剑就横放在膝上。你拿起烤肉让朱亥大吃，他举起酒杯劝侯嬴痛饮。诗人三分用典，七分想象，人物是真的，情节却是虚构的。

"三杯"以下四句紧接上句"持觞劝侯嬴"，看似还在描述信陵君、侯嬴和朱亥的三人之宴，实际上是借此发挥，突出侠客重然诺、轻生死的美德。都说三山五岳，诗人从"三杯"一下子跳到"五岳"，"三杯吐然诺，五岳倒为轻"。三杯热酒，慷慨承诺，承诺了就绝不反悔，五岳与之相比，也是无足轻重。

"素霓"是白虹，"素霓生"是白虹贯日，意味着天下要发生大事。诗人从"眼花耳热后"，一下子转到"意气素霓生"。酒酣耳热，豪情万丈，白虹贯日，惊天动地。

"救赵"以下六句，以信陵君、侯嬴和朱亥的故事，突出侠客拯危济难的英雄壮举和不朽英名。大意说，信陵君救赵，侯嬴献策，朱亥挥起金椎，震惊邯郸。千年之后，二位壮士的赫赫英名，仍在大梁城到处传颂。他们纵然死去，侠骨犹香，不愧是世间豪杰。显然，诗人最推崇的侠客是侠之大者，他们能为天下苍生不计生死，仗义赴难，能以非凡的勇气和才干排难解纷，建立功业。

最末两句抒发壮怀："谁能书阁下，白首太玄经。"谁愿意整天待在楼阁里，为写《太玄经》白首著书，老死在故纸堆里？《太玄经》是西汉扬雄所写，他曾经在皇宫藏书的天禄阁担任校刊工作。这两句也很像诗人在幽州所写的另外两句："儒生不及游侠人，白首下帷复何益！"

《侠客行》是乐府旧题，如果以今人的写法来命题，那就是"侠客之歌"。全诗从侠客的穿戴、装备写到剑术、品格，从重然诺、轻生死写到拯危济难，建立功名，自头至尾都是由衷地赞美。这样的内容，很容易落于老套，但经李白写来，手到擒来，兔起鹘落，灵动洒脱，一如诗中所写的骏马飒沓，侠客使剑。诗人之笔，就好似侠客之剑。

侠客在中国文学中备受称颂，歌咏侠客的文人并不少见，但像李白这样从小就学剑术，常常剑不离身，酒酣耳热时就拔剑起舞的文人，就很难找到第二人了。在他的诗中，常有剑光闪烁，侠客出没，有人统计过，一个"剑"字，出现上百次之多。

那么，为什么李白这样好剑术，尚任侠？

第一，李白生活的盛唐时代是充满尚武精神的时代，类似于"谁能书阁下，白首太玄经"的感慨，在盛唐诗歌中是常见的。文人对军功的向往，使边塞诗成为一大流派，侠客和剑术被推崇，都与此相关。李白的诗歌，张旭的草书，裴旻的剑舞，被唐文宗推为"三绝"。艺术是相通的，相传张旭的狂草，就是从公孙大娘舞剑时的姿态得到灵感。李白曾向裴旻学剑，一生迷恋剑术，剑术的千变万化与李白诗歌的富于变化，两者之间或许也藏着密码呢！

第二，李白在故乡蜀地长大，深受蜀文化的影响。周勋初先生说蜀地有一种纵横游士和行侠仗义的传统。而且，他考证说："纵观其地与李白同时的一些文士，不论外地寓此的官员，还是本地出身的人员，常具有豪侠的作风。"同在蜀地长大的陈子昂，其早年的喜剑术，尚任侠，"少学纵横术"，就跟李白很相像。李白向韩荆州毛遂自荐，对自己从小任侠好剑是引以为傲的，他说："十五好剑术，遍干诸侯。"

第三，李白渴望着像侠客一样排难解纷，建立功业。前边说过，李白是商人之子，不能走唐朝士人的科举之路，所以他始终对春秋战国士人别有情愫。春秋战国是战乱不断也变革不断的时代，诸侯国为立于不败之地，不拘一格地招贤纳士，学士、谋士、策士、辩士、侠士纷纷登上历史舞台。一番游说诸侯，几句外交辞令，或者是纵横之术，侠义之举，都可能让他们在一夕之间从布衣成为卿相。李白为实现政治抱负，总是期望着像春秋战国士人一样出奇制胜。

宣州楼头

○ 欲上青天览明月

读李白的诗，且不说他思落天外的想象力，有时留意一下他的行迹游踪，想到他旺盛的生命力，就已经令人惊叹了。他北上燕赵，于天宝十一载（752年）十月到达幽州。第二年秋，又第四次到江南，抵达宣城（在今安徽省南部）。仅仅不到两年，就凭着骑马或乘船，从黄河流域到燕山脚下，再从燕山脚下回到黄河流域，其间还曾跑到汾水流域，然后，从黄河流域到长江以南，行程足有五千里之遥。

大约是在燕赵归来之后，下江南之前，李白与宗氏在梁园结为夫妇。李白很爱宗夫人，写下不少相思诗句。不过，关于他和宗夫人，我想结合下一篇的内容来说。

李白第四次到江南，是在宣州长史李昭盛情相邀下前来的。他在《寄从弟宣州长史昭》一诗中说："尔佐宣州郡，守官清且闲。常夸云月好，邀我敬亭山。"可见这位宣州长史为把李白召唤过去，不仅常说宣城的山水风光有多么美丽，还说自己有多么清闲，言外之意是有足够的时间陪着李白。李白还有一首题作《赠宣城宇文太守兼呈崔侍御》的长诗，诗是赠给宇文太守的，同时也呈送给崔侍御，显然宣城太守与崔侍御也是熟识的。这位崔侍御，就是几年前在金陵与李白相遇又一再相聚同游的崔成甫。他是李白交往最密切的好友之一，李白酬赠他的诗多达十一首。李白在新婚之后再次来江南，客居宣城，也许不只是有地方官员的盛情相邀，还有老朋友的召唤。他曾经三次到江南，其中两次时间比较久，江南对他来说已经很熟悉很亲切了。

李白在宣州还有位神交已久的朋友，生活时代跟他相隔了三百年，这就是曾经做过宣城太守的南朝诗人谢朓，后人称他谢宣城。谢朓擅长写风景，诗风以清丽、清俊、清新著称，李白说他是"清发"，清新焕发。以前在金陵时，李白曾经在凉风冷月的秋夜独上高楼，遥思谢朓："月下沉吟久不归，古来相接眼中稀。解道澄江净如练，令人长忆谢玄晖。"（《金陵城西楼月下吟》）"澄江净如练"就是谢朓的诗句，谢玄晖就是谢朓。现在李白客居在谢朓任职过并留下不少诗篇的地方，越发地怀念谢朓了。他写诗给崔成甫说："我家敬亭下，辄继谢公作。相去数百年，风期宛如昨。"他说他就住在敬亭山下，总是效法谢朓游览赋诗。虽然相隔数百年，但谢朓的风度风采宛如昨日。李白在宣城总是想到谢朓，宣城的地方官员想来也希望他成为另一个谢朓。宣城虽在江南，名气却不大，从前是谢朓给宣城添加了光彩，现在请来李白，少不了也期待他多写几首好诗。

李白在宣城留下不少佳作，其中有两首，一首是游城北敬亭山上的谢公亭，一首是登城南陵阳山顶的谢朓楼。前者是宣城人为纪念谢朓建的，后者是谢朓做宣城太守时建的。李白游谢公亭，写下《谢公亭》一诗："谢公离别处，风景每生愁。客散青天月，山空碧水流。池花春映日，窗竹夜鸣秋。今古一相接，长歌怀旧游。"登谢朓楼，写下《秋登宣城谢朓北楼》一诗："江城如画里，山晚望晴空。两水夹明镜，双桥落彩虹。人烟寒橘柚，秋色老梧桐。谁念北楼上，临风怀谢公？"两首诗都是五言律诗，都带着怀想谢朓的惘然与孤独，也都有一种谢诗的清新与雅致。

在宣城，李白还留下两首名作，诗中有不少我们熟知的名句。一首是《宣州谢朓楼饯别校书叔云》，诗题中说出饯别地点在宣州谢朓楼，送的人物是秘书省校书郎李云。李云为官清正，文章也写得好，是当时的文坛大家。请看这首诗：

弃我去者，昨日之日不可留；

乱我心者，今日之日多烦忧。

长风万里送秋雁，对此可以酣高楼。

蓬莱文章建安骨，中间小谢又清发。

俱怀逸兴壮思飞，欲上青天览明月。

抽刀断水水更流，举杯消愁愁更愁。

人生在世不称意，明朝散发弄扁舟。

    开头四句，从句法上来说，跟《将进酒》的开头四句有些相像。那四句大家都很熟悉："君不见黄河之水天上来，奔流到海不复回。君不见高堂明镜悲白发，朝如青丝暮成雪。"两首诗都是以偶句对偶开头，两句对两句。但《将进酒》的开头发迹无端，思落天外，气势磅礴，这首诗的开头却好像实话实说，不仅很散文化，而且重复了两个"我"字、两个"者"字、四个"日"字。诗忌太直，诗忌散文化，诗忌重复，这些忌讳，诗人似乎都冒犯了。然而，直白，散文化，重复，本是各有妙处，巧妙的修辞与组合更显神奇。不信，你看李白之前，谁曾把昨日、今日修辞成"昨日之日""今日之日"，谁又曾把"弃我去者""乱我心者"突出在两句之首，构成语气上的停顿和强调。诗人说得多形象多真切，抛弃我远去的是昨日，昨天的日子留不住，扰乱我心情的是今日，今天的日子又有这么多烦恼忧愁。人生就这么一天天流逝，昨日一去不复返，今日必成昨日。

随后六句，情绪高昂起来，高昂到要飞上青天，把明月摘下来。诗人没有先写饯别，先来了"弃我去者"四句，又在"今日之日多烦忧"之后再来一句"长风万里送秋雁"，把笔墨从烦乱的"我心"荡开去，忽然转到浩荡万里长风，秋雁飞过寥廓晴空，境界大开，让人心神一爽，然后又从容收回到正在饯行的现场，"对此可以酣高楼"。

高楼置酒，酣饮畅谈，谈什么呢？"蓬莱文章建安骨，中间小谢又清发。""蓬莱"指东汉时藏书之所东观，美称蓬莱山。又因东汉的典籍集中收藏在蓬莱山，所以就以"蓬莱文章"代指东汉文章。"建安骨"是文学史上一个重要概念。汉末建安年间，"三曹"和"七子"等诗人，以刚健有力、慷慨悲凉的风格，赢得了"建安风骨"的称誉。"小谢"是指南朝齐时的诗人谢朓，前边刚刚说到他。李白和李云把酒畅谈，所谈内容肯定很多，为什么特别点出这两句？其一，兼及主客二人。李云在秘书省担任校书郎，唐代的秘书省如同东汉的东观。李白客居在宣城，他所仰慕的谢朓曾在这里做过太守，此时饯行的地点就在谢朓楼上。这两句一上一下，如有些学者所说，上句称赞李云的文章有建安风骨，下句以谢朓诗歌的清新俊逸自许。其二，评价汉代以来的诗文。如另一些学者所说，诗人在赞美汉代文章、建安风骨和谢朓诗歌。从汉到唐，生活在六朝时代的谢朓处于汉唐之间，于是用了"中间"二字。

主客二人举杯高谈，论诗说文，由古及今，又相互推许，意气昂扬。再往下写，酒兴谈兴，醉意诗意，都进入了高潮。诗人豪迈地说："俱怀逸兴壮思飞，欲上青天览明月。"我们都是心怀逸兴，壮思飞扬，想飞上九天，拥抱一轮明月。好一个"欲上青天览明月"！

紧随其后，"抽刀"以下四句却从云霄陡然坠落，"抽刀断水水更流，举杯消愁愁更愁"。语言很浅白，比喻很简单，上句两个"水"字，下句三个"愁"字，一再地重复。但这两句读起来上口，看一眼不会忘记，一下子就能触动人心。

诗的最后以"人生在世不称意，明朝散发弄扁舟"收尾，有意无意之中，照应了开头几句。昨日弃我而去，今日烦扰我心，人生在世总是不能称心如意，不如明天就去冠披发，归隐五湖。

这首诗并不算长，却是大起大落，大开大阖。诗意很浅显，却让人心有戚戚，过目不忘。总共只有十四句，一多半广播人口。就连小说中或电视剧里，不管出现哪个朝代的人物，只要有点儿文化的，随口就能说出"弃我去者，昨日之日不可留；乱我心者，今日之日多烦忧""抽刀断水水更流，举杯消愁愁更愁"。此外如"俱怀逸兴壮思飞，欲上青天览明月""人生在世不称意，明朝散发弄扁舟"，也是很多人熟悉的。所以说，李白的诗既有飘逸出尘、思落天外、惊天地泣鬼神的一面，又有天然无饰、浅切明白、扑入人心的一面。

欣赏了《宣州谢朓楼饯别校书叔云》，再来欣赏《独坐敬亭山》。两首诗都写在宣城，创作时间相近，甚至作于同一年。诗人客寓宣城，就住在敬亭山下。且看他写他和敬亭山：

> 众鸟高飞尽，孤云独去闲。
> 相看两不厌，只有敬亭山。

看上去不像李白的诗，倒像王维所作。即使不这样想，你也可能会觉得，这首诗与上首诗的心境意绪和风格特征都太不一样了，不可能是同时期的作品。有人就因此认为此诗表现的是孤独凄凉的况味，写作时间应该是在流放夜郎遇赦归来之后。

其实，狂放热烈的人，也有平静悠闲的时候。况且，李白曾多次隐居山中，或修道访仙，或礼佛坐禅。他的诗有时就静谧、娴雅、空灵，让人想到王维和孟浩然。譬如他的五言绝句《自遣》："对酒不觉暝，落花盈我衣。醉起步溪月，鸟还人亦稀。"你看他这次饮酒，并没有腾起来呼喊，醉了就在月光下沿着小溪边悠然散步。又譬如他的七言绝句《山中问答》："问余何意栖碧山，笑而不答心自闲。桃花流水窅然去，别有天地非人间。"他一个人待在山里，并没有诉说他的寂寞，反而说自己的自在悠闲。

《独坐敬亭山》的诗题以"独"字起头，第一句"孤云独去闲"既有"孤"字，又有"独"字。诗的大意是，群鸟高飞而去，瞬间就消失得无影无踪。天地间能走动的只有一朵孤云，这孤云也正在悠然离去，眼看就要消失。你看我，我看你，只有我和敬亭山两不相厌。诗人确实是很孤独的，但孤独并不等于寂寞，此时的诗人是淡定的、宁静的、愉悦的。众鸟飞尽，孤云独去，那没有关系，他还有敬亭山，敬亭山还有他，彼此默契，相看不厌。恰恰是因为诗人写出了极度孤独下的宁静和愉悦，才让人觉得这首小诗很禁得起品味。

可以说，《宣州谢朓楼饯别校书叔云》和《独坐敬亭山》虽然可能是同一时期的作品，但诗人以神奇的笔力，写出了完全不同甚至是截然相反的两种心境，前者躁动不安，大起大落，后者平静淡定，波澜不起。

这并不奇怪。同样一个人，在同一段日子，甚至是几天之内，也可能出现完全不同的心境意绪。且不说狂放的李白，常有修道参禅的时候。即使是日常生活中的我们，一旦事情繁杂、烦乱不堪，不就想起李白的"抽刀断水水更流，举杯消愁愁更愁"？等到周末踏青，心情沉静愉悦，再看那山那水，说不定就是"相看两不厌"的感觉。

秋浦羁旅

○ 白发三千丈

　　天宝年间的李白，虽然遭受了奉诏入京又被权贵排挤出京的大起大落，但总的来说，诗仙酒仙之名是越来越响亮了。他第四次到江南，不但有宣城李昭长史的多次相邀和宇文太守的交游唱酬，此前还有曹州官员们一起为他饯行送别，此后又有宣城附近一些州县的地方官员的相邀款待。

　　天宝十三载（754 年）春，江宁县令杨利物举办春日官宴，也把李白邀请去了。江宁古称金陵，当时江宁县是江宁郡郡府所在地。李白年轻时在这里住了大半年，几年前又客居了两年有余。这次他来应邀赴宴，写了首《春日陪杨江宁及诸官宴北湖感古作》。诗的前半首从南朝颜延之的玄武湖官宴，写到今日杨县令的玄武湖官宴，少不了捧场助兴的夸赞。后半首描述说，画着鸟首的大船在湖水中显弄倒影，美女的蛾眉上沾着晶莹的水珠。演奏一支来自京城梨园的新曲，再配上古典舞蹈和娇柔的吴语。歌声萦绕云霄，听众皆大欢喜。诗的最后，笔墨一转说，这里曾经是古代帝王的宫殿园林，如今却是黎民百姓打柴割草的地方。想到这些，我就要劝各位举杯痛饮，把酒器里的美酒喝它个底朝天吧！荣盛之时就要及时行乐，别让后辈为咱们叹息。你看多有意思吧，开头还是官场宴聚的郑重其事，越往后写酒兴越浓，到了最后，干脆把江宁诸位官员当作江南名士了，照旧是李白式的纵酒狂放，及时行乐。

离开金陵后他前往广陵，就像我们今天，到了南京就想去扬州。开元十四年（726 年），年轻的李白在金陵酒肆告别一群年轻朋友，就是从金陵乘船来到广陵的。第二年，二十七岁的李白在扬州大病一场，落魄失意。如今人生又度过二十七年，虽是壮志未酬，却已名扬天下了。就在这时，恰巧有个跟他当年一样年轻、一样狂傲的读书人来到扬州拜见他。这位年轻人叫魏万，是唐初政治家魏徵的曾孙子。魏万为拜访心目中的"谪仙子"，从嵩山脚下出发，先去李白在东鲁的家，再去李白在梁园的家，又在吴越一带乘兴而游，最后在扬州终于见到李白，历时五个月，行程两三千里。李白被这个超大号的粉丝感动了，性情也相投，两人遂成忘年交。他们游罢广陵，再游金陵，分别时，李白不但以长诗相赠，写下了《送王屋山人魏万还王屋》，还将自己所有诗稿交与魏万编纂。五年后魏万进士及第，改名魏颢，为李白编纂了《李翰林集》。这是李白生前唯一的诗集，虽然后来遗失了，但魏万所写的《李翰林集序》流传下来了，成为后世研究李白生平的重要依据。

从天宝十二载（753 年）秋末到大约天宝十四载（755 年）秋末，李白这次在江南客居两年有余。客居之地主要在宣城，从宣城往北走到长江边是金陵城，往西走到长江边是秋浦，距离差不多，都是接近三百里地。六朝古都金陵是他多次去过的地方，其中两次是长时间客居，留下不少诗作。秋浦大约只去过两三次，时间都比较短，但留下的诗作很多。南宋陆游已注意到这一现象，他在《入蜀记》说："李太白往来江东，此州所赋尤多。如《秋浦歌》十七首，及《九华山》《清溪》《白笴陂》《玉镜潭》诸诗是也。"他说的"此州"指池州，天宝年间改作秋浦郡，在今安徽省池州市。

那么，李白为什么会在秋浦这个地方诗兴大发？除了李白喜欢这个地方，很可能还跟他想念新婚不久的妻子有关，《秋浦歌》十七首也许就是写给宗夫人看的。

来江南之前，李白和宗夫人在梁园（在今河南商丘）结为夫妇。他的第一个妻子许氏，是已故宰相许圉师的孙女。宗夫人也是宰相的孙女，其祖父宗楚客是武则天堂姐的儿子，在武则天当政的时代三度拜相，后来又做了韦皇后的心腹。唐玄宗发动唐隆政变，宗楚客获罪被杀。李白两次婚姻，都是与宰相的孙女结为夫妇，这说起来是巧合，但细究起来，就不能不承认，我们心目中这位飘逸不群的诗仙，在婚姻方面是很入俗的。唐人重视门第，也许正因为出生于被歧视的商人家庭，李白把相门看得太重要了。如果说他二十多岁在许府做女婿，是想打开人际圈子，寻找从政机会，那么后来他年过五十又在宗府做女婿，恐怕更在意的就是相门的荣耀了。他曾几次提及宗府有过的显赫，甚至赞美声名狼藉的宗楚客。

尽管如此，不能因此就否认李白和宗夫人在结婚之前就有浪漫爱情的可能，甚至不能排除宗夫人也是李白粉丝的可能。至少在结婚之后，他们彼此是很有感情的，而且是缠绵的、浪漫的。李白很少提及许夫人，却一再把宗夫人写在相思诗中。宗夫人在战乱中跟着李白漂泊，李白入狱，她奔走求救，李白被贬夜郎，她的弟弟远途相送，这其中应该还有许多我们所不知道的故事。

在秋浦，李白以妻子给他写信的口吻写了首《自代内赠》。开头四句说："宝刀截流水，无有断绝时。妾意逐君行，缠绵亦如之。"诗人在想象着妻子对自己柔情似水，思念不尽，他自己又何尝不是如此。诗中又说："鸣凤始相得，雄惊雌各飞。游云落何山？一往不见归。"凤鸣喈喈，刚过上夫妇和睦的好日子，却不得不雌雄分离，难以相聚。诗人没有明确说明究竟为什么，后边有几句，多少透出些原因。"妾家三作相，失势去西秦。犹有旧歌管，凄清闻四邻。"宗府极盛时，宗楚客三度为相，但如今早已失势，只剩下凄凉境况了。显然，宗夫人虽是相门千金，但宗家失势已久。为了让宗夫人过上好日子，加上还有许夫人留下的一儿一女，李白就只能为家人的生活辛苦奔走了。这很可能就是他在新婚不久之后再次南下的主要原因。

《自代内赠》诗中还有这样四句："估客发大楼，知君在秋浦。梁苑空锦衾，阳台梦行雨。"意思是说，有个商人从大楼山那儿来，我才知道你客居秋浦。我在梁苑这儿拥着锦被，独守空床，常梦到在巫山阳台与你相会。"估客"是指商人，在这里其实就是为李白捎去书信的人，宗夫人因此才知道李白人在秋浦。"梁苑"是商丘的古称，与秋浦相距遥远，但秋浦在长江边上，梁苑是大运河岸的重要城市和货物集散地。两地有水路相通，南来北往的客商很多，捎信是比较方便的。

除了书信，还会捎去什么？宗夫人跟诗名满天下的李白走在一起，本来就有可能是他的粉丝之一，而从李白以她的口吻所写的这首诗，特别是"梁苑空锦衾，阳台梦行雨"两句，可以想象他们之间的缠绵和浪漫。作为夫妻，如果宗夫人那一半少了感情温度，五十多岁的李白只怕也不会满纸去写相思。除了写信，李白还会给她写诗，把相思之情、羁旅之愁，以及她想知道的秋浦的山川景色、风土人情，都写给她。甚至可以说，正因为要把诗汇集在一起寄给宗夫人，《秋浦歌》才会形成多达十七首的组诗。

《秋浦歌》大都是五言四句的小诗，只有第一首、第二首和第十首相对来说长一些。恰是这三首，都是极写相思之情和游子离愁的。第一首末四句是："寄言向江水，汝意忆侬不。遥传一掬泪，为我达扬州。"意思是说，我想问一问长江水，你还记得我吗？请你把我的一掬相思泪，传送到扬州。为什么要"为我达扬州"？因为到了扬州，这一掬相思泪就汇入大运河，而梁园就在大运河岸。第二首末四句是："欲去不得去，薄游成久游。何年是归日，雨泪下孤舟。"意思是说，想离开这里却无法离去，短暂的漫游变成了长久滞留，何年何月才能回家啊，我只能在孤舟上泪如雨下。第十首末两句是："君莫向秋浦，猿声碎客心。"意思是说，劝君莫要来秋浦，悲哀的猿声会让游子的客心柔肠寸断。不只是这三首，其他写于秋浦的李白诗作，譬如陆游提到的另外几首，也多是如此。"人来有清兴，及此有相思""故乡不可见，肠断正西看""向晚猩猩啼，空悲远游子"，李白在秋浦，简直就是离愁相随，相思不断，这与他想念新婚不久的宗夫人应该是有很大关系的。

尤其值得注意的是，《秋浦歌》十七首中，有十多首都是歌咏秋浦的山川景色和风土人情的。锦驼鸟、白猿、白鹇、水车岭、一片石、逻人矶、采菱女、田舍翁，都被他捕捉在诗中，勾勒出一幅幅速写。秋浦并非有名的地方，宗夫人从客商捎来的信中得知李白人在秋浦，不免好奇与担忧。而《秋浦歌》的一首首短诗，很像是我们现代人在旅途中，寄给亲友的一张张明信片。

在这组诗中，最有名的是第十四首，这是中国古代唯一一首表现冶炼工人的名作。从艺术上说，不妨把它看作是唐人留下来的一张带着歌声的彩色明信片。

炉火照天地，红星乱紫烟。
赧郎明月夜，歌曲动寒川。

这是黑暗之夜的炉火，寒冷之夜的歌曲，我们一下子就能感觉到热烈的色彩、气息和声音。"赧"是羞赧的赧，害羞而脸红，"赧郎"是指被炉火映红脸膛的冶炼工人。在黑夜背景下，炉火、红星、紫烟、冶炼工人映红的脸膛，构成强烈的明暗对比。"寒川"指寒冷的河流。冶炼工人的歌声，震动了寒冷的河流，传响在寂静的夜空，又构成了强烈的冷热对比和动静对比。

紧接第十四首的第十五首，也是大家熟知的。

白发三千丈，缘愁似个长。
不知明镜里，何处得秋霜。

劈空就是一句"白发三千丈"，谁敢这么夸张？随后来一句"缘愁似个长"，就不但让人接受了，而且被深深打动。后两句也是感喟时光飞逝的哀伤，也很夸张，上句一个"不知"，下句一个"何处"，沉重无奈中带着几分轻松俏皮的调侃，让人在不觉中平添切身之感。夸张是人人都会的，李白的厉害之处是，他的诗句能夸张到天上去，又能很自然地渗入人心。

还有一首作于同时期的李白诗作，也是大家熟知的，这就是七言绝句《赠汪伦》。从宋代以来，一直以为汪伦是李白在泾县漫游时偶遇的一位村民，但今人已考证出汪伦其实是做过泾县县令的名士，当时任届期满，闲居在桃花潭附近。泾县位于宣城和秋浦之间，李白到泾县，也许只是顺路经过，却留下一首不朽名作。

李白乘舟将欲行，忽闻岸上踏歌声。
桃花潭水深千尺，不及汪伦送我情。

一般来说，绝句要写得兴象玲珑，含蓄深挚，所以，很多人为写出短短的四句，煞费苦心。李白这首绝句，却是再也直白不过，而且，居然把自己和汪伦的名字都写进诗里去了。"踏歌"是边走边唱，李白上了船，将要出发了，忽然听到岸边的歌声，原来是汪伦边走边唱，赶来送行。从诗意、诗境到诗的语言，一切都来得那么自然，自然到连作诗的痕迹都无从寻觅。后两句写离情，也是"就地取材"，信手拈出一句"桃花潭水深千尺"。"汪伦送我情"本是很平常的话，但前边加上"不及"二字，又跟"桃花"句一气呵成，顿成天然妙句。

看来这汪伦也是有福之人。他赶到水边送行，被李白写在诗中，千古流传。我有一友也叫汪伦，有次他送我送到大路边，我忽然憋不住大笑起来。他看着我说："想到唐代去了吧？'不及汪伦送我情'啊！"

天宝十四载（755 年），赵悦来到宣城做太守。他是李白的旧识，如今又与李白在宣城多有交游。李白写了首长诗给他，最后几句把自己比作鲲鹏，期待着赵悦有一天身居高位，自己也能借东风展翅雄飞。可是不久，安史之乱爆发了。大好一个盛唐王朝，突然陷入战乱，已经名满天下的李白，将何去何从？

乱世漂泊

永王幕府

—○

为君谈笑静胡沙

天宝十四载（755 年）冬，中国历史上规模最大的战乱之一安史之乱突然爆发。大约是在战乱爆发的前后，李白从宣城回到梁园。叛军势如破竹，十一月在蓟城起兵，不到一个月就已攻陷梁园，李白和宗夫人当是在沦陷之前向南逃亡。

前边先后说到李白初入长安和再入长安，已经谈及唐玄宗和他的朝廷。说来真是可悲，连我们这些千年以后的人，也不由得要叹息几声。从开元后期到天宝年间，当初那个堪称明君的唐玄宗非但不复存在，而且，他的骄奢淫逸、懈怠朝政和用人不当，都是日甚一日。如果说唐玄宗从英明到昏聩的最明显标志，那就是他在用人方面的天壤之别。他以前信赖的是姚崇、宋璟、张九龄，都是历史上不可多得的贤相，后来却宠信李林甫、杨国忠、安禄山，都是口蜜腹剑、贪得无厌之辈。李林甫擅权十六年之久，杜绝言路，谄媚当道，但多少还有些政治才能。杨国忠无才无德，只因为是杨贵妃的堂兄而倍受宠信，仅是由他发动的征伐南诏的战争，就造成近二十万人的死伤，导致唐军在安史之乱前已经兵力减弱。要说此人也有值得肯定的地方，那就是他认定安禄山必反，当时也只有他可以在皇帝面前一再揭露安禄山谋反之心，但唐玄宗偏在这件事上置若罔闻，只把他和安禄山的冲突看作是将相不和。结果，杨国忠对安禄山的打击和削弱，反而促成安禄山加速起兵。此前十多年，唐玄宗的倚重和放纵，已经让安禄山成为三大节度使集于一身、从南到北控制两三千里地盘的无冕之王，现在他一起兵造反，鼙鼓动地，杀声震天，烟尘千里。天下太平已久，既无防范，也缺乏战斗力，致使叛军一个月就杀到了洛阳，八个月就攻破了潼关，唐玄宗仓皇出逃，入蜀避难，在入蜀途中，因众怒难犯，不得不赐死杨贵妃，杨国忠也被乱兵所杀。

李白顾不上尚在东鲁的一对儿女，携妻向南逃难，途中写下《奔亡道中》五首。在第四首诗里他痛心疾首地说，洛水变成了易水，嵩山变成了燕山。中原大地上，很多人在说胡语，长的是胡人的面孔。我只能像申包胥一样恸哭失声，七天时间就鬓发斑白。而在第三首诗里，他还是自比鲁仲连，自信地说，我也有谈笑间退敌的良策，无奈却被那些把持朝政的权贵疏远了。我仍然保留了一支箭，总有一天把鲁仲连的信发射出去。前边说过鲁仲连是李白最崇拜的人物之一，安史之乱后，李白更是时时想到他，渴望着拯危救难，建立奇功。

第二年春天李白再次来到宣城，却没有停留太久，往东又去了杭州、越州。越州剡中一带是李白喜爱的地方，这次除了避难，可能也有带宗夫人游历名山，学道访仙的意图。像李白一样，宗夫人也很迷恋道教。秋天他们上了庐山，仍是学道访仙，隐居在五老峰下的屏风叠，并修建了草堂。李白写有《赠王判官时余归隐居庐山屏风叠》一诗，末两句说："明朝拂衣去，永与海鸥群。"

可是，这怎么可能？以他的激情洋溢又雄心勃勃，怎么可能永远隐居避世？况且，他现在是大唐王朝最有名气的人物之一，纵然他有归隐之心，也未必能从动乱时局中全然抽身。

冬天的时候，永王璘派人请他下山入幕。唐玄宗有二十三个儿子，永王璘是十六子，因母亲早逝，异母兄长李亨对他多有照顾。李亨就是此时已即位数月的唐肃宗。想必是因为时局复杂，李白也有所顾虑，此外还有宗夫人的劝阻，李白在永王璘第三次派人聘请后才决定下山。临出门时，李白很豪迈地给妻子写下三首诗，题作《别内赴征》，意思就是告别妻子，奔赴征途。第二首大意是，快要出发了，妻子强拉着我的衣襟，问我这次西去，什么时候才可以回家。我告诉她，如果我回家的时候像苏秦那样，佩戴着宰相的黄金印章，你可别嫌我俗气，不下织布机。虽是调侃语气，却也流露出信心满满，显然他还在做宰相之梦。由于宗夫人出身相门又自小经历了相门的失势和凄凉，李白的这些话里，应该还夹杂着让宗夫人重享昔日荣光的愿望。

李白下山了，永王在浔阳江上盛宴以待。战舰森森，雷鼓嘈嘈，云旗猎猎，李白与永王以及永王周围的将军们、文人们抵掌高谈，酾酒临江。李白写下《永王东巡歌》十一首，在为永王写赞歌的同时抒发自己的抱负，雄心万丈。我们来看第二首：

三川北虏乱如麻，四海南奔似永嘉。

但用东山谢安石，为君谈笑静胡沙。

"麻""嘉""沙"，韵脚的轻快就像胜利的节奏！"三川"是指洛阳，"永嘉"是指西晋永嘉年间匈奴军队杀到洛阳的战乱。安禄山占领洛阳，中原人纷纷南奔逃难，让李白想到永嘉之乱。他期许自己能像东晋时指挥淝水之战的谢安一样，用兵如神，谈笑灭敌。永王璘企图割据长江以南，重演东晋的历史，这实际上已构成了对唐肃宗和朝廷的挑战，但李白似乎全然没有意识到严重的政治后果。他始终抱着建功立业的强烈热望，曾经多次以东晋的谢安自比，现在好像真可以叱咤风云了。

再看《永王东巡歌》最后一首：

> 试借君王玉马鞭，指挥戎虏坐琼筵。
>
> 南风一扫胡尘静，西入长安到日边。

"玉马鞭"代指军事指挥权，"琼筵"指盛大的宴席。诗的大意是，只要你给我军事指挥权，我坐在宴席上就可以指挥消灭敌人的军队。由南往北，南风一扫，把胡虏彻底消灭干净，我将西入长安，朝拜天子。

你看李白有多浪漫，多天真！永王璘三次派人聘请他，完全是想利用他的名声和他的诗才，为自己壮大声势。李白却以为永王璘会重用他，天将降大任于他，建立不朽功名的机会终于来了。

仅仅不到三个月，唐肃宗派重兵讨伐叛乱，永王璘兵败被捉。丹阳（在今江苏镇江）一战，战况极其惨烈，李白描述说："舟中指可掬，城上骸争爨。"意思是船上到处是被砍断的手指，多到可以捧起一大把，城头上就用人的尸骨当柴火，烧火做饭。李白从乱尸堆中爬出来，自丹阳向南逃奔，途中被俘，关押到浔阳大牢。

说到这里，我们不得不思考一下，李白为什么会接受永王李璘的聘请，为其所用，导致他遭此浩劫？我想，可以从三个角度来看。

第一，当时的形势和政局诡谲复杂。

天宝十五载（756 年）六月，潼关陷落，长安危在旦夕。玄宗入蜀避难，仓皇之下传位给太子李亨。李亨起初不受，但在灵武站稳脚跟后就宣布即位，是为肃宗，尊玄宗为太上皇。仅仅三天之后，玄宗下诏实行诸王分镇。当时诸王之中，只有李璘在他的封国，而且身兼四道节度采访使，又任江陵郡大都督，镇守江陵，拥兵自重。玄宗实行诸王分镇，无异于默许李璘建立自己的独立王国，以此牵制肃宗。肃宗既然已做皇帝，哪里容得下李璘分庭抗礼？他诏令李璘到蜀中觐见，但李璘非但不予理会，还招兵买马，准备沿长江往东进军。李白踏上李璘的战船，兴冲冲写下《永王东巡歌》十一首，正是李璘声势赫赫、阵容强壮的时候。

第二，李白的天真和冲动更让他失去判断力。

天下战乱，苍黄翻覆，如何判断局势，何去何从？《资治通鉴》记载说，李璘周围的一些谋士都以为天下大乱了，只有南方太平富足，李璘握有四道兵权，封疆数千里，应该以金陵为都，拥有长江以南，就像东晋一样。

在当时情形下，李白对永王的企图不会全无察觉。问题是当时复杂诡谲的局势，该当如何判断？譬如说，安史之乱会不会造成天下分裂割据的局面？唐王朝会不会像东晋那样，只能守住长江以南的半壁江山？如果南北对峙，永王能不能保有长江以南？永王如果真能保有长江以南，会不会把这半壁江山拱手交给唐肃宗？

当时有不少人已经意识到永王必败，最明显的例子就是曾经与李白、杜甫同游梁园一带的高适，他在唐肃宗面前力陈"江东厉害"，断定"永王必败"。就在李白踏上永王战船之前，高适已被唐肃宗任命为淮南节度使，与淮西节度使和江东节度使一起，对永王形成牵制之势。

李白是怎么判断的呢？这时候最需要敏锐的政治嗅觉和冷静清醒的头脑，而李白最缺乏的恰恰是这些。他最不缺乏的是建立功名的热望，但这种热望如果和政治上的天真搅在一起，一旦碰上诡谲复杂的时局政局，那就很危险了。

第三，李白的思想常常游离于正统意识之外。

李白出生于从西域迁徙而来的商人家庭，又在偏僻的蜀地长大，那里是少数民族群居的地方。他从小诵六甲，读百家，少年时代观奇书，习剑术，好神仙，读书很多很杂，却与儒学和科举都没有多大关系。这些与众不同的背景和渊源，加上他狂放不羁、无所拘泥的个性，使他常常游离于正统意识之外。又因为他是商人之子，不能走科举之路以求取功名，所以他总是希望自己能像春秋战国士人一样，建立奇功，或者像东晋南朝的在野名士一样，能被朝廷征召。从李白诗文中，随时可以找到这两个历史时期的英雄们或名士们，他不但仰慕这些人物，而且对于他们曾经生活的时空世界也是不胜怀恋，包括从诸侯国演化而来的地理与人文，诸如吴、越、楚、齐、鲁、秦、晋、燕、赵等地理概念，包括金陵古都和六朝繁华。春秋战国时期各国竞相争霸，东晋南朝时期只有长江以南半壁江山，相对来说，恰恰是这两个历史时期的士人，大一统思想和忠君思想都比较弱。

从汉武帝独尊儒术以来，只要是大一统的王朝，就以儒家思想作为主流意识形态，忠君与爱国是密不可分的。杜甫生于奉儒守法之家，以儒家思想安身立命，唐肃宗一在灵武即位，他马上就只身北上，投奔灵武，不幸在途中被安禄山叛军俘虏，押回长安。后来他从长安逃出来，又到凤翔投奔肃宗。虽说杜甫当时的情况跟李白很不一样，但有一点可以肯定，即使永王璘三次派人邀请，杜甫也不会追随永王璘。孔子的第三十七代孙孔巢父，当年与李白一起隐居在徂徕山，当永王璘邀他入幕时，他就是拒绝的态度。

李白不仅加入了永王璘幕府，而且直到永王璘与朝廷官军激战，彻底惨败。永王璘被捉拿，很快就被处决。在这种情形下，李白就很难躲过牢狱之灾了，他被关进浔阳大牢。浔阳在今江西九江市，稍往南走，就是庐山。命运跟李白开了一个天大的玩笑，不过是几个月前，他从庐山上兴冲冲下来，在浔阳江头雄赳赳踏上战船。现在他身陷囹圄，家人离散，悲愤交加，呼天抢地，他拿起酒杯，只觉得杯子里都是血和泪。他向朋友写信求助，宗夫人也奔走求告，最后在御史中丞宋若思和宰相崔涣的营救下，得以出狱，并曾一度加入宋若思幕府。

李白又抖擞精神，以战国策士之风激扬文字，纵横捭阖，写下《为宋中丞请都金陵表》，建议唐肃宗把都城迁移到金陵来。可是，此事没过多久，朝廷又重算旧账，李白被判长流夜郎。这时候，李白年近六十了。如果真是长流夜郎，那就很可能老死在荒凉偏远的西南山野了。

遇赦放还

—○ 千里江陵一日还

　　唐肃宗乾元元年（758 年），大约是在年初，李白从浔阳江头出发，踏上了流放夜郎之路。"流"是唐代五种刑罚之一，"长流"是长期流放，"夜郎"本是指汉朝时西南夷中的一个国家，这里泛指古夜郎国所在的地区，在今贵州省西部。李白被判长流夜郎，贬途上倒不是很可怕，从他所留的诗篇中，可以得知朝廷对这位大名鼎鼎的"谪仙"毕竟还是网开一面的。他从浔阳江头出发的时候，一群官员为他饯行，宗夫人弟弟宗璟又远途相送。一路上他也不用赶时间，走走停停，仍然与旧友新知交游唱酬，饮酒赋诗。到江夏时是秋天，大半年都过去了，再到三峡时，已是第二年二月。

尽管如此，毕竟是流放夜郎，这一路上，他的诗大都写得很悲凉。进入三峡之后，两岸夹山，水路迢迢不断，他写了一首《上三峡》:

> 巫山夹青天，巴水流若兹。
>
> 巴水忽可尽，青天无到时。
>
> 三朝上黄牛，三暮行太迟。
>
> 三朝又三暮，不觉鬓成丝。

大意是说，巫山夹着一道青天，巴水流经千重巫山。巴水忽然像到了尽头，青天却依然夹在上面。三个早晨逆水而上黄牛峡，三个傍晚还在黄牛峡慢悠悠打转。三个早晨又三个傍晚，不觉之间，两鬓斑斑。诗人酷爱山水，三峡山水奇绝，但此时的他无心欣赏，只觉得路途漫长得无法忍耐，山无尽头，水无尽头，头顶的一线天也是没有尽头，漫长与愁苦，让他头发都变白了。

这样又坐了几十公里的船，李白在痛苦煎熬中到了白帝城，忽然间喜从天降！这年春天，天下大旱，唐肃宗发布大赦诏，李白也收到赦令。九死一生，大喜若狂，李白乘船掉头东下，写下了千古名作《早发白帝城》:

朝辞白帝彩云间，千里江陵一日还。

两岸猿声啼不住，轻舟已过万重山。

你看这首诗和上首诗相比，是多么不同的两种境遇和心情！可以这样说，没有被流放夜郎的痛苦悲凉，没有逆水上三峡的漫长难耐，就没有这首诗的痛快淋漓，轻灵跳荡。

白帝城到江陵确有千里之遥，南朝宋时的盛弘之在《荆州记》中早就说过："朝发白帝，暮到江陵，其间千二百里，虽乘奔御风，不以疾也。"李白好像把这几句话随手拿来，轻轻一点，就神行纸上了。"彩云间"既凸显出地势高入云霄，又渲染出早晨的美好和出发的兴奋。一个放在句尾的"还"字，也凸显出回家的喜悦。盛弘之描述的只是顺流而下的船行之快，李白却把自己遇赦后的快乐心情倾注其中了。

三峡的猿声也是前人一再写过的，写得都很凄凉，郦道元的《水经注》就曾经引用打鱼人的话"猿鸣三声泪沾裳"。但凄凉的延绵不绝的猿声，挡不住诗人的喜悦。"两岸"的猿声，"啼不住"的猿声，自然不是一只猿的啼鸣，纵然有千百只猿接连呼应，也不可能千里地万重山都听得见，但这首诗给人的感觉好像是一声猿鸣未已，"轻舟已过万重山"。诗人巧妙地将错就错，以虚写实，把遇赦归来的欢喜、顺流而下的快意表现得再好不过。

我们人生，可能有"上三峡"的时候，这时候真是愁苦难熬，"三朝又三暮，不觉鬓成丝"。但艰难总会过去，好运说来就来，顺流而下的时候，那就是"两岸猿声啼不住，轻舟已过万重山"的感觉了。为什么我们在快意舒畅的时候，容易想起《早发白帝城》，应该就是这个原因吧！

三十五年前，二十四岁的李白离开故乡，第一次出三峡，入荆楚，一再赋诗咏怀。大家还记得吗，他在《渡荆门送别》里说："渡远荆门外，来从楚国游。山随平野尽，江入大荒流。"又在《秋下荆门》里说："霜落荆门江树空，布帆无恙挂秋风。"这次出三峡，因为这首《早发白帝城》，也许让我们会觉得，他比那时还要兴奋哪！其实，在遇赦放还的狂喜之后，李白毕竟是百感俱来悲喜交集的。好在他是个很有生命力又很有激情的人。德国诗人歌德说："我们的激情实际上像火中的凤凰一样，当老的被焚化时，新的又立刻在它的灰烬中出生。"李白跟歌德很相似，生命始终伴随着激情。而且，像歌德一样，生命中总不缺乏丰富多彩，总有许多为之着迷着魔的事情，即使这里快要成为灰烬，那里也会熊熊燃烧，"野火烧不尽，春风吹又生"。

乾元二年（759年），唐肃宗做皇帝已到第四年。从前懈怠朝政的唐玄宗现在是有名无实的太上皇，即使想有作为，也已是有心无力了。唐肃宗是当朝天子，李白却从一开始就没有站在唐肃宗的队伍里，而且还曾跟随被视为叛逆的永王璘。这种情形下，李白也不能不面对一点儿现实了。叱咤风云的英雄狂想暂且靠后，拯危救难的侠客壮举也在北上燕赵途中尝试过了，但邀游山水的放情自在，采药服丹的神仙梦幻，依然有激情点燃着。

李白年近六十，仍是精力过人。他出峡后先去江陵，又到江夏，秋天跑到巴陵郡，游洞庭湖。其后沿湘江逆流而上，到了零陵。第二年早春时节，他返回江夏，又顺流东下到浔阳，游鄱阳湖，上庐山。这一两年的时间，仅仅是我们所能确考的长途行程，累计起来就有三四千里。他名气大，交友多，不只是一些地方官员对他热情款待，还接二连三在途中碰到旧交故友，"宁期此地忽相遇，惊喜茫如堕烟雾"。想来是跟时局动荡，朝廷又换了皇帝和权臣有关吧，李白在途中碰到的旧交故友，多是被贬谪的迁客骚人。

江夏在今天的武昌，这一两年的漫游中，李白在江夏停留最久。二十八岁到四十岁的时候，他家居安陆，距离江夏不远，多次来过这里。那首千古绝唱《黄鹤楼送孟浩然之广陵》，就是在江夏写的。这次他在江夏，下榻在史郎中的馆舍。史郎中叫史钦，与李白是旧识，郎中是朝廷中级官员，相当于今天的司长。五月的一天，两人同游黄鹤楼，李白写下七言绝句《与史郎中钦听黄鹤楼上吹笛》：

> 一为迁客去长沙，西望长安不见家。
> 黄鹤楼中吹玉笛，江城五月落梅花。

第一句用到贾谊的典故，由贾谊也可联想到屈原。楚国的屈原被权臣谗毁，遭到流放，最后自沉于长沙附近的汨罗江。汉朝的贾谊也是被权臣谗毁，被贬为长沙王太傅，在长沙写下《吊屈原赋》。李白遇赦放还，在另一首写给史郎中的诗中说，自己被流放到三湘边远地区，如今经历万死才侥幸生还。

第二句"西望长安不见家"，看上去很直白，却不能停留在字面意思上。长安是大唐国都，天子和朝廷之所在，现在诗人被弃而不用，只能徒然远望了。"不见家"想说的是有家难回，当时不只是诗人被朝廷疏远，还有烽火未熄，北方仍旧处于战乱中。

前两句的悲凉是一下子就能感觉到的。意思是说，一旦做了迁客，远远贬谪到长江以南的长沙，那就只能西望长安，有家难回了。有这两句实写来铺垫，后两句虚写就有了丰富的意蕴。后两句写得很美，可是，"江城五月"怎么可能"落梅花"？

前边欣赏过李白的《春夜洛城闻笛》，那首诗中所说的"折柳"和这首诗中的"落梅花"，分别是指有名的笛曲《折杨柳》和《梅花落》。这两首曲子是古代笛曲中的双璧，中国人吹奏了上千年。由于古乐府中诗与音乐是相互配合的，《梅花落》的笛曲，以及与《梅花落》相关的诗歌，往往都是以梅花为主题。在这首诗中，李白利用这一特点，把听觉变作视觉，把想象幻化成眼前风景。黄鹤楼中，玉笛飞出，一片片、一阵阵的梅花随着悠扬不断的笛声在空中飞扬，遍洒在五月的江城。这样来写，有多美啊！

回头再看前两句，把全诗放在一起来品味，你会发现在这美得醉人的诗意中藏着悲凉，"乐景"中藏着"哀情"。玉笛飞声，梅花飘洒，诗人更加思念长安，思念家园，然而只能徒然西望长安，有家难回。

秋天的时候，李白在巴陵郡与贾至、李晔相聚在一起。巴陵郡原称岳州，其郡府所在地巴陵县在今岳阳市。贾至是著名诗人，担任过中书舍人，也就是曾在玄宗旁边做过起草诏令的高级秘书官。李晔曾是刑部侍郎，刑部侍郎相当于公安部副部长。现在，贾至被贬到巴陵郡做司马，李晔被贬到遥远的岭南，贬途中行经巴陵。李白与他们二人，都有过京城长安的春风得意，如今又都是失意的迁客骚人。北宋范仲淹在《岳阳楼记》里说："予观夫巴陵胜状，在洞庭一湖。衔远山，吞长江，浩浩汤汤，横无际涯，朝晖夕阴，气象万千。"又说："迁客骚人，多会于此，览物之情，得无异乎？"当范仲淹写下这段文字的时候，当会想起李白、贾至和李晔同游洞庭湖之事，至少会想起李白和贾至。李白写有《陪族叔刑部侍郎晔及中书贾舍人至游洞庭五首》，贾至写有《初至巴陵与李十二白裴九同泛洞庭湖三首》，两人各写了一组七言绝句，都是名作。这里，仅从李白所写的五首诗中选出第二首：

南湖秋水夜无烟，耐可乘流直上天？

且就洞庭赊月色，将船买酒白云边。

"南湖"指洞庭湖，"耐可"是怎么能够的意思。秋天的洞庭湖辽阔无边，烟雾全无，又有无边月色映照着，玉宇澄清，天地一色，水天相接，于是诗人忽发奇想，怎么能够乘坐这一叶扁舟，顺着这万顷碧波，直上青天呢？

后两句中，又有两个奇想。"且就"的意思是暂且就这样，"赊月色"是借月色。借来月色做什么？买酒喝啊！在哪里买酒，在那白云边啊！诗人之所以有"赊月色"的奇想，不只是因为皎洁月色下的洞庭湖银光闪闪，如点点碎银，还因为这洞庭湖的月色实在太美了，是无价之宝，随便抓上一把，就可以买酒的。那么，为什么又要在"白云边"买酒？试想一下，洞庭湖水天相接，酒肆会在哪里？想必就藏在水天相接处那朵白云的后边吧！

李白还有一首写洞庭湖的诗，同样是奇想联翩。这首诗是《陪侍郎叔游洞庭醉后三首》中的第三首。从诗题来看，这次是与李晔同游洞庭湖，贾至没来。此外，诗题中有"醉后"二字，如果说上首诗是无酒而醉，想到水天相接的"白云边"买酒喝，这一首就真是"醉后"所写了。

划却君山好，平铺湘水流。
巴陵无限酒，醉杀洞庭秋。

"君山""湘水""巴陵""洞庭"，四句诗，四个地名，读起来却浑然不觉地名之多，只觉得豪情奔放。第一字"划"看起来是个难字，其实与铲子的"铲"是通假字，意思是铲掉，削去。前两句破空而来，似是无理至极。君山坐落在洞庭湖中，古代称之为湘山或洞庭山，诗人们一再歌咏它的美丽，李白却说，把君山铲除掉该有多好，让流入洞庭湖的湘江之水无所阻挡，平平展展铺开来。

为什么会这样想？后两句："巴陵无限酒，醉杀洞庭秋。"湘水从巴陵郡汇入洞庭湖，在诗人的醉眼中，这湘水就是一江的美酒啊！铲除君山，平铺湘水，这无穷无尽的一江美酒，全都涌入洞庭湖中。于是，这秋天的洞庭湖全都酩酊大醉了。

还记得我们欣赏过的《襄阳歌》吗？《襄阳歌》里说："遥看汉水鸭头绿，恰似葡萄初酦醅。此江若变作春酒，垒曲便筑糟丘台。"《襄阳歌》是歌行体，放开来写，这首诗却是绝句，高度浓缩。诗人虽然没有明说，但这"巴陵无限酒"紧承前两句而来。如果没有这一江美酒，哪里来的"巴陵无限酒"，又怎么能"醉杀洞庭秋"。

古人谈诗，常说"无理而妙"，意思是有些不合乎常理的诗恰恰是很奇妙的。这种超乎一般生活情理和思维逻辑的"无理而妙"，凭借的往往是浪漫的诗情。譬如以上所说的两首诗，七绝的只有二十八字，五绝的只有二十字，却都是接二连三地忽发奇想，妙不可言。想想看，李白在九死一生之后，在年近六十之际，依然是这样浪漫，真是不能不为之感佩啊！

上元元年 (760 年)，六十岁的李白再次来到浔阳，登上庐山。宗夫人还在庐山上等他吗？三年前他从庐山下来后，经历了一场劫难，曾被关进浔阳大牢，流放之路也是从浔阳开始。现在他回来了，浪漫依旧吗？激情还在吗？

　　上元元年，李白重上庐山。这次上庐山，除了重访故地，学道寻仙，很可能与宗夫人有关。四年前他和宗夫人上庐山学道，隐居在五老峰下的屏风叠，还修建了草堂。同年冬天，他辞别宗夫人下了庐山，加入永王璘幕府。第二年永王兵败，他被关进浔阳大牢，宗夫人奔走营救。出狱后没过多久，又被流放夜郎，宗夫人的弟弟宗憬远途相送。奇怪的是，李白遇赦放还后，似乎并不急于跟宗夫人重聚，先在荆楚之地漫游了一两年。

　　李白写有《送内寻庐山女道士李腾空二首》，从诗题中可以得知，他把妻子送到庐山上跟着李林甫女儿李腾空学道。一般认为，这是李白晚年写给宗夫人的最后两首赠内诗。宗夫人可能是在他踏上流放之路后也下了庐山，又因为心灰意冷，皈依道教，与李白断了音讯。此次李白上庐山，大概是找到宗夫人后与她同来，了其庐山学道的心愿。唐代女子出家学道是常见的，李白送夫人出家学道，照今天的话来说，那就是友好分手了。

李白距离我们，毕竟已有一千三百年之久，许多事情难以确考了。譬如说《望庐山瀑布》二首的创作时间就难以判断，有人说作于李白二十五岁时，有人说作于晚年，还有人说两首诗并非一时之作。《望庐山瀑布》第一首是五言古诗，第二首是大家都熟悉的七言绝句。

日照香炉生紫烟，遥看瀑布挂前川。

飞流直下三千尺，疑是银河落九天。

诗人写的是远望中的瀑布，"遥看瀑布"，越高的瀑布越要从远处欣赏。第一句并没有落笔于瀑布，先写香炉峰，为瀑布渲染出壮美的背景。香炉峰形似香炉，又总是云气弥漫，如同日常生活中轻烟缭绕的香炉。诗人结合这一特点，抓住红日照耀的时刻，先来一句"日照香炉生紫烟"。这是高高耸立在天地间的香炉峰，峰顶的云雾，在红日的照射下如袅袅紫烟升腾。

第二句才写到瀑布，"遥看瀑布挂前川"。远远看去，那瀑布就挂在壮美的香炉峰上。

后两句接着写瀑布。这瀑布从香炉峰顶的云烟中凌空飞出，从天而降，"飞流直下三千尺"，让诗人想到了银河，"疑是银河落九天"。银河是横跨星空的一条乳白色亮带，古人常常写到银河，却从来没有人以银河来形容瀑布。苏东坡夸赞说："帝遣银河一派垂，古来惟有谪仙词。"意思是说，庐山瀑布本来就是天帝让银河垂落下来，所以，只有天上贬谪下来的谪仙才写得最好。

让人遗憾的是，由于气候变化，空气污染，今天的庐山很难看到壮观的瀑布飞流，今天的夜空也很难看到那条鲜明的乳白色亮带。大家都有过看瀑布的经历吧！有时为了看某个瀑布，甚至于长途跋涉，翻山越岭。等到真的看到了，失望之余很容易想起这首诗来，怅然遥想李白那时的庐山瀑布。至于古人所能看到的银河，也只有到远离城市的偏僻旷野去领略了。

我们无法确认这首诗的写作时间，但可以肯定，另外一首名作《庐山谣寄卢侍御虚舟》就写于 760 年。卢虚舟做殿中侍御史已是唐肃宗在位之时，李白跟他一起上庐山，称呼他"卢侍御"，应该就是这一年了。"庐山谣"是庐山歌，这首诗不是只写庐山瀑布，而是多角度地描述庐山。苏东坡说："横看成岭侧成峰，远近高低各不同。不识庐山真面目，只缘身在此山中。"李白的这首庐山之歌，却总能跳出庐山，远景近景，仰拍俯拍，不断地移步换景，腾挪变化。

诗的开头六句，并未写及庐山，而是一步步向庐山走来。

> 我本楚狂人，凤歌笑孔丘。
>
> 手持绿玉杖，朝别黄鹤楼。
>
> 五岳寻仙不辞远，一生好入名山游。

首两句说，我本来就是那个楚国狂人接舆，唱着凤歌嘲笑孔丘。据《论语》记载，孔子曾去楚国游说楚王，佯狂不仕的楚人接舆嘲笑孔子迷于做官，向他唱道："凤兮凤兮，何德之衰？往者不可谏，来者犹可追！"李白用这个典故，表示对仕途的厌倦。正因为厌倦了仕途奔波，带出其后四句对名山的眷恋。后四句大意是，手里拿一根镶有绿玉的仙人手杖，一清早辞别了黄鹤楼。五岳寻仙不管路有多远，我这一生就喜欢遨游名山。写到这里，庐山呼之欲出。

我们来看诗人怎样描述庐山，先是一幅全景式俯瞰。

> 庐山秀出南斗傍，屏风九叠云锦张，影落明湖青黛光。

这三句，把庐山、浔阳和鄱阳湖放在同一幅壮丽的画卷上。"南斗"指浔阳。古人把天地对应，浔阳属于南斗分野。"屏风九叠"指庐山五老峰东的九叠屏，山如九叠云屏。"明湖"是说清澈的湖，这里指鄱阳湖。三句大意是说，庐山在浔阳旁秀出挺拔，九叠云屏像锦绣云霞铺展开来，清澈的鄱阳湖映出它青黛色的倒影。三句一呵而就，带着一种恨不能把庐山大景观一口气都说出来的热烈。

再往下看，走进庐山，一处处胜景接连出现。

> 金阙前开二峰长，银河倒挂三石梁。
>
> 香炉瀑布遥相望，迥崖沓嶂凌苍苍。

这是入得山来仰视所见的局部风景，"金阙""三石梁""香炉瀑布"，都是庐山有名的风景。"阙"是皇宫门外的左右望楼，这里指庐山的石门，铁船峰和天池峰双峰对峙，形如石门。四句大意是说，两座山峰高高对峙，如同皇宫金阙向前敞开，瀑布飞流倒挂在三石梁上。香炉峰瀑布与它遥遥相望，背后是重峦叠嶂，直冲苍天。

其后六句，再次转换角度，登高远眺，并以想象跳到庐山之外。

> 翠影红霞映朝日，鸟飞不到吴天长。
>
> 登高壮观天地间，大江茫茫去不还。
>
> 黄云万里动风色，白波九道流雪山。

　　"翠影"两句是说，层峰耸翠，红霞灿烂，朝日映照，群鸟高飞，却飞不出高高的吴天。"吴天"指吴地的天空，浔阳一带在春秋末年属于吴头楚尾之地。借着写"鸟飞"，镜头拉到了庐山之巅，从庐山上"登高壮观"。"白波九道"是说九道河流，古人认为长江流至浔阳，分作九条支流。诗人"登高壮观"，其实是看不到九道河流的，但他可以拍打想象的翅膀。"雪山"形容白浪汹涌，堆叠如山。诗中最有气派的四句就是"登高"以下四句："登高壮观天地间，大江茫茫去不还。黄云万里动风色，白波九道流雪山。"这四句跳出庐山，大气极了，诗人展开想象，放开笔墨，气吞山河，把"大江茫茫""黄云万里""白波九道"，全都囊入诗中。

　　再往下写，主要写寻仙之事。遨游名山和学道访仙在李白那里常是分不开的。

　　　　　　好为庐山谣，兴因庐山发。

　　　　　　闲窥石镜清我心，谢公行处苍苔没。

　　　　　　早服还丹无世情，琴心三叠道初成。

　　　　　　遥见仙人彩云里，手把芙蓉朝玉京。

　　　　　　先期汗漫九垓上，愿接卢敖游太清。

　　"好为"以下四句，是游山到寻仙的过渡。"石镜"是传说中一块可以照见人影的平滑悬岩，"谢公"是指以山水诗著称的南朝诗人谢灵运。谢灵运登庐山，写下"攀崖照石镜"的诗句。这四句大意是说，我喜欢为庐山歌唱，庐山之美让我兴致勃发。闲时看一看谢公当年照过的石镜清净心神，可是谢公毕竟早已远去，他的足迹已被青苔遮没。言外之意是庐山能让人兴致勃发，摆脱俗念，却改变不了人生的短暂，岁月的无情。于是，转而寻找神仙世界。

"早服"以下六句，都是写寻仙之事。"琴心三叠"是道家修炼术语，说的是三丹田合一的境界。"玉京"是道家说的天帝所居之处。"九垓"是指九天之外。"卢敖"是战国时燕国人，传说他修炼方术成了仙。《淮南子》记载说，卢敖游北海，遇见一个迎着风翩翩起舞的怪仙。卢敖想与他同游，怪仙笑道："我与汗漫先生已约好在九垓之外会面，无法在这里久留陪你。"说完，耸身飞入云端。古代传说中的神仙有很多，李白在这里特别说到卢敖，显然与此时同游的卢侍御有关。卢侍御与卢敖同姓，想来也是好道之人。这六句是说，我早年服食仙丹，去除尘世俗情，修炼三丹，学道初成。远远望见仙人正在彩云里，手捧着芙蓉花朝拜玉京。我已预先约好神仙在九天会面，希望能迎接你一同遨游太清。

前边说过李白与他的道教信仰，并欣赏了《梦游天姥吟留别》。李白寻仙，并不是绝对相信人可以长生不老。道教给予他的，更多是超越尘世的慰藉和对精神自由的向往。《梦游天姥吟留别》写在被权贵排挤出长安之后，《庐山谣寄卢侍御虚舟》写在遇赦放还之后，两者都是在失意困顿之下、痛苦无奈之际，越发地渴望着摆脱俗世，得到精神自由。

以上逐层解读了《庐山谣寄卢侍御虚舟》，现在再看整首诗：

我本楚狂人，凤歌笑孔丘。

手持绿玉杖，朝别黄鹤楼。

五岳寻仙不辞远，一生好入名山游。

庐山秀出南斗傍，屏风九叠云锦张，

影落明湖青黛光。

金阙前开二峰长，银河倒挂三石梁。

香炉瀑布遥相望，迴崖沓嶂凌苍苍。

翠影红霞映朝日，鸟飞不到吴天长。

登高壮观天地间，大江茫茫去不还。

黄云万里动风色，白波九道流雪山。

好为庐山谣，兴因庐山发。

闲窥石镜清我心，谢公行处苍苔没。

早服还丹无世情，琴心三叠道初成。

遥见仙人彩云里，手把芙蓉朝玉京。

先期汗漫九垓上，愿接卢敖游太清。

你看，从李白作于晚年的这首诗里，我们还是读出了狂放、浪漫和飘逸。回头再看《望庐山瀑布》（日照香炉生紫烟），你能确定这首诗的写作时间吗？李白二十五岁时上庐山时，就有写出《望庐山瀑布》的才情。现在他六十岁上庐山，仍旧不乏豪迈奔放的激情。

在上一篇和本篇中，我特别说到李白晚年遇赦放还后的浪漫和激情。人在年少时是不乏梦想与纯真的，年轻时或多或少都有些浪漫与激情，但随着岁月的打磨，这些曾经让我们觉得不可或缺的美好，往往就慢慢地消失不见了。李白的人生并非顺利，坎坷常有，挫折不断，晚年更遭遇了牢狱之灾，又被流放夜郎，但他总能以激情和浪漫点亮自己的人生。

大鹏断翼

—
○ 中天摧兮力不济

上元二年（761 年），李白再次来到宣城。他第一次来是在宣城地方官员的盛情相邀之下来的，第二次是在安史之乱后避难来的，这一次来是带着儿子伯禽来的。毕竟已经年过六十了，飘逸的李白多少也有了些安度晚年的打算。宣城在今安徽省长江以南，唐人心目中这里也属于江南。李白喜爱江南，尤其眷恋金陵，但生活在金陵恐怕有些不易。宣城位居江南，距金陵不远，又是李白熟悉的地方，很可能因为这些原因，他又一次选择了这里。

李白写有《游谢氏山亭》一诗，这谢氏山亭，也许就是宣州的谢公亭。诗中感叹自己年老沦没于江湖，养病闲居，寂寞已久，末四句说："田家有美酒，落日与之倾。醉罢弄归月，遥欣稚子迎。"诗人的语气中明显带着满足，他说自己在落日时分与农家畅饮好酒，带醉乘月而归，在远处就欣喜地看见幼子前来相迎。

"稚子"应该就是伯禽，推算起来，他已经二十出头了。父子终于相聚，是晚年李白最欣慰的事。几年前安史之乱爆发，叛军不到一个月就杀到梁园。李白带着宗夫人仓皇逃难，女儿平阳和儿子伯禽还留在东鲁。关在浔阳监狱时，李白曾经向宰相崔涣求救，述说一家人四散分离，两个孩子也没顾得上带在身边。后来遇赦放还，回到江夏，李白诗中出现了"呼儿扫中堂"的诗句，可见这时伯禽已与父亲相聚。至于女儿平阳，这时候当已出嫁，也可能不在人世了。魏颢在《李翰林集序》里说，平阳出嫁不久就去世了。

从宣城往南一百来公里是南陵县（在今铜陵市），县境西长江边上有座寂寂无闻的小山。李白和南陵县丞同游到此，看到山上有棵巨松分作五枝，干脆把此山叫作五松山。有天下山晚了，李白在山脚找了个农家借宿。当时安史之乱尚未结束，北方战火不断，南方的老百姓也生活不易。夜里听着邻家女子的春米声，吃着主妇荀媪捧上来的雕胡饭，李白在感动之余写下《宿五松山下荀媪家》一诗：

我宿五松下，寂寥无所欢。

田家秋作苦，邻女夜舂寒。

跪进雕胡饭，月光明素盘。

令人惭漂母，三谢不能餐。

诗从寂静冷清写起。偶然投宿在农家，从四周到诗人的内心都是很寂寥的，提不起半点兴趣。就在这寂寥中，诗人想到了"田家秋作苦"，听到了"邻女夜舂寒"。正是秋收的时候，农家更辛苦了，在这寒冷的夜晚，邻家女子还在忙碌着，舂米声一阵阵传来。随着舂米声持续不断，诗人渐渐忘记了自己的寂寥，农家的"苦"和"寒"揪住了他的心。

从一、二两句到三、四两句，诗人已在朴素的文字叙述中透露出感情的细腻变化。五、六两句更以两个特写镜头，推到荀媪和她端来的盘子上，"跪进雕胡饭，月光明素盘"。"跪进"是跪着往前进献，"雕胡饭"是菰米做的饭，味道香美。诗人正听着舂米声，深感于邻女夜舂的艰辛，这时候荀媪跪着往前，向诗人进献菰米饭，皎洁的月光洒在洁白的米粒和盘子上。写到这里，感情的波澜轰然而起，最后两句也随之而来，"令人惭漂母，三谢不能餐"。诗人惭愧地想起了接济韩信的漂母，再三推辞致谢，不忍享用荀媪跪着进献的美餐。

这首诗既没有李白的豪放和飘逸，也没有李白的夸张和渲染，平平淡淡，几乎让人忘记这是在读诗了，但浸透其中的却是诗人丰富的感情，而且，诗人微妙地传达出感情的起伏变化。

李白写过五松山下的荀媪，还写过宣城善于酿酒的纪叟，两首诗的写作时间大约都是在 761 年。想必在纪叟生前，李白曾经多次痛饮他酿造的美酒，因此才会写下《哭宣城善酿纪叟》这样的诗。

纪叟黄泉里，还应酿老春。

夜台无李白，沽酒与何人？

"纪叟"的"叟"是指年老的男性，就像"荀媪"的"媪"是指年老的女性。"老春"是酒的名字。"夜台"是指墓穴，墓穴里不见光明，故有此称。李白无所拘泥，常说出一些惊世骇俗的话。就说这首小绝句吧，本来是肃穆的伤悼，诗题第一字就是个"哭"字，但他以调侃的语气来写，不但拿死者调侃，还把自己跟死者放在一起调侃，"纪叟"句里有"黄泉"二字，"夜台"句有"李白"二字。就在这看似随意的调侃中，传达出深厚的感情。

前两句说，纪老你在黄泉地下，应该还在酿制老春酒吧！纪叟已死，纵然再善于酿酒，那也是生前的事了。但诗人巧妙地调侃了一下，好像纪叟真到地下黄泉重操旧业了，只不过换了家店铺。后两句紧承前两句，接着调侃说，只是阴间没有李白这个人，不知你卖酒给何人？

李白与纪叟，生死有别，天人相隔，但往事历历，一个善饮，一个善酿，一个高谈，一个静听。如今纪叟已不在人世了，李白到哪里去享用纪叟酿制的美酒啊！诗人不说"人间无纪叟"，偏要说"夜台无李白"，在诗意上顺势承接了前两句，又放浪形骸，惊世骇俗。

李白羁留宣城一带，垂垂老矣，还是不能全然忘记他的英雄之梦。就在 761 年，唐军平乱的局势发生了戏剧性变化。安史之乱的罪魁祸首主要是安禄山、安庆绪父子和史思明、史朝义父子。757 年安庆绪杀安禄山，759 年史思明杀安庆绪，761 年史朝义杀史思明，反叛者同样遭到反叛，内讧不断，互相残杀。史思明之死给唐军赢得了休整和转机，这年五月，唐肃宗命李光弼统率河南、淮南、江南等八道行营节度，出镇临淮。临淮在今天的江苏盱眙，从金陵渡长江再往北走，不过就是一百多公里的路程。李白闻知李光弼出镇临淮，跃跃欲试，渴望投军立功，他决然渡江北上，但中途因病放弃。

李白写了首长诗，诗题中讲述的就是这件事，《闻李太尉大举秦兵百万出征东南，懦夫请缨，冀申一割之用，半道病还，留别金陵崔侍御十九韵》。诗中叹息说："半道谢病还，无因东南征。""天夺壮士心，长吁别吴京。""吴京"指金陵，李白投军不成，在金陵停留了一段时间。

前边一再说过，李白喜欢金陵，说他有"金陵情结"也不为过。这首诗就是在告别金陵时写下的。金陵的官员们为他饯行，四座豪英群聚。这跟他二十六岁那年告别金陵，场面是很不一样了。那时候他很年轻，送别他的也都是年轻人，"请君试问东流水，别意与之谁短长"。此时他年过花甲了，告别金陵少不了伤感，觉得秋月有些凄冷，长江水流也闻之生寒。但诗的最后仍然带着豪迈之气，大意是说，孤独的凤凰飞向西海，高飞的鸿雁辞别北溟。我想随着它们飞出天宇，与诸公挥手告别。

不久，李白离开金陵，投奔当涂县令李阳冰。当涂距离金陵只有一百余里，当时也属于宣州郡管辖，现在是马鞍山市的下属县。李白与李阳冰的关系，在当时可以从姓氏追根溯源，算是侄子和堂叔的关系，但在今天的话，往往就说一句"五百年前是一家"。李白投奔李阳冰，跟他二十年前投奔任城"六叔"李县令大致是一样的，都是为了有一个安身之地。在《献从叔当涂宰阳冰》一诗中，李白说了大意如下的话：晚辈我离别了金陵，来的时候大家在白下亭送我。就像一群凤鸟心疼一只漂泊的鸟，上下翻飞着为我哀鸣。每个人都出钱相助，情义深厚，重于泰山。可是这些帮助毕竟有限，就像舀一斗水去浇硕大的鲸鱼。我只能弹着宝剑高歌苦寒，寒风在堂屋前的柱子间呼呼地响。

从这首诗来看，朋友的相助和地方官员的款待，并不能解决李白及家人的基本生存问题。第一，安史之乱已进入第七个年头，朝廷为平定战乱，不断增加苛捐杂税。不只是老百姓生存不易，士大夫们也纷纷陷入窘境。一些帮助李白的人，可谓拔毛相助，所以李白说"各拔五色毛，意重泰山轻"。第二，李白这时候年过花甲，身体多病，无论是遨游、交游还是为生存奔波，都有些力不从心了。他是在生病的情况下投奔李阳冰的，而且，很可能是难以治愈的重症，比年轻时落魄扬州时的那一场大病只怕还要严重。到当涂之后，他就很少出游了。

李白找对了可以信赖的人，在当涂与李阳冰多有往来和聚会。第二年冬天，李白病情转危。临终前，他病卧在床上，把诗文交给李阳冰编辑作序。李阳冰不负所托，后来将李白诗文编为《草堂集》十卷，并写下《草堂集序》。这个序文流传至今，可惜《草堂集》十卷现已散佚。李阳冰称赞："千载独步，唯公一人""唯公文章，横被六合，可谓力敌造化欤！"如此高度评价李白，说明他是深知李白的价值的。

唐代宗宝应元年（762年）十一月，六十二岁的李白与世长辞。临终前，李白仍以大鹏自比，写了首《临终歌》：

> 大鹏飞兮振八裔，中天摧兮力不济。
>
> 余风激兮万世，游扶桑兮挂左袂。
>
> 后人得之传此，仲尼亡兮谁为出涕？

这是李白的最后一首诗，像是为自己写下的墓志铭。诗题原是"临路歌"，后人根据唐人李华所说的李白"赋临终歌而卒"，改作"临终歌"。第四句的"左袂"原本是"石袂"，清代王琦为《李太白文集》辑注时说，"石袂"的石当作"左"。诗不长，错讹之处却不少，有可能不是后人版本之误，而是因为李白病情危急乃至神志不清才造成的原稿有误。这个热爱生命却不得不告别生命的诗人，这个只要活着就不乏激情的天才，在最后时刻，硬撑着就要倒下的病体，写下这首悲歌慷慨的诗。

"扶桑"是古代神话传说中的大树，是太阳升起的地方，这里相当于诗人几次说过的"日边"，"游扶桑"的意思是到了皇帝身边。"仲尼"句用了孔子泣麟的典故。古人认为麒麟是祥瑞异兽，鲁国却猎获一只麒麟，孔子为之哭泣。诗的大意是说，大鹏翱翔啊振翅八方，半空摧折啊力量不济。余风激荡啊可以万世流芳，东游扶桑啊却挂住了我的左袖。后人会知道这些代代相传，可而今仲尼已亡，还有谁为我伤心哭泣？

临终时的李白仍然是自信的，又因为大志未酬，不甘瞑目。他自信是振翅八方的大鹏鸟，却遭受了半空摧折的不幸。自信可以建立功名，万世流芳，从前却在天子身边遭到诋毁和排挤。自信生平所历会被后世之人代代相传，但在这告别人世之时，不能不徒然叹息世无知音。

李白临终时写了《临终歌》，李阳冰在《草堂集序》中也提到李白病重时的情形，这就足以说明李白是因病去世的。只是因为他生前的飘逸浪漫，潇洒不群，嗜酒狂放，后世之人宁愿相信，他是酒醉后入水捉月而死。今天，游人到了当涂县，采石矶上的捉月台几乎是必去的。二十多年前，我在北京大学跟随陈贻焮教授读博士学位时，师弟中有一位是美国人罗伯特，他很喜爱李白的诗。大约是 1990 年的中秋节吧，我们在北大后湖饮酒赏月，一轮金黄的圆月映在湖水中。罗伯特喝酒喝到眼花耳热时，突然一个猛子扎到水里。我大吃一惊，问他要做什么，他的回答竟是入水捉月。后来，《人民日报》（海外版）登了篇文章《人因唐诗醉，月是燕园明》。

李白去世时，儿子伯禽应该就在他身边。后来伯禽在当涂定居下来，布衣终身，直到 792 年过世。伯禽有一子两女，儿子出外远游，再无音讯。两个女儿都嫁给了当地农民。李白去世六十多年后，统管宣州、歙州、池州三州的宣歙观察使范传正把李白的墓葬从当涂的龙山迁到青山，并为李白写下墓志铭。在墓志铭中，这位坐镇一方的地方大员说自己寻找了三四年，才找到了李白的两位孙女，她们的样子朴实无华，举止文静娴雅。一番对话后，两女潸然泪下，范传正也跟着落泪。他不忍李白孙女嫁给农人，想帮她们改嫁士人，但被她们拒绝了。为撰写墓志，范传正希望提供资料，两女翻箱倒柜，只找到几张残破的纸，上边是李伯禽手写的家族记录，拼凑起来仅有几十行。

又过了二十多年，也就是李白去世八十多年后，文人裴敬来到当涂拜谒李白墓。当地人告诉他，李白的孙女至少有五六年没来扫墓，大概不在世了。

我们今天说到这些，还是在唏嘘之余生出揪心之感。李白的后人，李伯禽和他的一子两女，都是布衣百姓，又不知经历了多少悲欢离合的故事。从李白诗中，可以确切感受到他是深爱儿子的，只是他与伯禽聚少离多。伯禽自幼失去母亲，父亲常不在家，二十岁前后又碰上长达八年的安史之乱，如果他不善于谋生，又不善于养家育子，家族的衰落就很难避免了。

盛唐之音

——〇 诗成笑傲凌沧洲

　　宝应元年（762 年）十一月李白辞世，在此稍前的同一年五月，唐玄宗和唐肃宗相继驾崩，唐代宗继位。今天来看，上千年过去了，李白和他的诗篇与日月同在，大唐皇帝的盛大宫殿却早就荡然无存了。今人如果还记得唐玄宗，大都是因为他和杨贵妃的故事。至于唐肃宗和唐代宗，有多少人知道他们是谁？由此而言，李白所说的"屈平辞赋悬日月，楚王台榭空山丘"，并非虚言。

　　这两句出自李白泛舟汉江时所写的《江上吟》，诗中还有两句："兴酣落笔摇五岳，诗成笑傲凌沧洲。"这是何等豪气，又多么夸张，今天来看竟也成真。不说别的，且看中国的高山大川，名城胜地，有多少地方是因为李白的诗句就有了千年诗意。很难相信，一千三百年前的李白，仅靠骑马乘船，就跑遍了大江上下，黄河南北，西自巴蜀，东到齐鲁，北上燕赵，南下吴越，顺长江出入荆楚各地，沿黄河游走秦晋梁宋，而且，有许多地方他都是去过多次的。就说他登临过的山吧，无名的小山如荆门山、天门山、敬亭山，经他一写就广为人知。有名的大山，如庐山、华山、峨眉山、天姥山，因为他的诗就越发有了魅力。

或许你会觉得这是死后的不朽，世界上有不少伟大诗人，都是生前穷困潦倒，死后光芒四射。其实，李白生前就名扬四方，他的人生之路是很独特的，也是比较幸运的。

第一，诗仙碰上了诗歌时代，这是李白的幸运。

说李白不幸，通常是说他在仕途上的坎坷遭遇。李白始终抱着强烈的建功立业的热望，但他是商人之子，不能参加科举，这使他的仕途越发艰难不易，因此总是充满挫折感。不过，作为一介布衣，未曾科举，却曾经被天子征召，进入翰林院，这在当时就是天大的幸运了。他在诗歌上是天才，在政治上却很幼稚，本来就不适合做官。诗歌有诗歌艺术的手腕和技巧，微妙和含蓄，政治其实也是有它的艺术的，尽管这种艺术很容易成为阴谋和狡诈。李白在诗歌艺术上是罕见的天才，但在政治上几乎是一窍不通。以他的狂傲疏放，无所拘泥，很难在官场上生存。另一方面，正是因为很有政治抱负又仕途坎坷，他才会弹剑作歌，醉酒狂歌，慷慨激烈，跌宕起伏，写出那么多好诗来，尤其是最有李白特色的歌行体抒情诗。

第二，狂放的李白碰上了开放的盛唐，这也是他的幸运。前边说过，以李白狂傲、放诞、酗酒、携伎之类的言行，有哪个王朝的文人敢把自己这样袒露在诗文中，又有哪个王朝能够容纳这样的文人？况且，李白的火山爆发常常夹杂着对朝政的不满和宣泄，甚至把锋芒对准了当朝天子。唐玄宗下诏书时李白已经名声远扬，他雅好艺文，自己也喜欢作诗，对于李白其人其事及其诗作应该是多有所闻的。他能接纳李白并征召李白，就事论事的话，还是应该给他加分的。

当然，唐代社会文化的开放不只是盛唐时代，盛唐时代的开放也不只是因为唐玄宗有开明的一面。就大一统的王朝而论，唐代的开放是其他王朝不能相比的，也只有唐朝，才诞生了李白这样的谪仙、酒仙、诗仙。

第三，喜好自由自在的李白能够游走天下，人生常在旅途，这同样是他的幸运。在《春夜宴从弟桃花园序》一文中，李白说："夫天地者，万物之逆旅也；光阴者，百代之过客也。而浮生若梦，为欢几何？古人秉烛夜游，良有以也。"浮生若梦，人生苦短，所以他恨不能举着蜡烛夜游，来尽情享受人生。中国古代文人中，很少有人像李白这样，游历四方，饱览山水。

不过，李白的游历并不都是浪漫的遨游山水之旅。在不同的人生阶段，由于名声、地位和经济情况的不同，李白的游历其实是很不一样的。相较而言，二十多岁时是指点江山的青春壮游，三十多岁时是为生存为仕途的辛苦奔波，四十二岁到四十四岁时做了一段时间的翰林供奉，四十四岁后是到处受到欢迎和款待的漫游四方，五十五岁直到去世，是安史之乱后的暮年漂泊。

李白是一个郁闷了就想宣泄、愤激起来就要爆发的诗人，在情感上他是很真实的，我们因此也知道许多他的落魄、倒霉、失意，包括一些常人不愿说出的难堪和耻辱。但是，还有一些事情，由于当时人的价值观念，他同样是不便启齿或者说羞于启齿的。譬如说，对于商人出身的家庭背景，他始终是讳莫如深的。又譬如说，他既不能参加科举，又不屑于在官场上做小官小吏，除了在翰林院做了不到两年的翰林供奉，就好像没有官职和俸禄，那他的收入从哪里来？他如何承担一家之主和为人之父的责任？又如何承担游走四方的基本费用？

人生最基本的是生存，李白自然也不能例外。在前文中，我从李白诗文中寻找蛛丝马迹，间或说到一些李白及家人的生存问题。这里想再简单概括一下。大致来说，李白的收入来源有这样几个可能：

第一，农田收入。在《寄东鲁二稚子》一诗中，李白说："吴地桑叶绿，吴蚕已三眠。我家寄东鲁，谁种龟阴田？春事已不及，江行复茫然。"当时李白人在江南，三年没回家了，他已经不知道家里的田地谁在耕种。春耕的事已来不及料理，自己的归期又不能确定。显然，李白的种地并不像陶渊明那样亲自躬耕于田野，中国古代的雇佣劳动到了唐代以后，已经广泛使用于社会的各个领域。李白在东鲁有自己的田地，请人代管、雇人种地是完全可能的。虽然他常常远离东鲁，久不回家，但这个家是很实际很具体的存在，不但田地需要有人代管，儿女更需要请人照顾。如果他在东鲁没有田地、房子之类的恒产，他就不会把家安在那里二十余年，更不会把儿女一直留在那里。

第二，生意收入。同样在《寄东鲁二稚子》一诗中，李白说"南风吹归心，飞堕酒楼前"。晚唐孟棨《本事诗》里说，李白"又于任城县构酒楼，日与同志荒宴其上"。两者对照，好像可以相互印证了，但李白说的"酒楼"可能只是他家附近的某个酒楼，而孟棨所说的李白购买酒楼，也许只是渲染李白的嗜酒。尽管不能排除李白雇人开酒楼的可能，但这可能性并不是很大。不过，在艰难的情形下为了生存，杜甫曾经卖药为生，李白也可能做过小生意。在第十五篇"孤蓬万里"中，我曾经说过李白有了一儿一女后，不得不为家人打拼，他沿着大运河奔波，就有可能是凭借水运的便利，做商贾之事。由于商人被严重歧视，无论是商人家庭出身还是从事经商之事，在当时都是难以启齿的，所以，就像他掩饰商人家庭背景一样，他很可能也掩饰了商贾之事。

第三，润笔费的收入。李白的人生常在旅途中，我们很容易看到他邀游山水、潇洒江湖的一面，但实际上他大多时候是在四处交游，为仕途奔走，为生存奔波。他交游广，才气高，名气大，拿到润笔费并非难事。所谓润笔费，就是为别人写文章、写字或画画而收取的报酬，大致相当于现代的稿酬。唐代社会富庶，开放，润笔之风也尤为兴盛，中唐的韩愈、白居易和晚唐的杜牧等，都曾经收取数目可观的润笔费。由于盛唐时代的商业文化相对来说还不是很盛行，名人拿润笔费不便言传，所以润笔费之类的事，就似乎与盛唐诗人无关了。但我相信盛唐有同样的故事，李白更不例外。尤其是在做了翰林供奉之后，天子的征召和赏识，又有"谪仙""酒仙"的称号，更让他名扬天下，有了身价。玄宗将他赐金放还，未必就意味着真给了他一大笔财富，但其中的含金量是很高的。

第四，同样是因为交游广，才气高，名气大，李白在旅途中常能得到款待。如果并非如此，他在旅途上的食宿恐怕就是很大问题。唐代社会富庶，重视文学，以诗文取士，不但让一些金榜题名的读书人踏入仕途，改变命运，也让更多失意的读书人，或多或少得到生活上的接济和帮助。寺院，道观，抑或是亲友、同乡的家中，常是贫寒士子的栖身之处和投奔之地。李白在扬州落魄之后跑到安陆寿山道观，初入长安后寄宿在终南山玉真公主的别馆，到了洛阳又入住于香山寺，许夫人过世之后带着儿女投奔任城县令，大致都是这类情形。而在唐玄宗赐金放还后，他已是名满天下，足迹所到之处，不少地方官员都是盛情款待。最明显的例子就是宣城官员一再相邀，宣城因此成为他在江南的活动中心。即使是流放夜郎途中，或者是遇赦放还之后，还是有一些地方官员或者是身居官位的故旧老友，对他多有礼遇。大致来说，翰林院供职虽然不到两年，却是李白社会地位的分水岭。天子征召之前的李白，虽然也是名声远扬，但他的遭遇跟许多唐代士人相比，并没有太大的区别；赐金放还后的李白，常常是在不乏款待的情况下四处漫游。

读李白的诗，我们常会感到他的独特。与生俱来的才情性情，出生于来自西域的商人家庭，从小在少数民族混杂的地方长大，博览群书却少有正统意识，无法参加科举却怀抱远大的政治抱负，这些种种因素，使他在趣味爱好、行为举止、思想渊源等许多方面，都明显与众不同，因此也必然会影响到他的生活方式。在中国古代文人中，很少有人像他那样，始终都有强烈的从政热情却从不屑于案牍劳形，很少拿到俸禄却总是常在旅途，游走四方。

很多人都说李白是一个无可仿效的天才，我想主要还是因为李白这个人太独特了。他的才情和想象力，激情和活力，狂放和直率，本来就是很罕见的。他的思想渊源又很复杂，英雄的抱负，名士的风流，侠客的慷慨，神仙的梦想，各种人生都在诱惑着他。除此之外，常有酒精的刺激，醉意的释放。他的狂放、浪漫和飘逸，因为酒表现得更加惊世骇俗，他的才气、创意和灵感，也因为酒发挥得越发不同凡响。有许多天外飞来的奇思妙想，惊天地泣鬼神的情感抒发，前人从未想过说过，但李白就好像信手拈来，而且，经他一写就打上了鲜明的李白印记，后人如若仿效，要么财力不足，要么显得矫情，要么失之于刻意模仿。所以说，李白是独一无二的，无可替代的。谪仙、酒仙、诗仙，永远都是李白才有的称号。

行文至此，到了该结束的时候，我仍想重复一下第一篇的末尾，当时说的是辞亲远游、走出三峡、闯荡大世界的李白。

当李白踌躇满志，雄心勃勃，沿着万里长江顺流而下的时候，大唐王朝的辽阔和兴盛，也以蜀、巴、楚、吴、越的地域风貌向他一个个展开。未来几十年人生，燕、赵、秦、晋、齐、鲁等地，他也全都走遍了。虽然没有他所期许的那样成就政治家的丰功伟业，但连他自己都不可能想到，他的声音成为最典型的盛唐之音，大唐时代没有他就少了一道风景，中国历史没有他就多了一份寂寞。

现在，我还是想说，大唐时代没有李白就少了一道风景，中国历史没有李白就多了一份寂寞。